흙에서 빛으로

흙에서 빛으로

글 따시최된 이순이 / 펴낸이 김인현 / 펴낸곳 도서출판 종이거울
2006년 3월 7일 1판 1쇄 인쇄 2006년 3월 11일 1판 1쇄 발행
편집진행 이상옥 / 나무디자인 정계수
영업 혜국 정필수 / 관리 혜관 박성근 / 인쇄 동양인쇄(주)
등록 2002년 9월 23일(제19–61호) 주소 경기도 안성시 죽산면 용설리 1178–1
전화 031–676–8700 / 팩시밀리 031–676–8704 / E-mail cigw0923@hanmail.net

ⓒ 2006, 이순이

ISBN 89–90562–22–8 03810

흙에서 빛으로

도예의 길을 걸어 도공의 아내, 도공의 어머니가 된
수필가 따시최된 이순이 도공이 흙 속에서 느낀 삶의 밝은 이야기들

글 · 따시최된 이순이 ― 사진 · 김창묵

종이거울

새로운 시작을 위하여

밤사이 하얀 눈이 소복소복 내렸다.

소녀처럼 철없이 감상적이기만 했던 나는 눈을 좋아했다.

남편이 넓은 집에 눈 치울 일과 도로사정이 나빠진다며 걱정을 하고 짜증을 내면 감정도 없는 사람이라고 빈정대던 나도 중년의 나이를 넘고 보니 남편과 똑 같은 사람이 되어가고 있었다.

그렇게 정서가 메말라가는 감성에 불을 붙인 것은 내가 수필공부를 하고 난 뒤부터이다. 나의 위대한 글쓰기 작업은 가족 모두를 감성적인 사람들로 변하게 만든 동기가 되어 주었다. 가족들은 나에 대한 배려로 좋은 추억거리라도 생기면 혹시 좋은 영감이라도 얻었는가 싶어 시인이 되어 찬사를 늘어놓고 좋은 수필이 나오기를 기다리며 보채기도 하여 하나 둘씩 모인 것을 책을 묶어보자며 조르게 되었다. 하지만 언제나 신변잡기의 글이다 보니 등장하는 대상이 만만한 남편과 자식들이다. 그래서 나의 글 속에는 우리 가족들의 삶이 모두 들어 있다. 남편이 자식들에게 가끔은 협박을 한다. 엄마에게 잘 못 보이면 글 속의 주인공이 될 수 있으니 잘 살아야 한다며 조심하라고 한다. 그런 이야기를 하는 것을 보면 남편도 수필 속의 주인공으로 살기가 힘들었을지도 모른다는 생각이 들어 미안하기도 하지만 우리 가족을 한 마음으로 살게 해 준 수필을 나는 사랑한다.

나의 수필 독자이며 비평가인 우리 가족들은 33년 동안의 숨겨두었던 알몸 같은 이야기들을 모두 보여주는 이 책을 내는 데 나보다도 더 앞장서서 좋아한다.

병술년인 올해는 남편이 회갑을 맞는다.

부끄럽다는 남편을 설득시켜 첫 번째로 개인전시회를 열어 주려고 자식들이 준비를 하면서 도공 부부의 삶 이야기도 같이 하면 좋을 것 같다며 용기가 나지 않는 나에게 남편 회갑 선물로 하라고 부추겨 선심 쓰듯 허락을 하게 되었다.

그래서 제목도 남편 전시의 주제인 〈흙에서 빛으로〉와 똑같이 내기로 했다. 부부는 일심동체이기에 남편은 도자기로 보여주고 도자기의 이야기는 부족하지만 이 책으로 대신하고자 하는 바람이기 때문이다.

나는 힘이 다 하는 날까지 글을 쓰고 싶다. 글은 나의 종교이며 수행의 과정이고 나를 돌아보며 현재의 나를 알아차릴 수 있게 해준다. 그리고 미래를 제시하고 그 약속을 지키기 위해 열심히 살게 하며 나를 채찍질하는 또 다른 나이기 때문이다.

그 동안 글공부에 도움을 주시며 녹 쓸었던 머릿속을 격려로 닦아주고 언제나 용기를 주신 존경하는 선생님들과 부족한 내용을 한 권의 책으로 만들어 주신 종이거울 관계자님들께 두 손 모아 감사드린다.

그리고 언제나 아픈 모습을 보여주어 가슴 아리게 살게 한 나의 가족들께, 그리고 주위의 벗들에게 미안하다고 말하고 싶고 사랑한다는 말을 이 자리를 빌려 전하고 싶다.

이 책을 통해 지금까지 삶의 무거운 업을 다 내려놓는 기회로 삼아 아프다고 보챘던 나를 마감하고 새로운 시작을 하고 싶다. 이제 남편과 약속한 30년 더 살기를 지키기 위해 건강하게 언제나 발보리심 하고 자비심을 실천하며 미래를 준비하는 모습으로 살아갈 것을 부처님께 기원하며 독자님들께도 축원을 감히 부탁드려 본다.

그리고 이 책을 인연하는 모든 분들의 건강과 영원히 행복해지기를 진심으로 합장 드리며……

연꽃 집에서 따시최된 이순이 합장

차례

흙은 빛이다

흙에서 빛으로

원력

사람들은 누구나 많은 원력을 세우며 산다. 그리고 목표를 향해 한 발자국씩 걸음을 옮기며 오늘도 쉬지 않고 걷고 있다.

남편과 나는 결혼하기 전부터 도자기의 길을 함께 가고 있었다. 35년이란 긴 세월을 한정된 한 공간에서 같은 원력을 세우고 일하며 살고 있다고 하면 어떤 사람들은 답답해서 어떻게 그렇게 사느냐고 반문하며 지루하지 않느냐고 묻는 사람들도 있다.

그러면 나는 어쩌면 다음 생에도 같은 일을 할지도 모른다고 이야기한다. 그만큼 우리 부부는 찰떡궁합으로 그 일을 위해 혼신의 노력을 했으며 힘이 다 하는 날까지 도자기를 하고 싶고 또 하기 위해 노력할 것이니 도자기의 마력이 얼마나 대단한지에 대해 열을 올리고는 한다.

처음 우리는 부부가 되어 도예가로서 어떻게 하면 성공할 것인지 고민 끝에 세 가지 원을 세웠다. 세상에서 가장 아름다운 빛깔의 청자, 세상에서 가장 큰 청자, 세상에서 가장 정교한 청자를 만들겠다는 것이었다.

그리고 어느 사이 세월이 흘러 남편은 회갑의 나이가 되었고 지난 2002년에는 대한민국 명장으로 선정되기도 했다.

그동안 많은 사람들이 세창의 가족이 되어 함께 일해 왔으며, 지금은 태아 때부터 도자기를 했던 탓인지 딸과 아들도 이 길을 걷고 있다.

도자기에 어떤 매력이 있기에 이 일을 하고 싶은지 궁금해 아들에게 물어본 적이 있다. 아들은 망설임 없이 말한다. 이 시대를 살다가 간 증인으로 문화의 한 귀퉁이에 한줄기 빛이 되고 싶어서라고.

누가 가르쳐 주지 않았는데도 우리 부부가 그 아이를 가졌을 적에 했던 말을 똑같이 하는 것을 보고 어른들이 "피는 못 속인다"고 하던 말이 생각나서 피식 웃고 말았다.

특히 아들은 어릴 적, 공부 안 하고 흙만 가지고 놀면 이다음에 커서 도자기를 못 만들게 한다고 협박하면 그때마다 열심히 공부했던 기억이 난다. 그 결과 대학원을 마치고 지금은 아버지의 대를 이어 도자기 일을 하고 있다.

딸도 도자기와는 멀 것 같은 인도철학을 대학원에서 전공했다. 부모 마음은 자식 중에 한 명은 수행자가 되면 얼마나 좋을까 해서 그 길을 권유해 보았지만 도자기를 하는 것도 수행이라며 역시 같은 길을 가는 동행자가 되었다.

우리 가족은 도자기를 만드는 것은 같지만 장르가 조금씩 다르다. 남편은 고려청자를 이 시대에 맞는 청자로 만들어 계승 발전시켜서 후대의 사람들에게 한줄기 빛이 되기를 희망하며 최선을 다하고 있고, 아들은 대학에서 조소를 전공했기에 현대 도자와 전통을 접목시킨 도자기를 만들고 싶어 한창 연구 중이다. 그리고 딸은 실생활에서 꼭 필요한 생활자기를 현대 감각에 맞게 그림을 그려 백자로 구워내어 이미 자기만의 브랜드를 갖고 일하고 있다.

나는 한평생 남편의 영원한 보조자로, 또 자식들의 뒷바라지를 하면서 살지만 가끔은 손 성형으로 차 도구를 즐겨 만든다. 이처럼 온 가족의 뜻이 같다 보니 무엇이든지 신심 나게 일을 할 수가 있고 서로를 이해하기에 도자기 만드는 일이 한층 더 발전적이다. 우리가 처음 도자기를 했을 때보다 좋은 조건에서 일을 할 수 있는 아이들은 복을 많이 타고난 모양이다.

하루의 일과를 끝낸 저녁, 자식들은 낮에 일하면서 도자기에 대해 궁금했던 것을 그들의 스승인 아버지에게 배우려고 많은 질문을 한다. 남편은 젊은 시절, 내 힘으로 도자기를 만들어 보겠다며 무턱대고 덤볐던 시절을 생각하면 얼마나 어리석었는지 모른다고 한다.

각각의 과정 속에서 최선을 다 했는지, 도자기와 혼연일체가 되

어 얼마나 자신을 잊고 몰입해 일했는지는 1,300도의 불의 심판 후 가마 문을 열었을 때에 여러 가지의 모습으로 보여준다. 그렇기 때문에 도자기는 "나 자신을 비추어보는 거울이며 종교이고 수행의 과정"이라는 남편의 이야기에 도자기는 우리의 삶과 너무도 닮은 점이 많다고 내가 거들었다.

도예의 과정은 흙을 고르고 빚고 무늬를 새기고 말리고 굽는 온갖 우여곡절로 인해 이루어진다. 어려운 고비를 거치고 나서야 하나의 온전한 작품이 태어나는 것처럼 수많은 시련의 과정을 통해 성숙해진 우리네 삶과 닮았고 다음 생의 일도 마찬가지라고 했다. 사람도 이생을 하직한 후 어떤 모습으로 다시 태어날지는 매일 매일 어떤 마음으로 어떻게 최선을 다하며 살았는지에 따라 결정되는 것이 도자기와 같다는 나의 말에 가족들이 동감을 해준다.

남편은 우주의 생성 과정이 지(地) · 수(水) · 화(火) · 풍(風) · 공(空)인 것처럼 도자기 역시 흙에 물을 넣고 반죽한 것을 공(空)의 경지인 무심(無心)으로 빚어 무늬를 넣고 불로 구워낼 때에는 공기의 조절로 색을 만들어내는 것이 같다고 한다. 또 자연과 내가 하나이면 나와 도자기도 하나라고 하며 그동안 만들어 놓은 분신들이 세상을 밝히는 빛이 되었으면 좋겠다면서 젊은 시절 자기가 자작한 시를 흥얼거린다.

흙이 좋아 흙을 찾았고

흙이 좋아 흙을 만들어
흙이 좋아 흙을 빚으며
흙이 좋아 흙과 살다가
흙이 좋아 흙 속으로
가리라…….

흙의 변신

흙

자연은 흙에서 태어나 흙으로 돌아간다.

아무렇게나 버려진 흙 한줌이 태어나기까지 얼마나 많은 자연의 노고가 필요했는지…….

눈을 감고 명상을 해본다.

어떤 영혼이 묻어 있는 태토일까?

자연의 일부인 나도 언젠가는 한줌의 흙이 되어서 어느 도공에게 발견되어 영원을 사는 아름다운 도자기로 태어날지도 모른다는 생각이 들자 문갑 위에 놓여 있던 청자 이중투각 화병이 갑자기 위대하게 보였다.

그리고 남편이 누누이 말하던 흙이 도자기의 기본이라고 했던 말이 떠올랐다. 도자기의 기초는 흙이며, 흙을 알아야 좋은 도자기를 만들 수 있다고 하면서 젊은 시절 흙을 찾아 헤맸던 기억들이 하나 둘 떠오르기 시작했다.

어려웠던 시절, 남편은 경제사정은 생각하지 않고 좋은 흙을 발견하면 무조건 들여오는 바람에 나는 돈을 마련하느라 어둑어둑할 때까지 이집 저집으로 다니던 일이 한두 번이 아니었다. 그때는 남편이 얼마나 야속한지 속으로 원망한 적도 있었다. 그렇게 이 흙, 저 흙을 집 여기저기에 쌓아놓고 자기는 부자가 된 것 같다고 하며 밥 안 먹어도 배가 부르다고 했을 때에 가정 경제를 책임져야 하는 나의 걱정은 점점 늘어만 갔다.

작업이 성공할 때까지 날마다 밤이 새는 줄도 모르고 실험했지만 항상 무엇이 잘 안 되었다고 하며, 버리기를 수없이 해댔을 때에 기다리는 일도 언제나 나의 몫이었다. 지금은 대학에서 소지와 유약을 가르치는 곳이 있어서 그래도 쉽게 공부할 수 있고, 또 흙 공장에서 수비되어 있는 것을 사다가 사용할 수 있어서 예전에 우리가 하던 일을 하지 않아도 되는 시대가 되었지만 우리가 처음 도자기를 시작했을 때에는 그런 곳이 없어서 그야말로 혼자서 개척해 나가야만 하는 어려운 현실이 항상 두렵기만 했다.

한번은 어렵사리 정말 좋은 흙을 만들었다며 수비를 했는데 건조시킬 때에 무서운 태풍이 왔다. 비바람에 비닐하우스로 만든 건조장이 벗겨지고 모래바람에 엉망진창이 되었다.

그때의 절망감이란 이루 말할 수가 없었다. 흙이 있어야 도자기를 만드는데 또다시 수비하려면 많은 시간을 기다려야 하고 또 언제나 같은 흙들이 있는 것이 아닌 것을 알기에 나는 속울음을 울면서도 겉으로는 또 만들면 된다고 위로하곤 했다. 전통 도자기는 철분이나 모래가 들어가면 꼭 곰보딱지 같은 모습의 자기가 되기에 아예 그런 자식은 만들지도 말아야 되는 것이다.

그런 시절 덕분에 남편이 자기만의 독특한 흙을 만들어서 그 어렵다는 청자 대작과 투각 등도 잘 만든 것이라 생각하니 전생에 도공이 환생한 것인가 하는 생각도 든다. 언제나 재료가 재산이라며 흙을 사들인 덕분에 이제는 평생 자기만의 흙을 만들어 쓸 수가 있다고 하니 나도 정말 배가 부른 것 같다.

지금 창고에는 흙을 수비해서 켜켜로 쌓아놓고서 흙이 가지고 있는 성질을 몇 년째 숙성시키고 있다. 이를 보면서 흐뭇해하는 남편이 요즈음은 자랑스럽기까지 하는 것을 보면 그래서 부창부수라고 했나 보다. 그러니 어찌 흙을 사랑하지 않고 배길 수가 있을까?

누가 흙 한 덩이라도 달라고 하면 마치 자기 살덩이라도 떼어주는 것처럼 아까워하는 남편이 이해가 가기도 한다. 남편과 가족들은 만들다 잘못된 흙이라도 잘 분리를 하여 청자흙, 잡토, 백자흙 등, 이렇게 묶어놓은 자루를 무슨 보물단지인 양 아주 잘 관리를 해서 다시 수비를 한다. 그 흙들이 언제 새로운 생명을 부여받아 어떤 도자기로 탄생될지 아무도 모르기 때문이다.

오늘은 남편이 자식들에게 너희들만의 흙을 만들어보라고 한
다. 그래야만 자기만의 개성이 있는 작품을 만들 수 있는 것이라
고 하며 흙이 가지고 있는 성질들에 대해 설명하자, 아들은 정말
신비하고 흥미진진하다고 하며 금방이라도 해 볼 것만 같은 얼굴
이 마치 젊은 시절의 남편을 보는 것 같아서 가슴이 또 뛰기 시작
한다.

중심의 미학

성형

금 나와라 뚝-딱-. 은 나와라 뚝-딱-.

노래가 저절로 나오듯 물레 위에서 허리가 잘록한 여인의 몸매 같은 화병과 어깨선이 살아 있는 항아리를 뚝딱 만든 남편이 물레에서 내려왔다.

만드는 것이 하도 쉬워 보여서 나도 흙 한 덩이 물레 위에 얹어 놓고 팔을 걷어붙이니 남편이 "배워보려고?" 한다. 서당 개 삼 년이면 풍월을 읊는다는데 나는 수십 년을 도자기 밥을 먹었으니 할 수 있을 거라며 큰 소리를 치고 물레에 앉았다.

흙 한 덩이를 붙여놓고 손으로 두드리며 남편의 흉내를 내기 시작했다. 너무 꽉 잡고 회전을 해서 그런지 얼마 못 가서 툭 하고 흙이 끊어져 버렸다.

혹시나 하며 쳐다보던 남편이 흙은 그렇게 다루는 것이 아니라며 내려와 보라고 한 뒤 다시 흙을 붙여놓고 가르쳐 준다. 흙과 싸워서 흙이 이기면 못 만드는 것이고 흙과 타협을 해서 흙을 다룰 줄 알면 흙이 고분고분 말을 잘 들어준다고 하며 시범을 보인다.

처음 흙을 다독거릴 때에 너무 힘을 주어 강하게 치면 흙이 화가 나서 끌어올릴 때에 꼬여서 끊어져버리니 이렇게 천천히 다독거리고 애무하듯 어루만지며 끌어올리면 흙이 말을 잘 듣는다고 한다. 그리고 회전되는 흙은 원심력으로 인해 바깥쪽으로 떨어져 나가려고 하므로 양손으로 꽉 움켜잡고 흔들리지 않게 중심을 유지하라고 한다. 중심이 완전히 잡혔을 때 양손에 힘을 주어 잡으면서 흙을 길게 끌어올려 중심을 잘 유지하면서 흙이 흔들리지 않게 하고 중심부에 오른손의 엄지손가락을 살며시 대고 왼손으로는 중심을 유지하며 약간 내리누르듯이 힘을 주면 조그마한 구멍이 만들어지지 않았느냐며 보여준다.

쉽게 보이던 것이 그렇게 어려운 것인가 하고 바라보니 이번에는 엄지손가락을 깊이 누르며 중심을 유지하면서 조금 더 깊게 구멍을 만들고 오른손을 펴서 집게손가락의 옆 부분으로 바깥쪽으로 밀며 손끝으로는 약간의 힘을 주어 내리면 점점 커다란 구멍이 만들어졌다. 일정한 두께와 형태를 유지하기 위해서는 안쪽 손과 바깥에 있는 손이 하나로 움직여서 중심을 잘 유지해야 하고 원하는 형태를 만들려면 오므렸다 늘렸다를 반복하며 아름다운 선을 만들어내는 것이 성형이라고 하며 항아리를 하나 만든다.

도무지 말로는 이해가 안 간다고 하자 백견이 불여일습(不如一習)이라고 하며 바닷가의 모래알만큼 연습을 하면 잘 할 수가 있다고 한다. 나는 해볼 생각은 아예 포기해버리고 내가 할 수 있는 손 성형이나 할 것이라며 슬그머니 자리를 피했다.

그런데 가르쳐 주는 이야기를 듣다 보니 중심을 계속 강조하는 것이 불교의 중도사상과 비슷한 것 같은 생각이 들었다. 어느 것이든 이 세상을 살아가려면 중심 없이 살 수 있으랴 만은 옛 선조들의 지혜가 놀라울 뿐이다.

예전에는 전기가 없어서 나무로 물레를 만들어 놓고 발로 차면서 회전을 시켜서 필요한 그릇들을 만들어서 구웠다. 오래 전의 일이다. 남편도 발 물레를 배울 때에는 꿈에서도 하는지 잠을 자면서 발로 나를 차서 곤히 자는 잠을 깨워 왜 그러느냐고 따지면 웃으면서 물레를 돌리는 중이었다고 한 적이 한두 번이 아니었다. 그만큼 오매가 되도록 물레를 돌리고 배웠던 남편이 오늘따라 존경스러웠다.

그뿐인가, 이중투각을 만든다며 실패를 밥먹듯이 하고, 마치 사생결단이라도 하려는 듯이 연구하며 보낸 세월이 얼마인지…….

그때 생각만 하면 지금도 마음 아프다.

투각은 작은 것은 20일, 큰 것은 몇 달이 걸려야 조각을 한다. 그렇게 어렵게 만들어서 구워보면 두 겹을 만드느라 절단한 부분이 벌어져서 못 쓰게 되는 것이 하나둘이 아니었다. 이렇게 저렇

게 해보더니 어느 날 일직선이 아닌 물결형으로 절단하면 균열의 전파를 막을 수 있는 것을 발견하고부터는 완성품이 나오기 시작했다.

그러니 그 많은 시간과 돈을 어찌 감당했는지 지금 생각해 보면 숨막히는 일이었다. 나는 그저 남편만 믿고 늘어만 가는 이자를 한 달이면 30일 내내 다른 집에서 빌려다 메우기를 해야 했다.

투각을 성공하고 나서 남편은 투각과 대작을 만들려면 지하 작업장이 필요하다며 새로 지어야 한다고 하면서 나를 설득했다. 지하 작업장은 건조시킬 때에 바람으로 인해 한쪽이 더 마르거나 하는 일이 없으며, 또 천천히 마르지 않으면 더 많이 마른 부분의 조각들이 잡아당기는 성질이 있어서 뒤틀리거나 실금이 간다고 하니 지하 작업장을 짓지 않을 수가 없었다. 그동안 대작도 계속 실패하다 보니 건조 과정이 대작에서도 중요한 것을 알았다고 한다. 지하 작업장은 이래저래 필요한 것이었다.

1990년대 중반, 청자로서는 1.2미터가 되는 것을 만든다는 것은 어려운 일이었다. 작업장이 좋아도 큰 기물은 독을 만들던 기법으로 타램을 쳐서 만들어야 되는데 소지 속에 기포가 생기기가 일쑤였다. 어느 때에는 한 달도 넘게 조각을 하고 1년도 넘게 지하에서 조심스럽게 건조시킨 것이 굽기도 전에 터지고, 구울 때까지 얌전히 있다가도 불 속에서 못 견디고 펑 소리가 나서 보면 산산조각이 난 적도 많다.

그때의 심정을 남편은 마치 히말라야를 등정하는 산악인 같았다고 한다. 수없이 버리고 배운 것은 도자기는 내가 만드는 것이 아니라 우주의 에너지라고 할 수 있는 어떤 힘이 스스로 작용하는 것을 체험했을 때였으며 나라는 것을 없앨수록 더욱 혼이 실린 예술로 승화한다는 것을 깨달았다고 한다. 도자기를 빚을 때에는 항상 무심으로 돌아가서 삼매경에 이르도록 하고 최선을 다 했을 때에 만족스런 작품이 된다며 마음이 중요하다고 한다.

수천 년을 걸쳐 이어져온 전통 위에 새로운 꽃을 피울 수 있다는 것은 엄청난 희생과 노력이 필요하다. 지금 우리가 하는 일에 혼신의 힘을 다할 때에 세계적인 문화로 빛을 발하게 된다는 것을 한평생 도자기만을 해온 남편을 보며 믿어 의심치 않는다. 그리고 지금 안정적인 생활을 할 수 있는 것도 바로 남편을 믿은 내 보람이었노라고 말하고 싶다.

느림의 미학

조각

　파란 나뭇잎으로 그늘을 만들어 주고 꽃과 열매로 아름다움을 선물하던 나무들이 예쁜 색깔의 낙엽이 되어 하나 둘 떨어졌다. 마치 인생의 가을을 맞은 내 마음처럼 보여 사각사각 나뭇잎을 밟으며 사색을 즐겼던 일이 엊그제 같은데 벌써 초겨울로 접어들고 있다. 갑자기 겨울을 몰고 온 돌풍이 뒷산에 있는 낙엽들을 집안 곳곳에 가랑잎으로 뒤덮어 놓았다. 누렇게 변한 모습들이 왜 그렇게 추해 보이는지…….

　내 모습은 아닐까? 하는 마음이 들어 평소 허리가 좋지 않은 것도 잊어버리고 빗자루와 삼태기를 들고 치웠다. 보통 이런 일은 남자들이 하지만 우리 집은 섬세한 일을 하는 남편을 위해 늘 내가 했던 일이라서 습관이 된 나는 당연한 일처럼 하다가 허리를 또 다쳤다. 이런 일을 하게 된 동기는 우리 집에 있는 도자기들 때문이다.

도자기에 조각을 하는 일은 결코 쉬운 일이 아니다. 예전에 처음 배울 때에는 누가 가르쳐 주는 사람이 없어서 혼자서 터득해야만 했다. 낮에 일하면서 망가진 조각들을 숨겨두었다가 밤이면 호롱불 밑에서 배워야 했던 때, 우리는 그때 부부가 되었다.

조각이 기형과 서로 조화를 이루지 못하면 마치 아래는 한복 치마를 두르고 위에는 양장을 입은 것처럼 꼴불견이 된다. 얼마나 많은 노력이 필요한지를 아는 나는 남편을 너무도 잘 이해한다. 그러므로 힘든 일을 하거나 마음이 괴로우면 섬세한 작업에 몰입할 수 없다는 것을 잘 아는 나는 남편에게 좋은 작품을 만들게 해주기 위해 무거운 짐을 내 스스로 많이 짊어졌다.

어려운 경제사정도 혼자 힘으로 해결하려고 했고, 시댁 식구들과의 갈등도 나 하나만 참으면 된다고 생각해서 화도 많이 참으며 살았다. 혹시라도 남편이 알면 조각칼을 잡고 섬세한 작업에 몰입할 수 없을 것 같기도 하고, 아름다운 도자기를 만들어내기 위해서는 내가 감내해야 할 나의 업이라고 생각해서였다.

특히 청자조각은 상감기법과 음각, 양각, 부각 등, 여러 가지가 있지만 남편이 즐겨하는 투각기법은 제일 어려운 것이다. 투각으로 하는 과정은 칼로 뚫어낼 때에 잡념이 들거나 몰입이 안 되면 칼이 빗나가게 되고 0.1밀리미터만 빗나가도 작품 완성이 안 된다. 도자기는 건조시킬 때나 소성을 할 때에 수축작용이 생기는데 그때에 원심력으로 잡아당기는 힘들이 생겨 만들 때에 어떤 마음이었는지가 고스란히 드러나서 그것을 볼 때마다 마음이 아팠다. 그래서 될 수 있으면 도자기 만들 때가 제일 행복하다는 남편에게 늘 행복한 마음이 들도록 해주는 것이 내조자의 몫이라 생각해서 험한 일은 언제나 나의 일이라 생각하고 살았다.

그렇게 살아온 습관 때문이었을까? 아니면 마음공부를 많이 한 결과일까?

예전에는 마음이 안정되지 못하면 섬세한 작업을 하지 못하던 남편이, 지금은 정말 힘이 들고 괴로울 때에 오히려 칼을 잡으면 힘든 일과 근심 걱정도 모두 사라지고 행복해진다며 작업장에서 사니 그동안 마음 수행이 많이 되었나보다.

요즈음 나는 전과는 달리 지천명을 넘기고 갱년기가 왔는지 작은 일에도 짜증이 나고 목소리까지 커지는 것 같다. 병원에서는 스트레스가 많이 쌓여 생긴 병을 앓고 있다니 남편과는 반대의 현상이 일어나는가 보다. 오랜 세월 마치 햇빛 속에 구름을 숨기고 있다가 한꺼번에 비바람이 되어서 퍼붓는 여름철 소나기 같은 모습이 요사이 내 모습처럼 보인다.

이런 일이 생길 줄 알았더라면 깨닫지도 못한 내가 마치 보살인 것처럼 행동하지 말았어야 했는데…….

나대신 아름답게 만들어진 도자기들이 과연 보상을 해줄 수 있을까? 하는 마음으로 괴로울 때면 전시장에서 빛나는 도자기들을

바라보며 위안을 삼아본다. 그리고 마음에게 체면을 걸어본다. 나는 지금 행복한 사람이라고……

남편이 일하는 작업장에 들어가 보니 삼매경에 빠져 누가 들어오는 줄도 모르고 학 투각을 하느라 열중이다.

바라보니 천상을 향해 날아가는 학의 모습은 남편을 닮았고 밑에서 자식들에게 이런저런 이야기를 하고 있는 모습은 꼭 나를 닮았다. 춤을 추는 듯한 학도 남편 같기에 저녁에 외식이라도 하러 가자고 조르면 혹시 들어주려나 하고 애교스럽게 무슨 조각을 하느냐고 물으니 자기 마음속에서 일어나는 108번뇌를 그려내고 있다고 한다. 그러면서 행복한 웃음을 짓는 모습을 보니 나도 덩달아 행복해진다.

10여 년 전의 일이다. 스위스에서 오신 어떤 여자 분이 춤을 추는 두 마리의 학이 그려진 작은 향합을 샀다. 그리고는 춤추는 학 흉내를 내며 '원더풀!' 하더니 내리 3일 동안 우리 집으로 출근했다. 학 문양이 들어간 청자를 몇 점 더 구입해서 돌아가더니 얼마 후, 자기 집에 이렇게 장식했다고 하며 사진을 보내오고, 시집보낸 자식들이 잘 있으니 걱정 말라는 편지를 보내왔다. 그런 일이 있고 난 몇 년 후 학 도자기의 친정 집이라며 우리 집을 방문해서 학이 들어간 투각을 또 한 점 구입해 가지고 행복해하며 전시회를 추진하겠다고 한다. 얼마 전에는 내년에 스위스 박물관에서 하는 전시회에 꼭 출품해 달라는 편지를 또 보내왔다.

또 이런 일도 있었다. 이탈리아에서 오신 예술 작가가 전시장을 둘러보고는 무릎을 꿇고 앉아서 한참을 우는 것이었다. 우리 내외가 당황하니 남편의 손을 꼭 잡고 이런 작품을 만드느라 얼마나 힘들었느냐고 하며 남편의 두 손을 꼭 잡았다. 그리고 꼭 이탈리아에 있는 작가들에게 보여주고 싶다면서 고국에 돌아가면 추진할 거라고 하더니 작년에 연락이 왔다. 그쪽에서의 일은 자기가 할 것이니 걱정하지 말고 전시할 수 있는 기획을 해보라고 했지만 기획 능력과 재정이 없는 우리는 누가 해주기만을 기다리는 사람이라서 아직까지도 보류 상태이다.

혹시 나들이라도 나갔다가 깨지기라도 하면 어쩌나 하는 생각이 들어 망설이게 된다.

2005년에는 큰마음 먹고 일본 만국 박람회에 백화장토를 붙여가며 일만 이천 봉을 조각한 대작 금강산 매병 주병과 섬세한 매화 투각을 전시했다. 많은 외국인들에게 보여주었고 당당히 요미우리 신문사에서 선정한 대한민국 명품으로 매화 투각이 선정되었다. 투철한 작가 의식으로 영혼을 다 바쳐 만든 훌륭한 작품은 역시 세계 사람들의 마음도 움직이나 보다. 남편이 만든 청자 도자기가 후대의 사람들에게 문화의 한줄기 빛이 되기를 꿈꾼다면 너무 과한 욕심일까?

자연의 예술

유약

하나, 둘, 셋, 넷, 하나, 둘, 셋, 넷……

어제 저녁 일찍 외출을 할 것이라고 하던 아들이 밥상을 차려놓아도 나오지 않기에 남편이 아들 방에 들어갔다 나오더니 야릇한 웃음을 지으며 나온다. 궁금해하는 나의 얼굴을 보며 조금만 기다리라고 하더니 밥을 먹는 아들에게 무슨 꿈을 꾸었느냐고 묻는다. 멋쩍은 표정으로 어제 자기가 만든 작품에 유약을 시유했더니 꿈속에서도 그 일을 했다고 한다.

"아~ 그래서 하나, 둘 숫자를 세었구나" 하고 남편이 박장대소를 하며 흉내내어 식구들 모두 웃음으로 하루를 시작했다. 밥을 먹는 아들의 얼굴에서 젊은 날의 남편 모습이 보여서 그 시절의 유약을 만들고 입히고 하던 기억들이 떠오른다.

그때는 전기가 들어오지 않던 때라 유약을 만들고 시유하는 것은 보통 힘든 일이 아니었다. 유약의 재료는 크게 장석, 규석, 석회석, 도석 그리고 나뭇잎 재 등이 있어야 한다. 보통 원석을 주로 썼으며 그 재료들을 분쇄하려면 돌을 잘게 부수어 절구에 빻았다. 그리고 굵은 얼개미로 쳐서 내리고 다시 빻기를 반복해서 어느 정도 가루가 되면 물과 함께 맷돌에다 갈아야 했다. 하루 종일 맷돌질을 하고 나면 손바닥에 물집이 생기고 온몸은 도자기가 된 듯 유약으로 범벅이 된다. 그쯤 되면 도자기를 하고 싶은 생각은 구만리 달아나고 진저리가 쳐졌다. 그래도 나뭇잎 재는 일하기가 쉬웠다. 고운 체로 쳐서 물에 담그고 자꾸 물을 갈아주어 잿물을 우려낸 다음 무명 헝겊에 펴서 건조시켜 두었다가 필요한 만큼 넣어서 쓰면 되었기 때문이다.

얼마 후, 전기가 개통되어 분쇄기(미루)를 만들어 사용하니 얼마나 편하던지, 아마 전기가 들어오지 않았다면 나는 도자기 하는 일에서 손을 뗐을지도 모른다. 유행가 가사에 "다시 가라 하면 나는 못 가요. 마다 마디 서러워서 나는 못 가요"라는 노래가사처럼 다시 그 어렵던 시절로 돌아가라고 한다면 안 가고 달아날지도 모른다.

어쨌든 미루라는 것이 얼마나 좋은 것인지 신바람이 나는 일이었다. 커다란 드럼통처럼 생긴 통 안쪽에 아주 강한 돌들을 붙여서 통을 만든다. 그리고 유약 원료들을 알맞게 배합해 넣고서 백령도에서 가져온 반질반질하고 단단한 구석이라는 돌을 넣어서 모터를 돌리면 떨어지는 낙차에 의해서 부수어져 밀가루같이 곱게 된다. 이것을 고운 체로 몇 번 걸러서 쓰면 되니 옛날 방식에 비하면 거저먹는 격이었다. 요즈음도 우리 집에서는 이 방식대로 유약을 만들어서 쓴다. 지금 도자기를 배우는 사람들은 아예 유약을 만들어서 공급해 주는 공장이 있어서 배달 받아서 쓸 수 있기에 이 이야기를 하면 호랑이 담배 피우던 시절의 이야기라고 할지도 모른다.

유약은 자기가 쓰고 있는 소지(흙)에 맞아야 하는데 그 비법은 아버지가 아들에게도 안 가르쳐 준다는 말이 있을 정도로 개발한 사람의 노하우다. 남편도 유약을 만들 때면 문을 걸어 잠그고 혼자서 마치 무슨 의식을 치르듯 했기에 부인인 나도 모른다. 이제는 남편 혼자서 터득한 것을 장성한 자식에게 전수해 준다고 하니 자식들은 복을 많이 타고났나 보다.

예전에는 지금처럼 대학이나 요업기술원 같은 곳이 없었다. 그래서 각종 원료들이 어떤 온도에서 어떻게 발색하고 녹는지 모르기에 불 땔 때마다 실험품을 만들어서 구워 그 비법을 알아내어 유약을 만들어 썼으니 그야말로 장님 코끼리 더듬기 같아서 혼자 터득한다는 것은 매우 어려운 일이었다.

천년 전에 우리 선조들이 만들었던 청자 도자기가 지금 달나라에 가는 우주선을 만든 것에 비유할 만하다고 하는 이야기를 들으니 존경과 찬탄을 금할 길이 없다. 위대한 문화유산을 우리들이 계승 발전시켜야 할 터인데 결코 쉽지 않은 숙제이다. 요즈음 유약을 시유하는 남편을 보면 예전에 처음 도자기를 할 때의 모습이나 별반 다른 것을 찾아볼 수가 없다. 달라졌다면 숙련되어 여유로워진 모습이라고나 할까?

지금도 우리 가족들은 모두 숙연한 마음으로 조용조용 혼연 일체가 되어 일을 한다. 초벌구이를 한 기물을 털어 들여오는 일은 아들이 하고 남편은 잘 걸러진 유약에 숨소리조차 나지 않게 고요히 시유를 반복한다. 유약을 입힐 때의 호흡조절과 두께의 형성이 중요한데 이것을 위해서 숫자를 속으로 세며 감각을 익히는 것을 아들에게 가르쳐 주었더니 꿈속에서도 숫자를 세었던 모양이다.

마지막 단계인 도자기 표면에 유약이 고루 입혀지려면 그만큼 오매가 되도록 일을 해야 한다. 딸과 나는 유약이 골고루 입혀졌나 확인을 해서 두꺼운 부분은 긁어내고 덜 입혀진 부분은 덧칠을 해주어야 하는데 그것이 감각으로 해야 하는 일이기에 모두 다 완벽하게 할 수는 없어서 항상 유약 손질을 할 때마다 겁이 나서 조심조심 아기 다루듯 한다. 유약 손질이 다 되면 바닥에 달라붙지 않도록 굽이 닦여져서 가마 쟁임을 하기 위해 기다리는 도자기를 보면 중음의 세계에서 다음 생에 어떤 심판을 받을지 걱정하는 영혼들의 모습과 같다고 하면 너무 한 것일까? 그렇게 온갖 정성을 들여서 작업했지만 1,300도의 불 속에서 심판을 받고 나와 보면 실수했던 부분들이 고스란히 드러나 도공의 가슴엔 언제나 피멍을 들게 하는 것이 도자기이다.

1980년대 초의 일이다. 그동안 잘 나오던 도자기가 이상하게 전 부분이 말려 실패하기 시작했다. 그것도 한창 인기 종목이었던 청자 생활자기들에만 그런 것이 나와서 이런 저런 방법을 다 동원해 보아도 그 원인을 찾을 수가 없었다. 주문은 밀리는데 구워보면 실패의 연속이어서 속이 새카맣게 타들어갈 무렵 남편은 마치 사생결단이라도 내려는 듯 밤낮을 가리지 않고 만들어서 그 원인을 찾아내려고 노력했다. 그 모습을 지켜보는 나는 도자기가 사람 잡을 것 같아서 건강이 제일이니 조금 쉬어가며 해보자고 해도 막무가내였다. 결국 그 기간이 일 년이 넘었고 재정도 바닥이 나서 모두 절망감으로 도자기는 이제 끝이라고 체념하기에 이르렀다. 그동안 도자기가 잘나와 주어서 도자기를 우습게 본 것이 탈이었다고 하며 남편 스스로 자책을 하며 자기가 너무 오만했음을 인정하면서 후회를 했다. 도와준 가족들에게 볼 면목이 없다고 하며 얼마간을 중병 앓듯이 앓고 난 뒤 처음 배울 때처럼 초심으로 돌아가서 천천히 정성스럽게 만들기 시작했다.

그러던 어느 날 우연히 유약을 담아놓은 통을 보다가 고무통 가장자리가 달아져서 너덜거리는 것을 보았다고 한다. 유약을 시유하고 엎어서 속에 있는 유약들을 털어 내기 위해 문지르던 곳이 닳아져서 있는 것을 보고 원인을 알았다고 했다. 그래서 아무에게도 이야기하지 않고 고무통에 문지르지 않는 방법으로 해보니 역

시 화학물질인 고무찌꺼기가 묻은 부분이 불에 구우면 말린다는 사실을 알아내고 뛸 듯이 기뻐했다.

지금 생각해 보면 아주 간단한 것이었지만 그때에는 그것을 알아낸 것이 마치 도깨비 방망이라도 발견한 것이나 다름이 없었다. 그것은 신의 가피였던 것이다. 아주 사소한 것에서 모든 일이 시작되는 것이니 언제나 교만한 마음을 버리고 정성으로 일하는 것이 도자기를 잘 만들 수 있는 비결이라고 하는 남편은 만약 그때 그렇게 여러 가지 실험을 안 했더라면 많이 배우지 못했을 거라며 새옹지마라고 한다. 그리고 지금까지도 처음 시작할 때의 마음처럼 정성스럽게, 아무리 바빠도 원칙대로 하는 마음을 갖게 해준 유약을 담았던 고무통이야말로 스승인 셈이라고 한다.

장성한 자식들도 이 길을 간다는데 어떤 시련과 깨달음이 기다리고 있을지 걱정이 앞선다. 아버지가 고생해서 깨달은 것을 근본으로 삼고 실천하지 않는다면 미운 오리새끼 같은 도자기만 태어나고, 모든 일을 정성과 혼을 바쳐서 만든다면 삼신할머니가 옥동자들을 주르르 생산하게 해줄지도 모른다고 협박이라도 해야 할까보다.

이제 이 길을 먼저 간 선배로서 한 마디 한다면, 굴러다니는 돌멩이 하나라도 자연의 예술이 숨어 있으니 소홀히 하지 말고 탐구해서 자기만의 독특한 색깔 있는 도자기들을 만들도록 해야 되고, 그 도자기들과 희로애락을 함께 하면서 마음을 닦는 수행의 과정으로 일하는 것이 제일 행복한 것이라고 이야기해 주고 싶다. 부모가 먹은 밥 때문에 자식들의 배가 부르지 않듯이 결국은 자기가 노력해서 얻은 것만이 참된 깨달음이 되는 것이니 세창의 2세들은 어떤 도자기들을 계승 발전시켜 문화를 빛나게 할지 생각만 해도 궁금해지고 가슴이 설렌다.

불꽃들의 향연

불

시월 초의 날씨인데도 아침저녁 일교차가 커서 그런지 새벽 5시가 다 된 시간이지만 어둠과 안개로 한치 앞도 안 보인다.

오늘은 온갖 정성으로 빚은 도자기를 가마에 넣고 불을 때는 날이다. 아침에 본 어둠과 뿌연 안개처럼 어떤 일이 일어날지 상상할 수도 없는 가마 속에 불꽃들이 펼치는 향연에 그저 운명을 맡기는 심정이 되어 가마터의 신에게 고사를 정성스럽게 드린다. 부디 하늘이 도와 주어 날씨가 쾌청하고 장작 한 개비마다 상서로운 기운이 돌아서 불과 하나가 되어 잘 생긴 자식들을 점지해 주십사 하고 온 가족이 엎드려 절을 했다.

5시 30분, 남편이 장작 몇 개비 올려놓고 한지에 불을 붙여 조심스럽게 씨불을 댕겼다. 불을 지켜보던 남편의 눈에 눈물이 맺히는 듯 보여 왜 그러느냐고 물으니 불을 오래도록 쳐다보고 있어서 그런 것이라며 둘러댄다. 아마 그동안 애지중지 만들어 놓은 것들이 불 속에서 빛나는 도자기들로 오버랩 되어서 너무 기뻐서 그런 것은 아닐까? 하며 쳐다보니 속마음을 들키기라도 했는지 얼른 남편이 불꽃이 타닥타닥 소리를 내며 냄새를 풍기니 장작 타는 냄새가 맛이 있다고 한다. 코를 벌름거리며 맡아보니 정말 매콤 달콤한 것이 어찌나 좋은지 자식들에게 고향 냄새 같다고 하며 호들갑을 떨었다. 소나무 장작 타는 냄새밖에 안 난다는 자식들의 말에 오랫동안 가마에 불을 때 본 사람만이 아는 맛이라고 남편이 이야기한다.

모든 것이 신기한 아들은 어제부터 가마 쟁임을 호기심 어린 눈으로 배우느라 흥미진진한 모습이 되어 열정적으로 일을 한다. 가마 쟁임을 예전에는 나와 함께 했지만 이제 아들이 대신 하므로 나는 은퇴한 셈이 되었다. 그래도 옛날 처음 시작할 때의 열정은 살아 있어서 마음은 그때의 심정이 되어 신기가 오르는 것은 어쩔 수가 없어서 불을 지켜보는 자식들에게 옛날 이야기를 들려 준다.

예전에 남의 집 가마에서 일을 배울 때 초벌구이를 꺼낸 날 보통 재벌구이를 재웠다. 지금 생각해 보면 가마가 식으면 그만큼 연료 소모가 많기에 그렇게 하지 않았을까 하는 생각이 든다. 온 동네 잔치하듯 사람들이 모여 유약을 입히고 손질해서 가마 쟁임을 하는데 가마 속의 온도가 얼마나 뜨거운지 그 속에서 쟁임 하는 사람은 숨쉬기조차 어려웠고 몸은 땀으로 범벅이 되곤 했다.

가마에 장작 넣기

해서 당연히 밑에서 보조하는 사람이 센스가 있어야 하는데 그렇지 못하면 금방 큰소리가 나오고 가마 속에서 뛰쳐나와 야단을 맞는 일이 허다했다.

예를 들면 어깨가 벌어지고 허리가 잘록한 매병이 들어가면 당연히 다음에는 목이 길고 엉덩이가 통통한 주병이 들어가야 되는데 어깨가 커다란 항아리라도 들여보내면 안 되는 것이었다. 그런 일을 남편과 나는 같이 했는데 내가 얼마나 보조를 잘 했는지 사람들이 가마 속에서 싹튼 사랑이라고 하며 농담하기도 했다.

그 후, 우리는 부부가 되어서 평생 그 일을 같이 하는 동반자가 되었다. 이제 자식들이 나의 대를 이어받아 남편을 보조하는 것이 재미있어서 나를 닮았느냐고 물어보니 나보다 아직은 서투르다고 하며 웃는다.

이런 저런 이야기를 하다 보니 벌써 봉통의 불꽃들이 잔치를 벌이고 야단법석이 났다. 꿈틀대는 듯한 가마 등과 막아놓은 칸 불의 입에서도 시커먼 연기가 미어져 나온다. 남편은 불과 함께 흥분하는 아들에게 불을 때는 일은 마라톤 선수와 같아서 처음에는 여유 있게 천천히 즐기며 하는 것이라고 하며 굴뚝에 연기 나는 것을 보러 가자고 해서 조금 멀리 떨어진 곳으로 갔다.

하늘을 보니 가마 신이 도왔는지 파란 하늘에는 구름 한 점 없고 연기가 만들어내는 새털구름들이 춤을 추며 하늘로 승천하듯 올라간다. 처음 본 것도 아니건만 하늘이 고마워서 카메라를 들이대고 사진을 찍어 본다. 아들에게 봉통 불을 때는 것을 가르칠 겸 해서 시켜놓았다.

남편은 불 때는 것을 촬영하러 온 기자들과 사진작가 그리고 구경하러 온 손님들과 대담을 나누는 동안 나는 손님들과 불 때는 사람들의 식사준비를 장만하느라 한나절을 부엌에서 바쁜 시간을 보냈다. 손님들은 안채에서 식사하시게 하고 불 때는 사람들을 위해 가마 앞에 임시 식탁을 차려놓으니 꼭 옛날 가마 불 때는 날에 동네사람들이 다 와서 잔치를 치르듯 했던 것이 생각나서 괜스레 마음이 들떠 사람도 많지 않은데도 필요한 것 없느냐고 하며 흥분했다.

반면 느긋한 아버지를 보며 아들은 봉통 불이 온통 불꽃으로 이글이글 하다며 보고를 한다. 남편은 지금은 불이 어느 색깔이며 어떻게 타고 있는지를 다 알고 있으니 걱정하지 말고 꾸준히 장작을 넣으라고 한다. 아버지는 불을 보지도 않고 어떻게 알 수 있느냐고 나에게 묻는 아들에게 오랜 세월 불과 씨름하고 나면 안 보아도 다 보인다고 하니 고개를 끄덕거리는 모습이 재미있다.

이른 새벽 시작한 봉통 불이 하루 종일 장작을 얼마나 먹어 치웠는지 첫 칸 불 마개에서 마치 용이 시뻘건 불을 내뿜고 뜨거워서 못 살겠다는 듯 고래고래 고함을 지르는 것처럼 보인다. 이제는 봉통 불을 그만 때고 첫 칸으로 올라갈 때가 된 것 같다는 신호가 떨어지기를 기다리다 지친 아들은 계속 아버지를 쳐다본다.

봉통은 도자기가 들어 있는 칸들을 위한 예열의 작업이다. 그러므로 오랫동안 때주어 첫 칸에 검은 그을음이 타서 없을 때까지 때주어야 하는데 뭐든지 빨리빨리 하던 젊은 세대들이라 참기 힘든 일인 모양이다.

드디어 작전 참모가 명령을 내리고 선두에 서듯 첫 칸의 불 마개를 열고 장작을 능숙한 솜씨로 넣는다. 벽돌 한 장의 구멍에 50센티의 장작을 기술적으로 같은 곳에 떨어지지 않도록 넣어 주어야 골고루 불이 퍼지며 온도가 올라간다. 몇 번 불 땔 때마다 심부름하던 아들이 마당에 그림을 그려놓고 장작개비를 던지며 연습하니 남편이 장작을 주며 던져보라고 하자 던지는 모습까지 아버지 흉내를 내며 던진다. 밑에 봉통에 내려가서 잘 던지는지 검사를 한 남편이 마지막 던지는 것이 조금 짧아서 두 번째 것과 포개졌다며 다시 해보라고 한다. 첫 칸은 산화 불을 때는 작품을 넣었기에 연습이 가능한 것이었다. 배우러 온 조카에게도 실컷 장작을 던져보라고 하며 가르쳐 주니 그동안 남의 집 가마에서 한번 던져보려고 애를 썼던 이야기를 하며 기쁨의 환호성을 올리고 신바람이 나는지 콧노래까지 부른다.

한 시간을 그렇게 지켜보며 가르치던 남편의 얼굴이 이상해졌다. 두 번째 칸으로 올라가 불 마개를 열어보고는 불을 놓친 것 같다며 한숨을 쉰다. 아들과 조카에게 불 때는 것을 가르치느라 여유를 부렸더니 불이 자기를 우습게 보았다고 화가 단단히 난 모양이다.

남편이 후퇴해서 다시 봉통으로 내려가 크고 불심이 좋은 장작을 골라서 던지기 시작한다. 모두 다 긴장되어 숨소리조차 내지 않고 불과의 대판 싸움을 벌이는 것을 지켜본다. 봉통 아구리가 터지거나 말거나 장작을 밀어 넣으니 불들이 화가 났는지 검은 연기로 가득 차서 아무것도 보이지 않는다. 불이 타는 것을 보며 내 마음속에 숨겨놓은 번뇌 가득한 마음의 끈을 이번 참에 함께 집어넣어 활활 같이 태워보자고 속에 있는 진심(嗔心)을 꼬드겨본다.

불꽃이 혀를 널름거리며 뿜어대고 화를 가라앉히느라 씩씩거리자
또다시 남편이 장작을 구겨 넣으니 검붉은 불꽃이 활활 타며 모든
번뇌와 화의 불길이 마지막 안간힘을 쓴다. 그래도 숨 쉴 틈도 주
지 않고 연거푸 장작을 넣으니 모든 기운을 다 삼켜버렸는지 온통
새빨간 불꽃으로 가득 차서 항복을 한다.

이제 불 속은 따뜻한 햇살로 가득하고 온화해지자 아들에게 삽
을 가지고 굴뚝으로 가서 대 보라고 한다. 어제 저녁 비가 왔으니
굴뚝에 습기가 아직 남아 있는지 보라고 하는 것이다. 한번 불을
놓치면 잡기가 대단히 어려운 것을 아는 나는 가마 안의 불꽃을
보며 안도의 숨을 내쉬었다. 밤 12시가 넘어가고 아들은 지쳐 가
는지 한마디도 떠들지 않는다. 드디어 3번째 칸 입에서도 검붉은
연기와 불꽃이 나오자 남편의 얼굴에 미소가 나온다. 남편이 불을
때기 시작한 지 20시간만에 다시 첫 칸으로 올라와 정성을 다해
장작을 던진다.

조금 전에 그 무섭던 불꽃들이 어디로 갔을까? 하고 봉통 속의
광경을 살펴보니 모두 다 잠이 들었는지 하얀 재 이불 속에 황금
빛 몸뚱이를 뉘고 천상인 듯 편안하게 있는 불의 정령들을 보며
내 마음도 함께 누워 극락 구경을 같이 떠나볼까? 하고 엉뚱한 생
각을 해본다.

첫 칸은 산화불로 공기를 넣어주며 때는 것이다. 2시간이 지나
자 앞에 넣어놓은 유약을 말아서 만든 불보기가 넘어가고 곧 이어

뒤에 넣은 불보기도 넘어지기 시작한다. 30분을 더 때고 첫 번째 칸의 불을 끝냈다. 두 번째 칸부터는 청자 불이다. 환원을 시켜야 되는 불로 불 고삐를 놓쳐서는 절대로 안 된다. 남편에게 장작을 크기에 맞춰 집어주는 일을 내가 하기로 했다. 오랜 세월 같이 한 일이기에 손발이 척척 맞는다.

새벽녘 타닥거리는 불꽃 소리들만이 정적을 깨고, 불들의 향연에 초대되어 온 가족들은 저마다 불을 보며 여러 가지로 변신하는 모습에 그만 넋까지 빼앗겼는지 모두 불과 하나가 되었다. 장작개비는 마치 성냥개비처럼 눈 깜짝할 사이 없이 어디론가 타버리는 것이 불이 도자기를 익히는 것이 아니라 가마가 불에 달아올라서 도자기가 익어 가는 것 같다. 불은 동녘의 일출처럼 가마 안을 가득 채운다.

드디어 햇살 같은 불이 퍼지고 도자기들이 수줍은 듯한 알몸을 드러냈다. 불꽃들은 요술을 부리는 듯 햇빛이 되었다가 달빛으로, 그리고 한 겨울의 아침 햇살을 받아 눈부시게 빛나는 하얀 눈꽃들을 만들어낸다.

가마 안은 불꽃들의 향연으로 절정에 이르러 빛들이 방광을 하기 시작했는지 도자기에 세 겹의 빛이 감싸기 시작한다. 가장자리의 빛은 연보라색이고 가운데 빛은 흰빛과 어우러진 파란빛이다. 마지막으로 도자기를 감싸고 있는 희다 못해 파르스름한 빛이 실오라기 하나 걸치지 않은 알몸의 도자기를 둥글게 원을 그리며 감싸고 고요히 선정에 들었다. 불을 바라보던 나도 남편도 오색 무지개 같은 오로라에 움직일 수 없는 기운으로 싸여져 도자기가 된 듯하다. 아니 불과 함께 도자기가 되었고 불이 되었다. 이어서 유약을 발라서 뒤쪽에 넣은 불보기가 꼬부라지고 엎어져서 도자기가 익었다고 몸으로 춤을 추듯 보여주자 서서히 불을 끝내고 뚬을 들인다. 시계를 보니 하루를 꼬박 불과 씨름을 한 것 같다. 그래도 두 번째 칸은 1시간 반만에 순조롭게 불을 끝냈다.

딸과 나는 아침밥으로 전날 끓여 놓았던 설렁탕을 데워서 내오고 남편과 내가 밥을 먹는 동안 아버지가 하던 것을 보고 배웠는지 아들이 세 번째 칸에 장작을 넣자 딸아이가 내가 했던 것을 그대로 장작 크기에 맞추어 집어주는 것을 한다. 웃으면서 지켜보던 남편이 잘 하는구나 하면서 총 지휘관이 되어 장작을 넣으라고 하며 장단을 맞추니 고단함도 잊은 채 가족이 한데 뭉쳤다. 교대로 밥을 먹고 올라온 아들이 자꾸 장작을 던져보고 싶어서 안달하며 아버지는 조금 쉬라고 한다. 가르칠 겸 남편이 세 번째 칸의 불꽃을 보며 장작을 집어넣으라고 하는 말을 "준비하시고 넣고" 하는 말로 명령하니 쉴 사이 없이 장작을 넣는다. 딸도 알맞은 크기의 장작을 고르느라 쉴 틈이 없고 나는 밑에서 장작에 붙어 있는 껍질들을 벗기고 옹이가 있는 것을 밀쳐놓으며 가족이 일념으로 불을 때니 모두가 불 삼매에 든 듯하다. 이번 칸도 순조롭게 1시간 반을 때니 끝이 났다. 이제 자식들도 불의 마술에 걸렸는지 눈을 반짝이며 얼굴이 상기가 되었다. 다음 번 12월 30일 날 한 해를 마무리하는 이벤트로 불을 때자고 아버지를 조른다.

이제 마지막인 진사도자기가 들어 있는 칸에 불을 땔 차례이다. 남편이 가마 안을 들여다 보더니 그동안 밑에서 불을 때서 거의 다 익었다고 하며 이번에는 조금만 때면 될 것이니 너무 굵지 않은 장작들을 가져오라고 한다. 또다시 나와 남편이 한 조가 되고 아들과 딸이 뒷바라지하며 한 몸이 되어 일을 한다. 하루 한나절을 꼬박 때고 대 장막의 공연이 끝이 났다고 하며 손을 터는 남편이 가마 안의 불들이 고분고분 말을 잘 들어주어 고맙다고 한다.

이글이글 봄 아지랑이 같은 열기를 피워내는 가마 안에서 천년 만년 빛나게 살아갈 도자기들이 웃고 있는 것을 상상하며 다시 한 번 가마 안을 들여다본다.

도자기여

빛이 되소서!

도자기는 종합 예술이다.

흙과 유약을 잘 만든다고 되는 것도 아니고 성형과 문양만 잘 넣는다고 되는 것도 아니다. 용도와 기형과 문양이 서로 조화를 이루고 예비심판인 초벌구이를 통과한 도자기가 두 번째의 무시무시한 1,300도의 뜨거운 불의 심판을 받고 나서야 탄생되는 것이니 어찌 사람의 힘으로 만들었다고 감히 말할 수 있을까? 모든 우주 만물이 화합하고 나서 인류가 만든 것 중 가장 생명력이 긴 물체가 되는 도자기로 태어나는 것이다.

여러 도자기가 있지만 우리 가마에서 즐겨 만드는 것은 청자다. 청자는 1000년 전 국교가 불교였던 고려시대에 선조들이 만들어 낸 위대한 문화유산으로 불교의 철학과 윤회사상을 담아내어 그 시대를 대변해 주고 있다.

그때의 사람들은 현세보다는 내세를 위해, 다시 말해서 윤회에 의해서 만들어질 삶을 동경했던 고려인들은 극락을 바로 청자의 비색으로 표현하고 싶어서 운학문 매병을 만들어 영원한 세계에 대한 동경을 비상하는 학과 구름으로 문양을 넣어 표현했을 것이라고 추측해 본다. 그리고 우주의 무한한 진리인 고요와 빛이 청자 도자기 위에 살아서 숨쉬기를 소망했던 것은 선조들이나 지금 시대를 사는 우리들의 모습이나 같다고 생각한다.

고려청자를 계승 발전시키는 것으로 평생을 살아온 남편은 영원한 진리 위에 찬란하게 꽃피는 문화를 만들고 싶어서인지 자기의 전생이 고려 도공이라고 억지로 떼라도 쓰고 싶고 또 그렇게 믿고 싶은 모양이다. 나도 불교를 믿고 진리의 등불이 되고 싶은 마음 때문인지 가마에서 용트림하는 불꽃을 보면 번뇌 가득한 마음의 끈을 불과 함께 훨훨 태워서 날려보내고 영원히 빛나는 하나의 도자기가 되고 싶을 때가 한두 번이 아니다.

누가 보아도 편안하고 행복해지는 도자기, 사랑받는 도자기들이 줄줄이 태어나기를 꿈꾸며 가족들 모두 합심해서 며칠 전 가마에 불 때어 놓은 것을 오늘 꺼내려 한다. 그러나 마치 모두 재판을 받으러 나가는 사람들처럼 숙연해지는 것은 아름다운 도자기가 나온다는 즐거움보다는 부족했던 정성들과 허물을 인정해야 되는 아픔이 있기 때문이다. 그리고 노력해서 잘 만들겠다는 의욕에 발

대한민국 명장 김세용 作

심 동기가 되는 날이기도 하기에 나의 눈에는 그렇게 보였으리라……

늘 해왔던 것처럼 남편은 먼저 망치부터 챙긴다.

어떤 요장에서는 가마에서 꺼내는 것 구경하며 사가라고 손님들을 부른다고 하지만 우리 집은 누가 올까봐 걱정을 한다. 파는 것도 좋지만 그보다도 더 잘 만들기 위해 세심하게 살피며 원인분석을 해내고 새로운 희망으로 거듭 태어나는 소중한 시간이기 때문이다. 그러므로 여러 사람이 있는 것보다는 조용히 자신을 위해 시간을 보내고 싶은 것이다.

불이 새어 나올까봐 진흙을 개어서 벽돌로 막아 놓았던 입구를 먼지 나지 않게 하나하나 허물어내는 아들의 얼굴이 조심스럽게 보인다. 오늘따라 구부정하게 가마 안으로 들어가는 도자기와 함께 늙어 가는 남편이 왜 그리 애잔하게 보이는지 이제 나도 늙어 가나 보다. 지금쯤이면 기쁨의 환호성이 들려야 할 텐데……

조급한 아들이 "아버지 어때요?" 하고 재촉을 한다.

가족 모두 숨을 죽이며 동정을 살피지만 나는 남편의 습성을 잘 아는지라 기다리라고 눈짓을 보낸다. 남편은 먼저 잘 생긴 놈부터 꺼내면 좋으련만 언제나 못 생긴 놈부터 보고 그 속에서 왜 그렇게 나왔을까를 분석하는 버릇이 있기 때문이다. 늘 도자기는 자기의 모습이며 거울이라고 하더니 거울에 비추어 보고 혼자서 감상하는 것을 즐기는 시간인 것이다. 그러나 밖의 식구들은 일분이

십분 같아서 빨리 달라고 하는 아우성에 삐죽 내민 것이 누런 황자이다. 잘 안 나왔나 보다 하고 가족 모두 숨소리도 내지 못하고 시선을 집중시킨다. 연이어 나온 도자기들은 마당 가득히 저마다 망치세례를 안 받으려고 자태를 뽐내는 것같이 보인다. 아들은 그저 신기한 듯 싱글벙글이지만 나는 아까부터 저 족보도 없는 황자가 어떻게 해서 태어났을까? 남편이 언제 저 도자기를 볼 것인지 궁금해서 다른 것들은 눈에 들어오지도 않는다.

드디어 남편이 황자를 들고 이리저리 살핀다. 그리고 망치로 탁하고 깨트린다. 안쪽도 황자인 것을 보면서 다른 것들을 바라보더니 갑발에 넣은 것들만 황자가 되어서 나왔다고 한다. 그렇다면 새로 사온 갑발에 문제가 있었다는 것인데 하며 갑발을 가져와 깨트려보더니 갑발이 너무 약한 흙으로 만들어져서 그런 것 같다고 한다. 망치를 들고 "갑발이 제 부모인 줄 알고 갑발 색으로 나온 이 녀석들은 모두 바보이니 버려야 된다"고 하며 깨어버리니 속이 상한 아들이 어떤 관점에서 도자기를 보느냐가 중요한 것이라며 자기는 황자가 아주 멋있게 보인다고 하며 뒤로 감춘다. 예전처럼 갑발에 안 넣고 그냥 땐 것들도 살펴보니 반 이상은 상처투성이다. 잘생긴 자식이나 못 생긴 자식이나 다 우리 자식들인데 모두 귀하지 않을까 만은 병신 자식으로 평생을 살아가야 하는 운명이 너무나 가여워서라도 가차없이 버린다. 또 왜 그렇게 나왔는지를 알려면 깨트려 봐야 되니 이래저래 망치소리에 놀란 도자기

들과 그것을 지켜보는 가족들만 가슴이 저려 발을 동동 구르며 "그건 잘 나온 것 아니냐"고 큰소리로 호들갑을 떨어본다.

인간이 할 수 있는 능력 이상의 어떤 힘이 불의 조화에 의해 완성되는 것을 알면서도 수십 년 가마에서 꺼낼 때마다 만족스럽지 않은 것은 내 마음이 수행이 덜 된 탓이라며 남편이 자책하자 지켜보던 내가 그 뜨거운 불의 심판을 받고서도 그냥 똑바로 서있는 것만으로도 나보다는 나은 것들이라고 도자기들의 역성을 들어준다. 현대 조각을 하는 아들도 작품마다 어떤 의미를 부여해서 바라보느냐에 따라 도자기가 다르게 보일 수도 있다고 하며 우리가 갖고 있는 도자기에 대한 고정관념이 답답한 듯 깨지 말라고 조른다. 사람이 정해 놓은 저마다의 고정관념이 얼마나 무서운 것인지 오늘 아들과 도자기를 꺼내며 새삼 느낀다. 그래도 이번 가마는 매우 성공적으로 나온 것이다.

예전에 처음 가마를 만들고 불을 땠을 때에는 실패를 밥먹듯이 한 적도 많다. 지금 생각해 보면 불의 원리를 잘 모르고 불을 때서 그랬던 것인데, 만약 그런 시련을 겪지 않았더라면 이렇게 성공하지는 못했을 것이다. 하지만 그때 절망의 연속이었던 내 마음을 남편은 알고 있었을까? 아마 알고서도 모른 척 하고 싶었을 것이다.

한번은 가마에서 도자기를 꺼내야 하는데 남편이 자꾸 미루고 있어서 아무래도 수상해서 물어보니 같이 일하는 가족들이 안 나

오는 일요일에 꺼낸다고 한다. 짐작으로 모두 버렸구나 생각하여
체념을 하고 꺼내 보니 그런 대로 괜찮아서 몇 개라도 골라서 전
시장으로 들여가려고 하자 남편이 모두 빼앗아 박살을 내고 말았
다. 혼자서 얼마나 고심하며 힘이 들었는지 몸무게가 많이 줄어서
얼굴이 날카롭게 보였다. 그런 아픔을 견디고 도자기를 깬 숫자만
큼 많은 것을 배웠기에 빛이 되는 도자기들이 태어났을 것이다.
그런 고통 속에서 아름답게 승화되어진 도자기들이 얼마나 귀중
하게 보였는지 온 가족이 도자기들이여 "빛이 되소서!"라고 기도
를 한다.

　2006년 병술년은 남편이 회갑을 맞는 해이다.

　예부터 하늘과 땅이 조화를 이루어 60년 주기를 만들어 완성의
해로 삼았다며 자식들은 그동안 아버지가 살아온 흔적들인 도자
기들을 세상에 내보여 빛이 되기를 소망하면서 자그마한 전시회
를 준비하고 있다. 앞으로 남은 시간들을 새로운 시작으로 삼고
다시 출발하는 마음이 되어 가장 순수하고 소박하며 미감이 살아
서 숨쉬는 도자기를 만드는 계기로 삼겠다는 남편의 계획에 가족
모두 축하하며, 또 어떤 작품들이 이 세상에 탄생될지 몹시 궁금
해한다.

청자 호리병의 독백

아~ 얼마나 기다렸는지…….

당신을 만나려는 인고의 세월은 참으로 긴 세월이었습니다.

전생의 당신과 나, 옆에 있어도 그립다는 말처럼…….

우리는 얼마나 사랑하는 사이였던가요.

다음 생도 당신과 함께 하기로 약속했지만, 인연이 자꾸 비켜가 그동안 야속한 세월을 보내야만 했답니다.

당신은 내가 생명을 부여받기까지 얼마나 많은 고통을 인내했는지 아마 모르실 거예요.

도공이 땅 속에 있는 나를 꺼내어 물에 풀어서 다른 물질이 섞일까봐 고운 체로 몇 번이나 거르고 앙금으로 가라앉혀 3년이란 세월을 캄캄한 창고에서 기다리게 했습니다.

그러던 어느 날, 발로 밟고 손으로 반죽하여 물레를 돌려 형태를 만들어 나를 만들었답니다. 그리고는 어떤 옷을 입힐까 고심할 때에 나는 그에게 당신이 좋아하던 꽃으로 태어나려고 영감을 주어 꼬드겼지요. 무슨 꽃이냐고요?

가을 들판에서 바람과 햇살과 함께 지내는 들국화를 무척이나 좋아했던 당신이 생각나서였지요.

도공이 자신의 혼을 다 받쳐 수만 번의 손길로 칼을 들이댈 때에는 얼마나 아팠는지 태어나는 것을 포기하려고 했던 적도 있었답니다. 국화 투각이라고 하며 조각을 끝냈을 때에 어쩐지 가냘픈 허리선이 당신을 닮은 것 같아서 좋아하던 나비도 한 마리 넣어달라고 떼를 썼답니다.

바람을 만날까, 습기를 만날까, 걱정하며 덥지도 춥지도 않은 곳에 놓아서 골고루 잘 말리는 동안 나는 얌전히 기다렸답니다.

첫 번째 예비심판인 초벌구이의 불로 익힐 때에도 나는 오직 세상에 나가 당신을 만나려는 일념으로 참고 또 참았습니다. 아름다운 색으로 태어나기 위해 강원도에서 구해온 떡갈나무 재와 각종 돌을 갈아서 만든 유약을 내 몸에 입혀 두 번째 재벌구이인 1,300도의 환원 불에서 공기 없이 타오르며 비색의 빛깔로 변신하기 위해 숨도 멎을 것 같은 산고의 아픔을 견디어 내느라 고생한 것은 이루 말로 표현하지 못합니다.

드디어 청자 국화이중투각 호리병이라는 이름으로 태어났지만 다른 사람이 먼저 데려가면 어쩌나 하고 걱정하고 있을 때에 당신이 찾아왔습니다. 내 앞에서 서성일 때에 나를 못 알아보면 어쩌나 싶어 자태를 보여 주느라 애를 태우는데 당신이 나를 만지면서 아껴두었던 돈을 도공에게 쥐어 주며 데려갈 때에 얼마나 기뻤는지 모릅니다.

이제 당신의 사랑을 받으며 당신 집에서 함께 지내니 이 기쁨을 어떻게 말해야 할지…….

먼저 천년만년 기품 있고 우아한 청자로 태어나게 해준 도공에게 감사하고 당신의 행복한 미래를 위해 언제나 기도할게요. 그리고 나를 알아본 당신 정말 고마워요.

1998년 9월 29일 화요일 밤에

우리는 명장 부부

추운 날씨가 마음을 움츠리게 하는 계절이다.

오늘도 우리 부부는 열심히 작업에 몰두하고 있다. 남편은 물레에서 투각항아리를 빚으며 무아지경에 이르렀는지 전화벨 소리는 들리지도 않는 모양이다.

나는 30년이라는 긴 세월 동안 언제나 남편의 보조자로 늘 함께 동행하는 도공 부부가 되었다. 화장실 갈 때만 헤어진다고 해도 과언이 아닐 만큼 같이 하는 시간이 많다.

"따르릉" 울리는 전화벨 소리에 정적이 깨지고 나는 수화기를 들었다. 더듬거리는 목소리가 어쩐지 한국에서 사는 사람같이 느껴지지 않아 어디에서 거는 전화냐고 물었다. 캐나다에서 살고 있는 교포 2세라고 했다. 우리 작품이 좋아서 구입하고 싶다는 이야기였다. FAX 번호를 가르쳐 주며 자세한 이야기를 나누자고 하며 끊었다.

내용인즉, 자기가 잘 아는 캐나다 교수님이 전에는 일본 도자기를 무척 좋아했는데 한국을 다녀온 뒤로, 특히 우리 남편이 만든 국화이중투각을 보고 나서부터는 한국의 문화에 관심을 갖기 시작했고, 지금은 한국의 도자기가 세계에서 제일이라고 늘 이야기하며 한국을 사랑하게 되었다고 한다. 타국에서 한국 사람으로 태어난 것이 자랑스럽다고 하면서 그분께 선물하고 싶으니 작은 소품이지만 캐나다로 보내달라는 부탁이었다. 크든, 작든 우리들을 기억하고 사랑하는 사람이 있다는 것이 자랑스럽고 기뻐서 보내주겠다고 했다. 나는 정서가 다른 외국 사람들까지 한국을 좋아하게 만들었다니 애국자가 따로 있느냐며 남편에게 힘을 실어주었다. 그동안 우리 도자기를 애호하는 일본인들은 많이 있었지만 요즈음 들어 동서양을 막론하고 애호가들이 늘어가는 것이 날마다 다행스럽고 고맙기 그지없다.

나는 작년에 인도를 여행한 적이 있다. 사람과 흰소와 오물, 거지 떼, 차량이 뒤엉켜 정신을 차리지 않으면 여행이 아니라 지옥을 순례하는 것 같아 겁이 나서 가이드를 열심히 따라다녔다. 그런데 가이드의 눈이 빛나고 어깨에 힘이 들어가는 곳이 있었다. 박물관이었다. 어마어마한 대리석 조각, 석조각, 목조각, 금속공예……. 감히 상상할 수도 없을 만큼 오랜 세월동안 당당함으로 우리들을 맞이한 모습이었다. 인도가 낙후된 곳이라는 생각은 곧 사라지고 '인도는 살아 있다' '엄청난 에너지를 가지고 있는 곳이다' 라며 감탄사를 보냈다. 한국에 돌아와서는 우리나라 박물관에도 관심이 가서 책을 찾아본 적이 있다. 우리나라 박물관에 가면 도자기가 70%라고 한다. 그만큼 도자기는 우리나라를 대표하는 문화유산이라는 것을 알 수 있다. 우리의 조상들은 도자기를 사랑하는 민족이었기에 지금도 여러 곳에서 끊임없이 발견되는 것이 도자기가 아닌가 하는 생각이 든다.

우리 선조들은 도자기를 통해 자연과 하나임을 알고 관조했으며 또한 관상용으로 만들어 늘 곁에 두고 마음을 항상 편안하게 하여 여유를 즐겼던 멋있는 민족이었다. 그리고 식생활에 필요한 것들은 무엇이든지 만들어 썼던 지혜로운 조상들이었다. 하물며 무덤에도 소장품으로 넣어서 영혼의 끈을 이어주는 고리의 역할을 하는 것으로 도자기를 썼으며 그런 도자기가 지금도 발굴되어 역사를 증명해 주고 있다. 그 예로 퇴계 이황 선생님은 눈꽃 속에서 피는 설매화를 즐기기 위해 토기로 만든 화로에 불을 담아 놓고 그 위에는 도자기 투각 의자를 만들어 따뜻하게 앉아 매화향기를 즐겼다는 글을 읽은 적도 있다. 이렇듯 도자기는 우리 선조들의 삶을 풍요롭게 했다는 것을 알 수 있었다.

또한 우리 도자기는 다른 나라들이 생각해 내지 못한 기법을 사용하기도 했다. 고려시대로 거슬러 올라가 보면 세계에서 처음으로 상감기법을 개발해 내어 아름다운 비색의 청자를 만들었다. 그

러한 선조들의 훌륭한 솜씨를 전승하여 세계에 자랑할 수 있는 도자기를 만들 수 있었다는 것이 얼마나 소중하고 귀한 일인지를 새삼 느끼게 되었다. 하지만 21세기를 사는 우리 도공들은 과연 무엇을 자손들에게 남겨줄 것인지 걱정이 앞선다. 전쟁을 겪은 지금의 세대들은 무엇이든지 빨리 해결하려는 습관이 있다. 질보다는 양을 먼저 생각하지는 않는지 모두가 한번쯤은 뒤돌아보아야 되지 않을까 하는 생각이 든다.

이처럼 바쁜 현대이지만 작품 한 점 한 점에 정성을 다하는 남편을 보면 존경심이 생기곤 한다. 작품 하나에 어떤 것은 6개월에서 1년을 거쳐 만드는 것도 있다. 도공은 무한대의 생명력을 가지고 있는 도자기를 만드는 어머니[陶母]임을 잊어서는 안 된다고 남편은 항상 이야기하고는 한다. 고생 끝에 낙이 있다더니 20여 년 전부터 창작 개발한 도자기들이 빛을 보게 되었다. 남편은 2002년도에 대한민국 명장으로 선정되어 도예인으로서는 최고의 명칭을 부여받게 되었다. 남편의 도자기에 대한 열정과 철학을 보면 언제나 든든하고 자랑스럽다. 그런 남편 옆에서 힘이 들더라도 짜증내지 말고 내조를 잘 해야겠다는 생각을 해 본다. 역사를 빛내는 큰 일을 하는 사람과 같이 살아가는 사람이기에 나도 큰 사람이 되어야 하지 않겠는가 말이다.

오늘 작은 주문이지만 억만 금의 주문보다도 배가 부르다. 그리고 행복하다. 열심히 살다 보면 배우려 하는 사람들도 있을 것이고 또 몇 백년이 흐른 뒤 박물관에도 전시되어 있지 않을까 상상도 해 본다. 앞으로 더욱더 전통을 계승 발전시켜서 기억해 주기를 바라기보다는 기억하고 싶은 도자기를 만들어야 할 것이다. 하루하루 아니 순간 순간을 도자기와 하나가 되어 새로운 세계를 창조하는 사람이 되어야 하며, 이 세상에 존재하는 흙과 물과 불, 바람 그리고 우리의 정신의 화합으로 태어난 여러 '도자기'들에게 감사해야 할 것이다. 또한 그런 도자기를 사랑해 주고 거름을 주는 애호가들에게도 감사의 합장이라도 해야겠다.

도공의 아내

때는 벌써 9월.

시원한 바람과 함께 가을 하늘이 피어날 계절이건만 한여름 같은 무더위가 아침부터 폭염 속에 쏟아지고 있다. 너무 더워서 숨이 멎을 것만 같다. 그런데도 축제 관람객들은 130여 곳의 작품들을 열심히 구경하면서 홍겨워한다.

도공들은 1년 내내 정성스런 마음으로 작품들을 빚어서 다듬고 그림과 조각으로 옷을 입히고 그 뜨거운 1,300도의 가마에 구워서 천년만년 살아갈 운명으로 태어나는 도자기를 만든다.

그리고 축제의 날 그 주인을 기다린다.

사람들은 그런 도자기의 마음을 아는 것일까?

온갖 감탄사와 비평과 아우성으로 함께 어우러져 세상 사람들의 냄새로 범벅이 된다.

도자기를 빚는다는 것은 우리네의 인생살이와 인과설과 비슷하다. 내게 일어나는 모든 일은 그냥 만들어지는 것이 아니고 과거에 내가 만든 것들에 의한 것이며 지금의 나의 행동이 앞으로 나의 미래를 만들어내는 것과 같다고나 할까?

도자기도 만든 사람이 어떤 생각으로 얼마만큼 혼신을 다해 정성껏 만들었느냐에 따라 한 치의 오차도 없이 그대로 만들어지기에 평생을 멋지고 훌륭하다는 찬사를 받고 살아갈 작품도 있고, 일회용으로 쓰일 운명도 있으며, 불구자의 몸처럼 평생을 아프게 살아갈 도자기도 있다.

이런 도자기들이 알몸으로 앞으로 다가올 인연들 앞에 서 있다. 어떤 인연을 만나게 될까? 도자기들은 두근거리는 마음을 숨기느라 차라리 말을 잊고 살포시 눈을 감고 있는 것만 같다.

그런데 갑자기 그렇게도 파랗던 하늘에 까만 먹구름이 순식간에 온 하늘을 뒤덮었고 소낙비를 퍼부었다. 그 많던 사람들도 어디론가 비를 피해 가버리고 조금은 한적해져서 평화로운 시간이다. 잠깐 동안이지만 지금은 사람이 아닌 전시해 놓은 작품들을 바라보며 가을 하늘빛과도 같으며 천상세계를 연상하게 하는 청자의 색감 속에서 평화를 만끽해 본다.

춤추고 노래하는 학들을 따라 산을 넘어 들국화를 구경하다 감나무에서 잘 익은 홍시도 따먹으며 겨울 여행을 떠난다.

청자에 조각된 설경 속의 마을에는 나뭇가지와 초가지붕 위에

따시최된 作

도 소복하게 눈이 내려져 있다. 한참을 얼어붙은 폭포며 설경에 취해 바라보고 있자니 어느새 더위는 온데간데없이 사라진다.

무더운 여름 같은 날씨에 겨울의 정취에 흠뻑 취한 나머지 세상 속의 모든 인연들도 잠시 접어두고 사랑하는 도반과 함께 이 순간을 같이 하고 싶다는 철없는 생각을 해본다.

그 순간 "이것은 얼마예요?" 하는 소리가 정적을 깨며 나를 다시 현실의 세계로 되돌아가게 한다. 고통의 세계는 기쁨의 세계와 한 생각의 차이로 교차됨을 느끼며 나는 다시 한 도공의 아내로 돌아와 열심히 손님들에게 만든 사람의 마음을 전하려고 애쓴다.

축제는 1년 동안 못 만났던 사람들을 만나서 그동안의 안부를 묻기도 하고 새로운 사람들도 사귈 수 있는 좋은 기회다. 일본, 스위스, 프랑스, 미국, 캐나다, 중국 등 외국인들과 옛 친구와 아줌마, 아저씨, 초등학교 동창생까지도 만날 수 있는 좋은 시간이다. 그래서 도공들은 가을의 축제를 기다리는지도 모른다.

이번 축제에서는 스위스에서 온 한 부부의 도자기에 대한 애틋한 사랑을 엿볼 수 있었다. 부인이 도자기에 취해 춤추는 학 흉내를 내고 연신 감탄사로 "울랄 라"를 외치며 연 이틀 동안이나 축제장을 떠나지 못하더니 결국에는 요장에까지 가서 남편의 모습과 만드는 장면을 확인하고 손을 만지며 "원더풀!"을 연거푸 외쳐 댔다. 헤어질 때는 내 뺨에 뽀뽀를 해주며 꼭 끌어안고 사랑하는 사람들을 두고 가는 사람처럼 아쉬워하며 떠나갔다.

　며칠 동안이나 그녀의 모습이 내 눈과 마음에서 아롱거리며 지워지지 않는 모습으로 남아 있다. 그렇게 좋아서 어쩔 줄 몰라 하는 부인이 귀여워 못 견디겠다는 표정을 지으며 따라다니던 스위스의 중년 신사가 그리워진다. 이런 점에서 축제는 희로애락이 함께 하는지도 모른다.

　이번 축제에서도 많은 도자기들이 좋은 인연을 만나서 사랑받는 도자기들로 살아갔으면 좋겠다는 생각을 해보며 도공의 아내인 나는 오늘도 축제장에서 하루를 보낸다.

1997년 9월

마음 만들기

사랑의 묘약

아침 6시이면 어김없이 우리 집 개 '자비'의 낑낑거리는 소리
에 남편은 일어날 시간이라며 나를 깨운다. 남편과 나, 자비가 아
침운동을 나간 지 몇 개월 되다 보니 자비는 하루 종일 이 시간만
을 기다리며 산 듯 칭얼거리며 보챈다.

아침운동을 할 때는 손을 휘저으며 해야 하는데 한 손으로 개
줄을 잡고 끌려가는 듯한 남편이 안쓰러워 오늘은 내가 데리고 간
다고 해보지만 역시 안 된다고 한다. 처음에 내가 개와 함께 갔을
때 먼 곳을 쳐다보지 않고 냄새를 맡으려고 킁킁거리며 가는 것이
미워 개 줄을 잡아당기며 화를 낸 적이 있었다. 그 일로 남편은 개
때문에 악심을 키워서 되겠느냐며 개의 이름처럼 자비를 행하여
야 한다며 마치 수행자처럼 개와 화합하며 걷는다. 이렇게 행복한
개가 된 것은 순전히 개 박사가 다녀간 뒤에 남편이 자비를 사랑

하게 된 것이다.

자비는 5년 전, 어느 절의 스님이 주신 백구의 진돗개이다. 어렸을 적에는 귀여움도 많이 받았건만 새끼를 한 배 낳고 그만 우리의 사랑도 강아지들에게 가버려 밥만 얻어먹는 신세가 되었다. 새끼를 네 마리 낳아서 세 마리는 분양을 해주고 한 마리만 키웠는데 그 개의 이름은 태양(니마: 티베트를 좋아하는 딸이 지어준 이름)이라고 했다. 먹성도 좋고 짖기도 잘하여 가족들은 무척이나 그 개를 좋아했다.

지난 음력 정월의 어느 날이었다.

밤새 개가 짖어댔건만 별일 아니겠지 싶어 내다보지도 않았는데 아침에 나가 보니 목걸이와 줄만 남겨 놓은 채 어디론가 가버리고 말았다. 식구들이 사방으로 개를 불러보았지만 메아리만 들리고 어디서 왔는지 주인이 버린 듯한 애견 한 마리가 꼬리를 흔들며 매달린다. 아마 밤에 이상한 개가 집에 들어오니 방어하느라고 짖고 난리를 치다가 목줄이 빠져 행방불명이 된 것 같았다.

니마 대신 들어온 개의 몰골을 바라보니 얼마나 얻어먹으며 다녔는지 눈까지 가린 머리털이 덕지덕지 뭉쳐 있고 보기가 아주 흉한 늙은 개였다. 주인 내쫓고 니마의 집에 앉아 있는 개가 얄미웠지만 추운 겨울이라 밥을 먹으라고 갖다 주었더니 얼마나 허기가 졌는지 금세 해치워버린다.

나는 예나 지금이나 개를 좋아하지 않는 편이다. 신고를 하여

돌려보내자고 했더니 누가 버린 것 같은데 가엽지 않느냐며 추운 겨울은 나고 보내야 한다는 가족들의 말에 산발한 듯한 머리를 가위로 잘라 주었다. 내가 어디 갈 때면 끝까지 따라오며 같이 가자고 하는 것이 안쓰럽기도 했다. 하지만 우리 집에 오는 손님들이 놀래며 피하는 것이, 돌보지 않는 우리를 흉보는 것 같아 우리 개가 아니라고 변명하는 것이 싫었고 그 개 때문에 자꾸 마음이 시험에 드는 것 같아서 가족들 모두 우리 집에서 떠나갔으면 하기에 이름을 '갔으면' 이라고 불렀다. 눈이 많이 내리던 어느 날엔 여성복지센터까지 나를 따라왔다. 요가를 마치고 나와 보니 보이지 않아 어디 다른 집으로 갔나 싶어 오던 길로 오지 않고 샛길로 들어오니 대문에서 달음박질을 치며 뛰어 들어오고 있었다. 어떻게 하면 보낼까? 하고 나쁜 마음을 먹고 아침 일찍 먼 곳까지 걸어서 같이 간 적도 있었다. 한참을 걸어가다가 아는 사람을 만나서 안부를 묻고 하는 동안 홱 돌아서 어디론가 가기에 이번에는 성공이다 하며 회심의 미소를 짓고 집으로 돌아오니 현관에서 꼬리를 흔들며 나오는 것이 아닌가. 미워하려 해도 미워할 수 없는 개였다.

그럭저럭 겨울을 보내고 봄이 왔다.

어느 날 앞일을 잘 내다본다는 분이 오셨다. 개가 집을 나갔다고 하니 집에 식구가 줄어야 하는 것을 알고 개가 대신 나가주었으니 충견으로 알고 섭섭하게 생각하지 말라고 하니 니마가 더욱 보고 싶어졌다. 한편 '갔으면' 개는 어떤 인연으로 우리 집에 왔는지 모르지만 내가 손을 크게 다친 것도 남편이 아픈 것도 다 그 개가 왔기 때문이라고 생각이 들기도 하여 미워지려고 했다. 우리 집에서 귀여움을 못 받을 바에야 다른 집으로 보내자며 인터넷에서 개 보호하는 곳에 들어가 보았지만 마음이 약해 보내지 못하고 있던 중 이제는 식구로 받아들일까 하고 이름을 '안 갔으면' 으로 바꿔서 길러야 되겠다고 생각하여 가둬 놓았더니 어느 날 밤에 정말 철망 사이의 벌어진 틈으로 나와 어디론가 가버렸다. 돌아다니며 자유롭게 살던 개라 갇히고는 못 사는 성미였나 보다. 모두들 시원섭섭함으로 눈에 밟힌다고 하며 잘해주지 못한 것에 죄지은 사람들처럼 마음아파 했다. 집안의 우환으로 개를 돌볼 여유조차 없어 자비도 꺼칠한 몸으로 우울증을 앓는지 사람이 가도 쳐다보지 않고 병이 들어갈 무렵 남편과 나는 회복이 되어가고 있었다.

분홍빛 앵두꽃이 흐드러지게 피던 어느 봄날이었다.

도자기를 관람하러 오신 국견센터 총재님이라는 분이 개를 보더니 요즈음 보기 드문 예쁘게 생긴 순종 진돗개를 보았다며 인터넷에 올려야 되겠다고 사진을 찍는다. 그러면서 주인을 잘못 만나 푸대접을 받는다고 개를 쓰다듬으며 혀를 끌끌 차는 것을 보고 개를 사랑할 줄도 모르면서 기르는 죄인이 되어 얼굴이 홍당무가 되었다. 그래서 개를 사랑하며 기르는 법을 가르쳐 달라고 하니 여러 가지 상식을 일러주고 간다. 그 길로 남편은 철물점에 다녀오더니 해가 지는 줄도 모르고 20미터 정도 되는 쇠줄을 개집과 정자 사이에 걸어놓아 개가 자유롭게 운동할 수 있도록 해주었다. 얼마나 오랫동안 묶여 있었는지 줄을 타고 뛰어다녀야 되는데도 습관을 못 버리고 한곳에 그냥 있기에 남편은 개와 함께 뛰어다니며 이렇게 하는 거라고 가르쳐 주었다. 하지만 그래도 가끔은 햇볕이 뜨거운데도 오고 가지도 못하고 그냥 서있는 것이 습관이 얼마나 무서운지를 보여 주는 듯하다며 가슴이 아프다고 했다.

그 후 자비는 얼마 지나지 않아 자유롭게 뛰어다니게 되었다. 우울증에 걸린 개에겐 사랑이 묘약이라고 아침마다 운동 길에 데리고 다니며 세상 구경을 시켜 주었다. 그리고 변비로 고생하던 개에게 우리가 먹는 현미밥과 음식을 주었더니 대변도 잘 보고 눈망울도 맑아졌다. 사람이나 짐승이나 사랑보다 더 좋은 보약은 없는 듯했다. 차츰 건강해져 콧등이 촉촉해지고 털도 윤기가 나더니 안 하던 생리를 하여 멀리 차를 타고 개 박사님 댁으로 신랑을 맞으러 가기도 했다. '자비 출산일'이라고 달력에 동그라미를 쳐놓고 아침마다 분유도 타주고 음식도 맛있게 만들어 주며 돌보는 남편에게 옛날 내가 아이들을 가졌을 때에도 그렇게 해주었느냐고 빈정거리니 그때는 너무 바쁘고 힘이 들어 그런 자비심이 없었다며 미안한 듯이 혀를 쏙 내민다.

아침이면 늘 같은 시간에 우리를 깨워 함께 운동하고파 하는 개를 통해 자비심과 사랑을 배우고 우리 내외도 건강해졌으니 이제는 질투하지 말아야겠다. 그 대신 상생의 관계를 일깨워 준 자비에게 맛있는 밥이라도 만들어 주고 나도 남편처럼 머리라도 쓰다 듬어 주며 사랑의 묘약을 실천해야겠다.

2005년 7월 30일

알아차리기

아지랑이가 아롱거리며 노란 나비 한 마리가 봄이 온다는 소식을 전해 주며 날아가고, 겨울잠을 자던 동물과 식물들도 모두 기지개를 펴고 깨어날 준비로 바쁘게 하루를 보낸다.

뒷산의 나무들도 봄이 온 것을 알고 싹틔울 준비를 하고 있고, 뜰 앞의 목련꽃도 털옷을 하나씩 벗어버리던 날, 새봄이 오는 소식을 갖고 온 봄바람과 함께 손님이 찾아왔다. 인도 여행 중에 한 번 만난 적이 있는 사람이었다.

영화에서 보는 카우보이 모자와 머리를 뒤로 묶어 기른 모습이 어찌 보면 방랑자의 모습을 떠오르게도 하고, 깊은 산 속에서 도를 닦다가 사바세계에 온 도인 같기도 하다. 반갑기도 했지만, 살아온 이야기와 정신세계가 궁금하여 며칠 쉬었다 가라고 붙잡았다. 결혼하지 않고 오직 한 길, 자신의 깨달음을 위해 살아가는 사람의 이야기. 또 우리와 다른 세계의 사람을 동경했기에 같이 있고 싶었는지도 모른다. 많은 이야기를 서로 나누다가 내가 잊어버리며 살고 있는 중요한 것을 발견했다.

지금의 내 마음을 '알아차리는 것' 이었다.

무엇 때문에 화가 나는지, 왜 탐욕이 일어나는지, 또 시기는 왜 하는지, 순간 인정하기 싫은 것들을 들여다보는 것을 알아차려야 하는 것을 안 것이었다. 그러면 나 자신이 먼저 편안해지고, 주위 사람 또한 행복하게 해 줄 수 있다는 생각이 들었다. 살아가면서 매순간 자기의 내면을 놓치지 않고 볼 수 있다면 후회하는 일이 적을 것이다.

언제인가 나의 스승께 지금과 같은 이야기를 여쭤본 적이 있었다. 스승께서는 도둑이 들어왔다가 주인이 보고 있으면 슬그머니 도망간다는 일화를 들려 주셨던 기억이 난다. 가르침을 주셨건만 그때는 내 마음이 알아차릴 준비가 되어 있지를 못했나 보다.

여행을 좋아하는 나는 떠나기 전에 낯선 곳에서 내 마음과 몸이 얼마나 수순을 잘하는지 보려고 노력을 한다. 그 순간만큼은 내 모습을 지켜보며 나를 맡기곤 했다.

여행이 끝나고 돌아오면 마치 큰 기도 성취를 한 것 같아서 오랜 기간 삶에 활력소가 되곤 했다. 낯선 곳에서만 그렇게 할 것이 아니라 항상 그런 삶으로 살아야 했는데 그것을 잃어버리고 삼독심의 노예로 살아왔던 나를 보았다고 하니 남편과 손님도 동감이라고 하며 알아차리기를 수행으로 생각하며 놓치지 말자고 한다. 그 사람은 서둘러 짐을 챙겨 인도로 떠나가며 히말라야를 거쳐 티베트의 성지인 카일라스 순례를 간다고 했다. 성지 순례를 하면서 커다란 깨달음을 얻어서 다음에 만나면 더 많은 이야기를 나누었으면 좋겠다. 언제 다시 만날 기약은 없지만 인연이 있다면 또 만날 것이다.

이번 그와의 만남에서 나의 의식세계에 많은 변화가 왔다. 알아차리기를 잘 하는 내 마음이 나의 진정한 벗이라는 사실을 안 것이다.

어느 스님이 쓰신 시 구절이 생각난다.

"내 뜻 아는 벗이 있으면 하늘 끝에 있어도 외롭지 않네."

살아가면서 나와 벗하며 순간 순간 알아차리기를 함께 할 내 마음에게 따스한 미소를 보내고 "사랑해" 하며 속삭여 본다.

구름이 모여 비가 되고 비가 온 뒤 맑은 하늘에 떠 있는 태양처럼 언제나 따뜻한 빛으로 얼어붙었던 마음을 녹여 주려 하는 마음속의 벗이 항상 나와 함께 한다는 사실을 알게 해준 이 순간이 감사하다.

얼른 발가벗고 벗 앞에 서서 햇볕을 쬐어야 한다. 봄볕에 얼음이 녹듯이 모든 것이 녹아 내림을 믿어야 하며 어떤 순간이 내게 와도 내 마음이 나의 벗임을 알아차리자.

2003년 봄날

사랑의 스윙

봄이 왔건만 꽃샘추위가 날마다 기승을 부린다.

그 날도 역시 잔뜩 흐린 날씨에 겨울인지 봄인지 알 수 없는 스산한 바람이 불었다. 꼭 날씨를 닮은 내 기분 때문에 식구들을 힘들게 하고 있었다.

어떻게 하든 이겨내야 할 텐데 병원이라도 다녀오자 하는 마음으로 남편이 선택한 곳은 시내에서 집으로 돌아오는 길에 있는 골프 연습장이었다. 둔한 몸을 감추느라 입은 자줏빛 개량 한복 치마와 효도 신발을 신은 나는 영락없는 할머니가 되어 엉덩이를 반쯤은 빼고 이런 데를 왜 데리고 오느냐고 시위하는 사람처럼 잔뜩 인상을 쓰고 서 있었다. 10여 년 전에 골프를 접었던 남편은 한번 쳐보고 가자며 내 눈치를 본다. 그러더니 당신도 한번 쳐보면 어때? 의사 선생님의 권유가 나에게 마음에 응어리진 것을 골프를 치며 풀어 버리는 것도 괜찮다고 했다는 것이다.

몇 년 전부터 주기로 찾아오는 갱년기 우울증과 약간의 대인 기피증이 있는 나는 그동안 복용해 왔던 우울증 약을 끊느라 고생하고 있기에 남편은 지금 큰마음 먹고 같이 노력해 보자며 빙그레 웃는다. 도와줄 때 해야지 하는 마음이 고개를 들었다. 끄덕하는 내 모습에 남편은 등록을 하고 수강료와 그리고 필요한 것들을 준비했다. 내일부터 퇴근 후에 매일 같이 오는 약속을 하자고 한다.

평소 운동을 싫어하던 나는 또 다른 나에게 설득하기 시작했다. 이렇게 살면 너와 나는 버림을 받게 될 거야. 몸은 점점 살이 찌며 아픈 곳도 자꾸 늘어나고, 나중에는 식구들이 그런 사람이야 하고 체념해 버리면 어쩔 거냐고? 식구들이 도와줄 때에 노력하자며 꼬드겼다. 앞으로 남은 삶, 마음도 몸도 건강하게 나 자신과 남에게도 행복을 전파하는 그런 사람이 되자고 약속을 한 것을 지키기 위해 시작을 해보자는 마음이 남편을 따라 연습장을 다니게 했다.

첫날, 그냥 그곳에 서서 사람들과 같이 있었다는 것만으로도 큰 성과였다며 기뻐하는 남편 때문에 용기가 났다. 목과 어깨가 아파서 고생하던 나를 위해 프로 선생님은 매일 안 쓰던 몸 여기저기를 마치 초등학생처럼 호령하며 기본 체조로 시작을 한다. 차츰 몸이 풀리고 어깨가 부드러워지는 것을 느끼기 시작했다. 아무리 둘러보아도 나 같은 사람은 없는 것이 조금은 부끄러웠지만 언젠가는 옆에 있는 사람처럼 멋진 스윙을 할 날이 오겠지 하는 마음

영원한 나의 도반

으로 욕심부리지 않고 1시간씩 운동을 했다. 그런데 저녁때가 되면 가기 싫어하는 마음은 떼를 쓰며 몸 여기저기를 아프게 하고 못 가는 인연들을 만들어 놓는다. 귀찮기도 하련만 바람이 불거나 비가 와도 끈질기게 데리고 다니는 남편, 어느 때에는 야속하기도 했지만 덕분에 몸도 많이 건강해지고 끊기 힘들다는 약도 먹지 않고 살게 되었다.

골프를 통해 정신과 육체의 동반 치료가 될 수 있다는 것을 알게 되면서 새로운 눈을 뜨기 시작했다. 무엇이던지 꽉 잡아야만 되던 나에게 골프채를 쥔 듯 만 듯하게 잡는 것은 어려운 숙제였다. 왼손으로 골프채를 들어올리는 것도 무릎을 조금 구부리는 몸짓은 그동안 좁은 활동 반경과 오래된 습관, 익숙한 생활에 갇힌 나를 바꾸게 하여 새로운 세계로의 도전이었다. 어느 책에서 읽었다.

"골프는 정복으로 가는 여행과 같다. 그리고 그 목표를 달성하면 우리의 인생은 엄청나게 확대된다. 자기를 극복하는 활동이며 영혼의 순수함을 위해 한 발자국씩 다가가는 수행과 같다"라고 한 말이 나를 완전하게 이끌어줄 것만 같아서 힘이 났다.

처음에는 공을 때리며 그동안 살면서 응어리져 있던 미워하는 마음을 보내자고 생각했다. 그러자 몸에 힘이 들어가서 헛스윙만 하는 나를 보면서 마음을 바꾸게 되었다. 그동안 나를 힘들게 했던 사람들을 떠올리며 사랑하는 마음을 보내는 그런 행동으로 공을 스치듯 내려놓으니 스윙이 잘 되었고 잠시라도 잊어버리고 욕심을 부리면 몸만 다치고 안 된다는 것을 차츰 알게 되었다. 시간이 흐를수록 점점 마음이 편안해지기 시작했다. 그리고 연습장에서 보내는 시간을 내가 좋아하는 수행의 시간으로 만들자 하며 내 속에 있는 또 하나의 나와 대화를 하며 보내는 시간들이 늘어갔다.

　한 달이 지나는 지금은 나에게 많은 변화가 왔다. 세상과 화합하며 사랑으로 살아가자고 다짐하는 내가 되었고 지옥과 극락도 내가 만든다는 것을 알게 되었다.

2003년 여름

연꽃 연가

파아란 하늘에 떠 있는 흰구름들은 한가롭게 그림을 그리는데 대지는 펄펄 끓는 용광로같이 뜨겁다.

백일 동안 꽃이 피어 백일홍이라는 이름을 가진 다년생 꽃이 제 의무를 잊어버리기라도 했는지 꼭 하직 인사를 하는 양으로 고개를 떨어뜨리고 있다.

40도를 오르내리는 더위에 기진맥진 의욕을 잃어 가는 요즈음, 우리 가족은 연꽃 사랑에 폭 빠져 있다. 누가 뭐라 하든 굴하지 않고 하늘을 향해 활짝 펼치고 시원스런 모습으로 서 있는 연잎들이 한여름의 더위를 잊게 해주고 있다.

소나기가 퍼붓고 난 뒤 연잎들이 망가졌을까 염려되어 뛰어가 보니 시원스런 연잎들은 아무 일도 없었다는 듯 흔들거리며 옥구슬 같은 물방울들을 굴리며 살아서 움직이고 있었다.

올 봄에는 평소 존경하던 스님으로부터 몇 뿌리의 연을 선물 받는 크나큰 행운으로 우리 집 뜰에 작은 연못을 만들었다. 벌레가 생겨 싹이 나오지 않을까 염려스러워 미꾸라지도 몇 마리 넣어 주고, 귀하디 귀한 연 뿌리를 진흙 속에 가만히 심고 물을 가득 채워 흙탕물이 된 연못을 날마다 들여다본다.

한 잎 두 잎 늘어만 가는 것이 신기하여 하루에도 몇 번씩 시간만 나면 연못으로 달려가 물도 채워 주고 나뭇잎도 건져 주며 한여름 더위를 잊고 마치 내가 연잎이라도 된 양 뜨거운 태양 아래 연잎처럼 서 있을 때가 많다. 넓은 연잎 위에 한가로이 앉아 있는 개구리는 호사를 누리게 된 것이 고마운지 눈 맞춤으로 인사를 한다. 누구나 연꽃을 좋아하지 않는 이는 없겠지만 요즘 내 심경은 오랜 세월을 짝사랑하다가 이룬 사람처럼 연꽃 생각만 하면 행복의 미소가 저절로 피어난다.

도자기를 만드는 남편은 오래 전부터 연꽃으로 된 항아리, 주전자, 연적, 수반, 향로를 만들었고 연꽃을 주제로 투각, 음각, 상감, 양각, 부각 등으로 조각한 도자기를 만들었다. 남편의 연꽃 사랑은 이미 도자기를 통해서 꽃을 피워 연꽃의 이름을 가진 도자기를 많이 탄생시켰다. 우리가 연꽃을 좋아해서인지 생활자기를 만드는 딸도 연꽃 사랑이 대단하여 연꽃으로 그림을 그린 홈 세트를 만들었더니 사람들이 좋아해서 주문이 많다고 신바람이 났다. 그토록 사모하던 연을 직접 기르게 된 남편과 나는 연꽃이 많은 대

원사 홈페이지에서 연 기르기와 연꽃 이야기 등을 배우게 되었다.

연꽃은 인도와 이집트가 원산지인데 종자 부실로 씨앗은 결코 사라지지 않는다고 한다. 연꽃의 씨앗은 수천 년이 지나도 썩지 않고 보존되다가 조건이 주어지면 다시 싹이 트니 삼세 인과의 법칙을 생각하게 하고, 더러운 물에서 피어나지만 더러움에 물들지 않는다. 또한 연꽃의 물은 오염 물질을 흡수하여 양분으로 삼고 산소를 내뿜어 물을 정화하니 세상에 살면서 세상에 물들지 않고 오염된 세상을 맑게 하고 향기로운 한 송이의 꽃으로 피어난다고 한다. 다른 꽃들은 꽃이 지면 열매를 맺지만 연꽃은 꽃과 동시에 맺힌다고 한다. 그것은 깨달음을 얻고 나서 이웃을 구제하라는 것이 아니라 이기심을 없애고 자비심을 키워서 모든 이웃을 위해 사는 일이 바로 깨달음이라는 것을 연꽃은 말해 준다.

연꽃과 수련은 그릇에 따라 자기의 잎과 꽃의 크기를 맞추는데 그릇이 작으면 작게 피고 큰 그릇에 옮겨 주면 잎과 꽃도 크게 자라다가 큰 방죽에 넣어 주면 방죽을 가득 채운다고 한다. 연씨는 스스로 싹트지 않고 반드시 제 몸에 상처를 받아야 싹이 튼다. 아픔으로 성숙해지는 사람처럼 말이다. 막 피어오르는 연꽃의 봉오리는 마치 불자가 경건히 합장하고 서 있는 것을 연상하게 해서 연꽃이 불교의 상징적인 꽃으로 사랑받고 있다.

이밖에도 연은 꽃의 아름다움과 함께 중요한 식량이자 약초 구실을 하고 있다. 연 뿌리는 자양 강장제와 식용으로 널리 쓰이고

연못 — 따시최된 作

연잎은 갈아서 칼국수를 만들며 물에 불린 찹쌀을 연잎에 싸서 중 탕하면 향기로운 연밥이 된다. 연잎을 찧어서 바르면 지혈에도 효 과가 있고 코피를 멎게 하기도 한다. 그리고 찹쌀을 켜켜이 넣어 서 익혀 빚은 연엽주는 우리의 향기로운 민속주였다. 갓 피어난 연꽃 속에 찻잎을 넣고 연잎이 오므라들 때에 은박지에 싸서 냉동 보관하면 품격 높은 연차를 만들 수 있다. 이렇게 연꽃에 관해 알 고 보니 나의 연꽃 사랑은 아마도 세세생생 하게 될 것 같다. 나도 살아가면서 연꽃 같은 사람이 된다면 얼마나 좋을까? 하는 생각

을 해보며 서재 겸 명상을 할 수 있는 다락방을 연꽃집이라고 이
름을 지어 주었다.

아직 우리 집 연못에는 잎만 무성할 뿐 꽃대가 올라오지 않고
있다. 혹시 연꽃들이 집이 마음에 안 들어서 그러나 하고 은밀히
귀띔을 해준다. 내년에는 좀더 넓고 좋은 곳으로 옮겨 줄 터이니
향기로운 하얀 꽃송이를 보여 달라고 졸라댄다.

오늘도 열대야로 새벽에야 잠이 든 나를 깨우는 남편이 연못에
다녀왔다며 귓속말로 연잎들이 "나를 보아 주세요. 푸른 잎을 보
세요. 어제보다 더 멋이 있지요. 저는 세상에 나오려고 해요" 한
다며 이야기한다. 잠이 덜 깨서 떨어지지 않는 눈을 비비며 보고
싶은 마음에 발걸음은 작은 연못으로 향하고 있다.

2004년 여름

잃어버린 나무 목걸이

오전 시간, 한가한 틈을 이용해 냉장고 위를 정리하던 나는 너무도 반가워 "어머니 찾았어요!" 하고 호들갑을 떨며 어머님 방을 뛰어 들어가 외쳤다.

어머님은 돌아가신 친정 엄마라도 오셨느냐며 왜 그렇게 호들갑을 떠느냐고 핀잔을 주신다. 나는 목걸이를 내밀며 "이거요!" 하고 멋쩍게 웃고 뛰어나와 일하고 있는 남편에게 전화를 걸어 또 좋아서 못 견디겠다는 듯 펄펄 뛰며 그 목걸이를 찾았다고 자랑하니 "축하해요. 정말 잘 됐어요"라고 한다.

그 목걸이는 2주일 전쯤 욕실 앞에서 목욕하려고 목에 손을 대본 순간 없어진 것을 알고 너무나 섭섭하고 허전하여 오랫동안 찾던 것이었다.

친정 어머님이 돌아가신 후 허전하고 우울하던 때였다. 나무 조각가이신 절친한 선생님으로부터 지장보살 전각 호신불을 선물받아 12년을 하루같이 내 목에 걸고 의지하며 같이 살아온 목걸이다. 기쁜 일이나 슬픈 일이 있을 때도 언제나 내 가슴에서 나와 함께 나의 마음의 벗이 되어 주었던 것이었다. 그동안 나는 알게 모르게 그 호신불에게 많은 집착을 했나 보다. 잃어버린 순간부터는 나뭇잎 사이에도 그 목걸이가 있는 것 같이 보여 뛰어가 보면 누런 이파리뿐이었고 잔디밭에도 꼭 있을 것만 같아서 살펴보면 번번이 실망뿐이었다. 길가에도 누런 나무 색깔만 보면 자꾸 헛것이 보여 나의 눈은 늘 땅을 바라보며 다녔다. 또한 집에서도 책갈피, 서랍 등 안 찾아본 곳이 없을 정도로 시간만 있으면 나도 모르게 찾고 있었던 것이다.

23년 전 친정 아버님이 돌아가셨을 적에도 이와 같은 현상이 일어난 적이 있다. 창문을 열면 아버지 얼굴이 보이고, 밥그릇에도 국그릇에도 찻잔에도 몇 개월이나 아버지가 보였는지 모른다. 노인이 걸어가는 뒷모습만 보아도 아버지가 아닌가 하고 가슴이 뛰어 정신을 차리고는 했다. 어린 나이에 아버지와 사별했기 때문에 그런 것이라고 남편은 늘 위로를 해 주었다.

이번에 그 목걸이를 잃어버림으로써 내가 갖고 있는 엄청난 집착을 보았다. 남편도 나와 함께 한 쌍으로 받았던 호신불 목걸이를 함께 걸고 다녔는데 목걸이를 잃어버리고 허전해 하는 내가 안쓰러워 보였는지 미련 없이 자신의 것을 내 목에 걸어준다. 자비

스러운 남편을 보며 내가 갖고 있는 집착에 몸서리가 쳐지고 싫어지는 것을 느꼈다. 그래서 이번 참에 모든 집착을 버리는 공부를 해야겠다고, 차라리 잘 된 일이라고 생각하며 잊어버리려고 했다.

그런데 오늘 욕실 앞에 있는 냉장고 위에서 수건 밑에 고스란히 놓여 있는 잃어버렸던 목걸이를 발견한 것이다. 왜 그렇게 반가운지 호들갑을 떨며 나의 목에 걸며 어머님 말씀대로 내가 그 목걸이를 친정 어머니처럼 생각하고 간직하고 있었는지도 모른다는 생각이 들었다.

어쨌든 잠깐 동안이라도 버렸다고 생각했던 집착은 어디로 간 것이 아니고 내 안에 잠시 동안 숨어 있었다는 것을 순간적으로 알 수 있었다. 사람은 모든 욕망으로 살고 있다고 하지만 나는 자신과 타협하면서 잘 살고 있었다고 착각을 했다. 얽매이지 않고 걸림 없이 사는 것이 진정한 자유인이라고 알고는 있었지만 행동으로 실천한다는 것이 얼마나 어려운 일인지 실감이 난다.

목걸이에 대한 집착이 이렇게 강한데 하물며 내가 사랑하는 가족들에게는 어떠하겠는가? 살아 있는 동안 자비심으로 사랑해 주고 집착을 버리는 공부를 해야겠다.

1998년 겨울

참회의 길

매순간 죽음에 대해 생각하면서도 죽음이 무엇인지를 잘 몰랐던 것 같다. 그래서 힘든 일이 생기면 죽고 싶다는 생각을 수없이 해왔다. 죽으면 모든 것이 끝나 해방이 될 것 같다는 생각에 죽음을 열망했는지도 모른다. 그러나 이런 나의 생각이 얼마나 크게 잘못된 일이고 큰 죄라는 것을 알게끔 해준 사건이 얼마 전에 내게 있었다.

그 날도 여느 날과 다름없이 저녁을 먹고 설거지를 마친 후 9시 뉴스를 보기 위해 가족이 모두 안방에 둘러앉아 있었다.

나는 침대에서 편안하게 반쯤은 누워 TV에 모든 신경을 쏟고 있었다. 그런데 점점 눈이 감기고 팔다리에 힘이 빠지기 시작했다. 잠이 오려나 하고 몸을 뒤척여 자리에 누워 보려고 했다. 그런데 몸이 꿈쩍도 하지 않는 것이었다. 손가락 하나도 내 마음대로 움직여지지가 않는 것이다. 말을 하려 했지만 목에 무언가가 걸린 것처럼 숨쉬기가 어려웠다.

가족들은 TV를 보느라 나를 바라보지 않으며 대화하고 있었다. 내가 지금 숨쉬기가 어렵다고, 내 몸이 지금 움직여지지가 않는다고 말하려 하나 목소리가 나오지 않았다. TV에서 나오는 소리도 다 들리건만 몸은 굳어져 가고 가래가 목에 가득 채워지듯 숨쉬기가 어려웠다.

나는 순간적으로 '아, 지금 내게 죽음이 온 것이라면 어떻게 가족에게 알릴 수가 있을까? 어떻게 지금 이 순간을 받아들여야 할 것인가?' 생각하니 두 뺨으로 눈물이 주르르 흘러내렸다. '정신을 잃으면 안 된다'고 하며 염불을 하기 시작했다. 죽음을 맞이하는 것이라면 편안하고 행복하게 떠나야 한다는 마음이 들었기 때문이다.

마하반야바라밀……. 마하반야바라밀…….

수도 없이 염불을 하고 얼마나 시간이 흘렀을까?

그때 딸아이가 "엄마가 이상해" 하며 나를 발견하고는 남편에게 말했다. 놀란 가족들이 내 몸을 주무르며 약을 먹여 보려 하지만 물도 넘길 수 없는 상태였다. 가족들은 온 힘으로 최선을 다해 손과 발을 따서 피를 뽑아내고 아들은 위생병으로 군에서의 경험을 살려서 내 등을 두드렸다. 한참을 그렇게 하니 입에서 가느다란 신음소리가 들리는 것 같았고 갑자기 구역질이 날 것만 같았

다. 온 힘을 다해 토해보라는 가족들의 말에 모든 것을 다 쏟아 보
리라는 생각으로 토하니 가래가 나오기 시작했고 숨쉬기가 훨씬
쉬워졌다. 그리고 마음속으로 아이에게 말하듯 "그래 잘 해내고
있어……. 마하반야바라밀……. 마하반야바라밀……"이라고 했
다. 그랬더니 몸이 조금씩 움직여지기 시작했다. 손에 염주를 돌
리는 흉내를 내자 가족 모두 염불을 해주었다. 그리고는 서서히
정상의 모습으로 돌아왔다. 죽음 앞에 갔다고 생각하면 무리일
까? 아직도 잘 해명이 되지는 않지만 왠지 죽음이 진짜로 왔을 때
도 역시 이와 같을 것이라는 생각이 들었다.

　이런 경험이 처음은 아니었다. 지난 정월에도 한번 있었다. 인
도 히말라야 산자락에 있는 티베트 망명지를 여행할 때였다. 티베
트 사원이 있는 마을의 작은 게스트 하우스였다. 그때는 너무 힘
든 일이 많았고 지쳐 있기는 했지만 밤새 혼자서 이처럼 힘들어
했다. 남편은 잠이 들어 아주 오랜 시간을 혼자서 경험을 해야만
했다.

　죽음이 다가왔다고 느꼈을 때는 억울했고 분했던 일들이 떠올
라 억눌림과 끝없이 참으면서 살아야 했던 지난날 때문에 소리 지
르며 울고 발버둥 쳐보고 싶었다. 괴롭힌 사람들 때문이라고 생각
이 들어서 더욱 억울했던 것 같다. 그들에게 모든 것을 주었는데
그들은 아무런 고마움을 느끼고 있지 않았고 오히려 불행하다고
하면서 떠날 때 너무 괴로웠다. 하지만 차츰차츰 후회가 떠올랐고

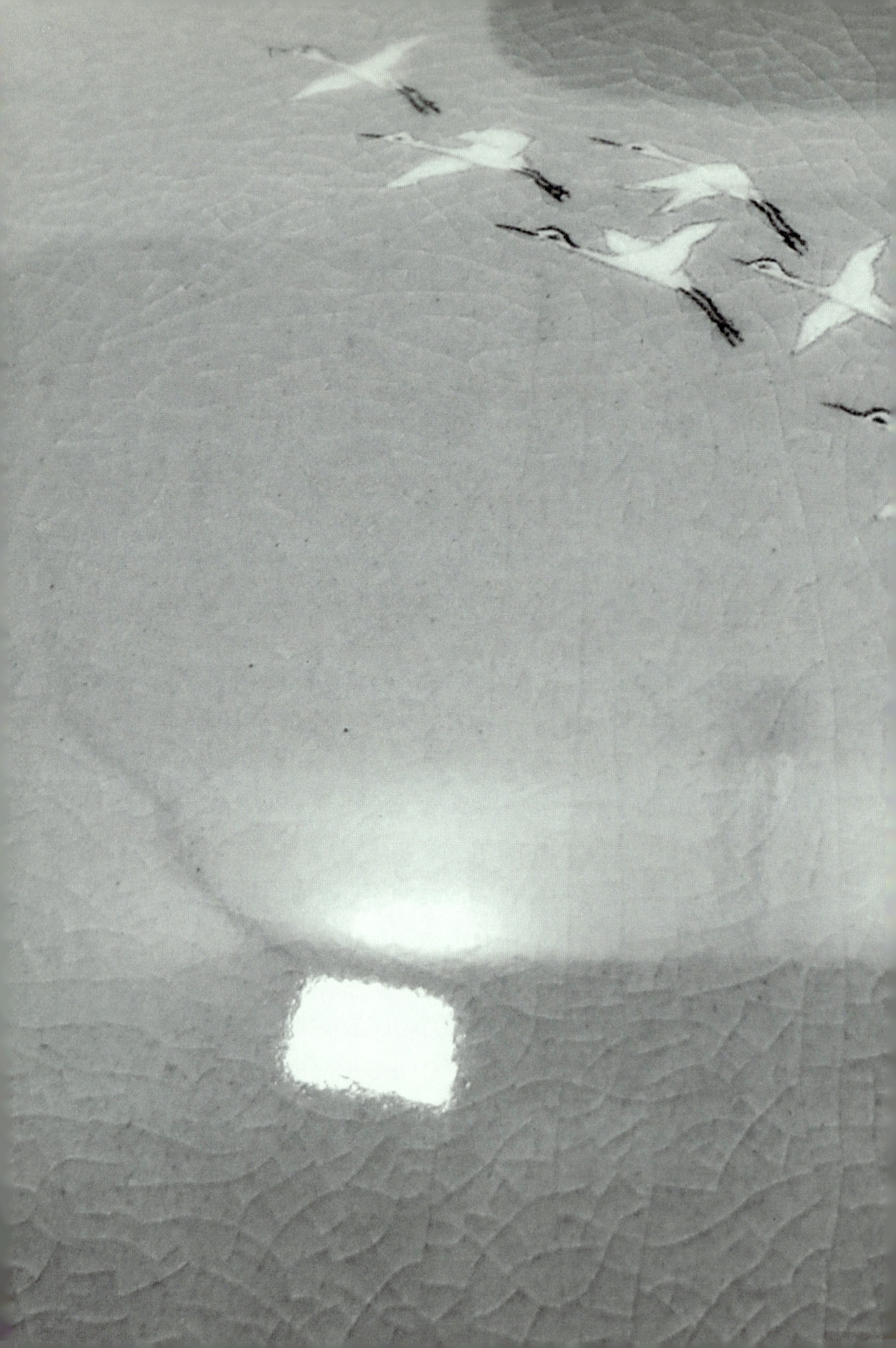

오히려 그들에게 정말 잘못했을 때도 있었을 것이라는 마음으로 바뀌어 갔다. 그래서 찾아갈 수만 있다면 용서를 빌고 싶었고 살아날 수만 있다면 정말 잘 살아야겠다는 생각을 했다. 그래서 기도도 해보고 많은 염불도 했다. 다행히도 살아나게 되었다. 참회할 수 있었던 운이 너무 좋은 경험이었던 것 같다.

이런 경험이 없었다면 그들을 계속 미워하고 억울해했을 것이며 그 속에서 내 자신을 파멸시키고 아주 커다란 업을 지었을 것이다. 그때의 상황을 나는 수행자들이 많은 그곳에서 그들의 법력으로 나의 업이 소멸되는 것이라고 믿었다.

그곳에서 수행하고 계시는 법력 높으신 수행자께서 모든 괴로움은 모두 삼독심에서 비롯된 것이라고 말씀하셨다. 그러니 이번 경험은 병이 나을 수 있는 좋은 징조이며 무거운 업이 아주 가볍게 소멸된 것이라고 말씀하셨다. 그러면서 그 분은 아주 따뜻하게 나의 이야기를 들어주셨고 살아 있는 것만이라도 감사해야지 하는 마음으로 바꿔 주셨다. 그때 살아 돌아오면서 그분들이 보여주신 따뜻함이야말로 바로 자비이며, 그분들에게 얻어 온 자비의 씨앗을 꼭 잘 키워서 나처럼 힘들어하는 사람들에게 나눠 주어 모든 사람들에게 행복을 전해 주는 사람이 되고자 기도하며 살고 있다. 삶에 대한 새로운 시각이 생겼지만 그래도 업이 두터워서인지 지금도 많이 힘들어하며 살고 있다.

그래서 이번에 또다시 이런 일이 생겼는지도 모르겠다. 더욱 열심히 참회하고 억울하고 분한 감정이 있다면 소멸시켜야겠다고 다짐했다. 그리고 큰 업보가 지나가 버린 것 같아 너무 감사하다. 마치 소낙비가 온 뒤의 개운함이라고 할까.

정말 참회하는 마음으로 순간 순간을 살고 싶다.

참회는 한번으로 끝나는 것이 아닌 것 같다. 항상 참회해야 하는 것이다. 왜냐하면 내 마음은 내가 하고 싶지 않아도 미운 감정이 생기기도 하고 나의 두터운 업으로 계속해서 나의 병을 악화시킬 수도 있는 일이기 때문이기도 하다.

부처님께서는 이런 말씀을 하셨다.

우리 존재는 가을 구름처럼 덧없고
삶과 죽음을 바라보는 것은
춤의 움직임을 보는 것 같구나.
인생의 시간은 순간적으로 스치는 하늘의 번갯불
가파른 산 아래로 흐르는 급류와 같아라.

이 글귀는 『깨달음 뒤의 깨달음』이라는 책 속에 있는 것을 읽으면서 정말로 그렇구나 하는 생각이 들게 했던 것이다. 삶은 순간이며 죽음도 순간이라는 것이다. 그래서 죽음을 준비해야 할 시간은 따로 있는 것이 아니라 지금이어야 한다는 것이다.

그동안 나는 죽음을 너무 가볍게 생각했던 것 같다. 지금의 삶

은 나의 무거운 업이라는 짐을 내려놓을 수 있는 단 한 번의 기회
라는 것을 알게 해 준 것 같아서 더욱더 참회하면서 살아야겠다고
생각했다.

2001년 5월

향기 있는 사람이 되고 싶다

비가 한바탕 쏟아지고 난 뒤 따가운 햇살이 눈부시다. 작은 연못에 연잎들이 너울거리자 물방울들이 햇살에 반사되어 보석처럼 빛난다. 보라색 꽃을 피운 옥잠화는 쏟아진 비가 원망스러운지 고개를 숙이고 있는 것을 바라보고 서 있는데 우체부가 반가운 소식을 가져왔다.

너무도 예쁘게 영문 필기체로 써 보낸 편지를 받았다. 며칠 전, 우리 집에 머무르시다 가신 영국 스님(텐진 빨모 스님과 스위스 텐진 돌마 스님)이 인천 공항에서 출국하기 전에 부친 것이다. 우리 집에 있는 동안 친절하고 따뜻하게 대해 주어서 정말 고마웠다는 내용의 편지를 읽다 보니 당장이라도 달려가 만나보고 싶어진다. 그렇지 않아도 다녀가시고 난 뒤 여기저기에서 두 분의 채취가 느껴져 스님들을 생각하고 있던 중이었다. 향기 있는 사람과 헤어지고 나면 며칠동안 손에 일도 안 잡히고 그리워하며 허전해하는 것은 나만 그런 것이 아닌 것 같았다. 우리 가족 모두에게 그분들의 이야기는 한동안 화제가 되었으니 말이다.

내가 스님들을 알게 된 것은 2001년 북인도에 있는 어느 승원에 갔을 때이다. 딸이 대학원에서 티베트 불교학을 전공했기에 그곳으로 유학을 보낼까? 하고 들러보았다가 만나 뵈었다. 티베트의 스님들과는 달리 영국 스님이라서 그런지 냉철해 보였고 파란 눈이 유난히 반짝였던 기억이 난다. 그런데 작년에 한국여성불자대회의 초청을 받고 오셔서 이곳저곳 강연도 다니고 새로 출판된 『텐진 빨모의 마음공부』라는 책으로 교보문고에서 싸인회도 할 겸 해서 오셨다고 했다. 우리나라에 알려지기는 그전에 출간된 『나는 여성의 몸으로 붓다가 되리라』는 책으로 더 유명한 스님이시다.

작년에는 장마 비가 지루하게 내릴 때 우리 집에 오셨다. 한 달간의 여행으로 몹시 힘들어 보여서 편안히 쉬시도록 하고 식사만 챙겨드렸다. 누구의 방해도 받지 않고 오직 스님 두 분만의 시간을 보내면서 밀린 빨래도 하고 오순도순 행복하게 보내시다가 가셨다. 그런데 얼마 전에 딸아이에게 메일이 들어왔다. 그 편안하고 아름다운 집에 다시 초대해 달라고 하기에 언제나 환영이라고 답장 메일을 보냈다.

그러던 어느 날 전화가 왔다. 한국여성개발원에서 초청을 하여

텐진 빨모 스님과 함께

여러 곳으로 강연을 다니고 있는데 며칠 시간이 빈다고 하며 잠실 불광사로 데리러 오라고 했다.

장마비가 잠시 주춤거리던 날, 절에 도착하여 사무실 직원에게 스님 이야기를 하니 지금은 인터뷰 중이시니 조금만 기다리라고 하면서 그분들의 가방을 내주는데 초라하기 짝이 없는 조그마한 가방 2개뿐이었다. 몇 달간의 여행을 다니면서 어떻게 저렇듯 간소하게 짐을 갖고 다닐 수 있을까? 정말 청빈한 수행자를 보는 것 같아 마음이 경건해졌다.

얼마 후 2층 계단에서 내려오던 스님이 우리를 보더니 너무나 반가워하며 오랜 친구를 만난 것처럼 끌어안고 손을 잡는다. 집으로 오는 차 안에서 안부를 물으니 대만에서 강연을 하고 한국으로 오셨다고 한다. 떠나온 지 한 달이 넘었고 한국 일정이 끝나면 다시 싱가폴로 가신다고 하며 빨리 히말라야로 돌아가고 싶다고 한다. 나도 여행을 다녀보았지만 가끔은 혼자만의 시간을 갖는 것 이상 더 좋은 것이 없는 것 같아서 이번에도 그냥 쉬게 해드리는 것이 긴 여행에 도움이 될 것 같다는 생각이 들었다.

텐진 빨모 스님은 1943년 영국 런던에서 태어나셨고 어렸을 때부터 불교에 관심이 많았다고 한다. 20세 때에 인도로 가서 밀라레빠의 화신이신 스승 캄트룰 린포체를 만나 서양 여성으로는 최초로 티베트 불교에서 계를 받았다고 한다. 그리고 12년간 학업에 정진하다가 더욱 집중적인 수행을 하기 위해 히말라야의 깊은 산속의 동굴로 들어갔다고 한다. 어느 때에는 눈이 심하게 와서 6개월 동안 눈 속에 갇힌 적도 있었고 표범과 늑대 같은 동물들과 친구를 하며 12년간 무문관 수행을 했다고 한다. 그러던 어느 날 세상으로 나가게 되는 인연을 만나서 나와 보니 24년이라는 세월이 흘러갔다고 한다. 현재는 자신처럼 수행하기를 원하는 많은 여성들을 위해 '동규 갓 찰링'이라는 승원을 건립중인데 기금을 모으기 위해 세계 곳곳으로 강연을 다닌다고 한다.

함께 오신 또 한 분은 뜻을 같이하는 도반으로 스위스가 고향이

신 텐진 돌마 스님이며 수행원으로 같이 다니신다. 스위스 스님은
마치 이웃집 아줌마를 만난 듯 편안한 사람이었으며 특히 검소한
것이 몸에 배인 듯 양말 뒤꿈치에 실밥이 다 빠져 살이 보이도록
신고 있었다.

이분들을 위해 나는 더운 여름임에도 불구하고 신바람이 나서
채식만 하는 분들에게 어떤 음식이 입에 맞을까 궁리하며 퓨전음
식을 만들었고, 맛있게 드시는 모습을 보며 힘든 줄도 몰랐다. 욕
심 같아서는 늘 함께 있으면서 많은 대화를 하고 싶지만 남을 배
려할 줄 아는 것이 진정한 자비가 아닌가 하여 식사시간이나 외출
하고 싶다고 할 때에만 만나기로 했다.

하루는 저녁 식사를 하면서 대화하던 중에 아침운동을 하고 싶
다고 하며 우리들은 하지 않느냐고 묻기에 매일 아침 6시에 한다
고 하니 내일부터 꼭 같이 하자고 했다. 식사 후에 남편이 양산도
(피리 종류)로 아리랑과 도라지 타령을 연주하자 원더풀을 외치며
어린아이처럼 즐거워하는 모습은 지금도 눈에 선하다.

매일 아침 6시면 정확하게 일어나 우리 내외와 운동을 하는 스
님이 64세의 나이라고는 믿어지지 않았다. 수행자들이라 행선을
하는 것인지 앞을 똑바로 보며 씩씩하게 걷는 모습이 감히 범접할
수 없는 힘이 느껴졌다. 그래서인지 내 마음도 덩달아 저절로 정
화가 되는 것 같아서 그 시간이 기다려지고는 했다.

하늘이 파랗고 매미소리가 유난히 크게 들리던 날 외출이 하고

남편이 만든 도자기에 텐진 빨모 스님이 자필로 쓰신 작품

싶다고 해서 여주에 있는 신륵사와 목아불교박물관을 구경시켜
드렸다. 한국 불교에 관심이 많으셨는지 신륵사에서는 조성된 지
오래된 부처님들을 심취해서 바라보기도 하고 목아불교박물관에
진열되어 있는 유물들과 부처님들을 보면서 원더풀을 연거푸 외
쳤다. 관내에 있는 산채 식당에서 점심을 먹으려고 가는데 눈 파
란 외국 스님을 처음 보는지 사진작가들이 와서 포즈를 취해 달라
고 하니 꼭 소녀처럼 수줍어하시며 응해 주신다.

어느 사찰의 주지스님이 텐진 빨모 스님을 알아보고 그 스님 절에 가서 식사도 하고 차도 마시자고 하기에 식사는 이곳에서 하고 차만 마시러 가겠다고 했다. 점심식사를 하고 나오니 정말로 모셔 가려고 그분들이 기다리고 있어서 모두 차를 타고 문막 방향으로 30분 정도 갔더니 산 속에 사찰이 있었다. 주지스님은 티베트의 수행자이신 밀라레빠의 일대기를 우리나라의 명성황후처럼 무대에 올리고 싶어서 연극 대본을 쓰신다고 한다. 그런 인연 때문에 밀라레빠 수행을 하신 텐진 빨모 스님을 만나게 된 것이 아닌가 생각하니 오묘한 인연법이 놀라울 뿐이었다.

집으로 돌아오는 동안 궁금한 것이 많은지 남편 어깨를 툭툭 치며 어린아이처럼 이건 무엇이고 저 건물은 무엇을 하는 곳이냐고 묻는 모습이 몹시 즐거워 보였다. 꿈을 꾼 것 같은 며칠이 지나갔고 다시 강연 일정이 있다고 해서 서울로 모셔다 드리려고 고속도로를 가고 있는데 심술궂은 장마비가 또 내리기 시작한다. 부디 건강하게 일정을 마치고 히말라야로 무사히 돌아가시기를 빌며 아쉬운 작별을 했다.

그런데 이렇게 편지를 받고 보니 또다시 보고 싶어진다.

그리고 나도 향기 있는 사람이 되고 싶다.

2005년 여름

인생, 뜰 앞

가을

이른 봄, 연둣빛으로 시작한 우리 집 뜰 앞의 벌판이 벌써 옷을 두 번이나 갈아 입었다. 황금빛 벼들이 바람이 불 때마다 파도처럼 출렁거리며 추수를 기다리고 있다.

그 옛날, 참새를 쫓느라 허수아비를 세워 놓고도 마음이 안 놓여 "어이 어이, 이놈의 참새들" 하며 탄식과 설움에 복받친 음성으로 참새 쫓기를 하시던 지금은 고인이 되신 친정 엄마가 생각난다.

가난과 고된 시집살이의 설움이 참새 쫓는 한스러운 목소리가 되어 지금도 들리는 듯하다.

나는 이 마을에서 태어나 한번도 다른 곳에서 살아보지 않은 이 마을 토박이다. 앞 들판에 엄마가 다니던 길로 내가 지금 다니고 있고 나의 아이들이 또 다니고 있다.

엄마가 서 계시던 뚝 언덕에는 갈대가 바람을 막고 서서 한겨울의 눈꽃처럼 펄렁이고 있다. 그 옆에 나지막하게 쓰러져 있는 망초대꽃, 들국화, 씀바귀꽃도 모두 다음 생을 준비하는 열매를 맺으려고 안간힘을 쓰고 있다. 봄부터 가을까지 뙤약볕도 견디고 개구리가 우는 밤부터 소쩍새, 부엉이가 우는 밤에도 오직 열매를 맺기 위한 일념으로 살았으리라.

우리 엄마도 나를 낳으시고 기르신 것이 저 식물들이 열매를 맺음과 같이 꽃을 피워 열매를 두고 간 것이 아닌가 싶다.

우주 만물의 모든 동·식물들은 이와 같이 한마음으로 돌아가는 것을 오늘 가을을 보고 또 느낀다.

나도 나의 아이들에게 또 나의 아이들은 또 후손들에게 엄마가 가지고 있던 지혜의 열매처럼 잘 살아서 큼직한 열매를 전해 주었으면 좋겠다는 생각을 해본다.

엄마가 돌아가신 후로 엄마라는 소리를 불러볼 수 없었고 생각할 수도 없었다. 가슴에서 무엇인가 복받쳐 오르고 눈물이 앞을 가렸기 때문이다. 지금은 나의 아이들이 출가할 나이가 되었건만 엄마한테서 받은 사랑을 십분의 일이라도 주고 있는지……. 최선을 다해 보지만 엄마의 발뒤꿈치도 못 따라가는 것 같다.

왜……?

이렇게 하늘이 높고 푸르고 맑은 가을날 문득 엄마 생각이 나는 것인지?

가을비 ─ 따시최된 作

누런 벌판을 바라보며 밭에서 콩이 익어 튀는 소리가 날 때 바쁘게 뛰시던 엄마가 떠올랐다. 어둑어둑 해가 지면 바쁜 걸음으로 집에 들어오셔서 긴 무명 행주치마를 두르고 밀짚불을 때면서 수제비 반죽을 하시던 모습, 언제나 엄마 곁에 가면 밥 짓느라 매캐한 불 냄새가 났다. 고급 이태리 향수보다도 더 좋은 냄새로…….

가을을 생각하며 바라보니 거울 속에 그 엄마가 서 있다.

어느새 계절로 보면 가을의 나이에 접어든 나의 얼굴에서 엄마의 모습이 보여 보고 싶은 마음에 엄마~ 하고 불러본다.

1998년 가을날

텃밭

새벽 3시에 잠이 깼다.

다시 누워 잠을 청해 보지만 온 몸이 근질거린다. 텃밭이 나를 유혹하고 있다. 얼른 해가 떠올랐으면 하고 시간이 가기를 기다린다.

올해에는 우리 집 텃밭에 가지, 호박, 쑥갓, 파, 도라지, 더덕, 취, 아욱, 고추, 토마토 등등 시장에 가지 않아도 될 만큼 여러 가지를 심어 놓았다. 무공해 신토불이라며 제일 좋아하는 사람은 남편이다. 식사 전에는 콧노래로 신토불이 노래를 부르며 텃밭으로 달려간다. 가족들에게 신선한 것을 먹이려는 배려가 남편을 즐겁게 만드는가 보다.

텃밭은 이렇게 즐거운 일도 선물하지만 힘든 일도 많다. 풀을 뽑아 주어야만 한다. 풀들도 살려고 나온 생물인데 나는 무슨 원수를 대하듯, 보면 손으로 뽑아버려야 하는 것이 괴롭다. 올해는 보랏빛 꽃과 흰 꽃의 도라지를 섞어서 심었다. 뿌리도 먹고 아름다운 꽃도 감상할 수 있다는 기대감으로 마치 산골 소녀가 된 것 같은 기분이 되어 열심히 밭을 일구어 심었다.

하지만 작년에 내가 게으름과, 먹는 나물이라고 합리화시켜 비름나물을 내버려두었던 것이 도라지보다 더 성하게 뿌리내리며 크고 있다. 작년 여름에는 고추장에 무쳐서 맛있게 먹었던 기억도 난다. 그때는 그것이 그 밭의 주인공이었다. 그러나 지금은 도라지가 주인공이기 때문에 뽑혀져야 한다. 밭 주인의 변덕스러운 마음 때문에 올해는 찬밥 신세가 된 것이다.

묵은 비름나물은 뿌리가 어떤 것은 직경으로 20센티미터 되는 것도 있다. 손가락을 깊이 넣고 가녀린 도라지가 다치지 않게끔 뿌리를 뽑아내야 한다. 나는 내 몸에 있는 암 덩어리를 수술하듯이 조심스럽게 하나씩 뽑아냈다. 뿌리가 박혔던 곳은 그 상처가 크다. 흙을 다시 오므려 묻어 주었다. 벌써 3일째 이 일을 반복하고 있다. 보름만 지나면 또다시 이 일을 반복해야 한다. 다른 이름의 풀들이 인연의 화합으로 또 생겨나기 때문이다. 오늘은 마치 내가 의사라도 된 것 같다. 도라지들은 살랑살랑 부는 바람에 행복해 하며 든든한 눈길로 주인들에게 눈인사를 아끼지 않는다. 덩달아 나도 마음이 즐거워진다.

어떤 날은 풀들이 데모를 한다. 나도 한 생명인데 왜 없애느냐는 항변에 호미를 들고 밭을 도망 나오기도 했다.

"어머, 도라지가 뽑혔어!" 하며 얼른 묻어주는 내 모습을 보고 찬물이라도 끼얹은 것 같은 남편의 빗나간 소리가 들린다. 옛날 동화책에서 읽었던 콩쥐, 팥쥐처럼 제 자식 다칠까봐 애태우는 모습 같다나? 정말이냐고 묻자 피식 웃는다. '정말 그럴 수도 있겠구나' 생각하니 희비가 엇갈린다. 나는 남편에게 사람이 다니는 길에 난 풀들에게는 제초제를 주어 뽑지 않게 해달라고 부탁했다.

이런 저런 생각이 잡풀 하나로도 우주를 보는 것 같다. 사람으로 태어났으니 기왕이면 주인공 역할을 하는 삶을 살아야 되겠지 하는 마음이 원을 그리며 자리를 잡는다. 남을 이롭게 해주고 기쁨을 주는 그런 사람이 되고 싶다. 자기 몸을 아끼지 않고 빛을 발하는 촛불처럼 세상을 밝히는 그런 사람이 되어야 할 것 같다.

아침밥을 먹는 남편의 모습이 우울해 보인다. 농약을 주어서 생명을 너무 많이 죽였다며 쓴 미소로 이야기한다. 내가 편하게 살자고 남의 목숨을 많이 빼앗았으니 참회진언을 얼마나 했는지 모른다며 다시는 하고 싶지 않은 얼굴이다. 감성적인 남편이 오늘따라 애처롭다.

그러나 어찌할꼬. 초대받지 않은 생명들이여, 다시 태어나거든 남을 이롭게 해주는 그런 생명들로 부여받아 태어나라고 기도를 해주어야만 할 것 같다. 그리고 '정말 미안해' 하고 속삭여 본다.

2002년 여름

가을걷이를 하다가

가을이 깊어 가는 요즈음, 바람에 이리저리 뒹구는 낙엽만큼 몸도 마음도 분주하다.

오늘 아침 창문을 열고 내다 보니 밤사이 된서리가 하얗게 내렸다. 마치 눈이 내린 것 같다. 부지런히 가을걷이를 한 것이 다행스러웠다.

여름 내내 싱싱한 풋고추를 실컷 먹고도 손님들에게 우리 집 무공해 고추 따가라고 선심을 쓰고, 김장용 고추까지 선사한 고추밭을 지난번에 보니 열매를 맺지도 못할 하얀 꽃들이 피고 올망졸망 작은 고추를 매달고 있는 것이 안타까워 시내에 사는 문우들에게 연락했더니 대여섯 명이 와서 서리맞기 전에 가을걷이를 해 갔다.

일 년 내내 기쁨을 주었던 연뿌리도 캐어 보니 아기 팔뚝만한 연근이 길게 누워 있었고, 빨간 머플러를 두르고 공군들처럼 일렬로 서서 대문으로 드나드는 사람에게 인사를 하던 칸나를 캐어 보니 식구들을 몇 배로 늘려 놓았다. 구근으로 번식하는 화초들은 조금만 늦장을 부리면 얼어죽기 때문에 춥지 않은 곳에다 겨울 내내 저장해 주어야 되기에 부지런을 떨어야 내년에 또 볼 수가 있다.

내일은 김장을 하는 날이다. 그래서 그런지 밤에는 깊은 잠을 자지 못하더니 새벽부터 어떻게 하면 맛있는 김치를 담글까 궁리하느라 열두 번도 더 이렇게 저렇게 담는 상상을 해본다. 나는 김치 담그는 것을 좋아한다. 하다 못해 여행을 다녀오다가도 시골 할머니들이 좋은 김치거리를 파는 것을 보면 사 가지고 올 정도이다. 가끔 삶이 싫어질 때에도 김치를 담그거나 요리 책이라도 보면 의욕이 생기고는 한다. 지난번에는 젓갈을 많이 넣은 것 같았기에 이번에는 담백하게 조금만 넣고 담아야 되겠다. 넘치면 모자람만 못하다고 하지 않던가. 손이 유달리 큰 내가 무엇이든지 듬뿍 넣던 버릇을 이번에는 또 알맞게 양념을 넣어야겠다고 마음을 먹어 보지만 아마 이번에도 표준량을 넘길지도 모른다. 그러니 조금 적은 듯 머릿속에 입력을 시켜 놓고 해야 할 것 같다.

우리네 인생에서도 마찬가지다. 넘치지도 모자라지도 않는 삶을 살기가 쉽지 않다. 해마다 가을걷이를 끝내고 연말이 되면 일 년 계획을 세운 것을 뒤돌아보고 잘 살아왔는지 반성하고 새로운

도토리문 이중투각 호―김세용 作

계획을 세우고는 한다.

결혼 30년이 되는 2004년에는 앞으로 남은 인생에 〈큰 꿈이 영혼을 감동시킨다〉는 계획을 세웠다. 21가지의 프로젝트이다. 10가지 시간 관리 체크리스트도 만들어 책상 앞에도 일기장에도 써서 붙였다. 많은 노력을 한 덕분에 그 중 몇 가지는 성공을 해 가는 것 같기도 하다. 오래된 습관을 바꾸고 새로운 것에 적응하기에 1년이라는 세월은 너무 짧은지도 모른다. 천천히 서두르지 말고 노력하다 보면 바뀌어져 있는 나 자신을 볼 수 있는 날이 꼭 올 것이라고 믿는다.

요즈음 식탁에다 '음식이 곧 나다' 라고 써 놓았다. 작년부터 실천하던 식생활 바꾸기에 가장 큰 충격요법으로 식탁에 앉을 때마다 마음을 바꾸게 하는 글귀이다. 못 먹던 시절에는 흰쌀밥과 고기반찬이 잘 차려진 밥상이었지만 모든 것이 넘치는 세상인 지금은 자연식으로 옛날처럼 소박한 밥상 차리는 것이 잘 차려진 밥상이다. 모르고 살았던 지난 시절의 습관 때문에 가족들의 입맛을 바꾸기가 어려웠지만 내가 먹고 있는 음식이 내 몸에 들어가서 여러 가지 세포와 새로운 피를 만들어내고 내 몸 속에 있는 장기들과 함께 사니 어찌 음식이 곧 내가 아니겠느냐고 가족들을 설득시켜서 모두가 동감을 해주었다. 하지만 음식을 만드는 나의 혀와 입이 항상 유혹을 하여 실천하기가 매우 어렵다. 그리고 빨리 빨리 먹던 식사를 최소 20분 이상 천천히 꼭꼭 씹어서 음식을 먹기로 했다. 반찬 하나하나를 먹을 때마다 그것이 어떤 맛인지 음미하고 나서 다른 음식을 먹도록 습관을 바꾸는 것이다.

내 몸은 누가 돌보아 주지 않는다. 내가 돌보아야 하기에 나 자신을 사랑해서 건강하게 살아야 가정이 건강하리라 믿는다. 그리고 어린 새싹들인 자녀들에게 좋은 습관을 가르쳐 주어야 미래에 우리 사회가 건강하게 잘 살 수 있을 것이다. 내가 있음으로 세상이 존재한다고 하는데 육체도 정신도 매일 새롭게 태어나지 않는다면 결국 나는 늙고 시들어 가는 길을 달려갈 뿐이다.

벌써 인생의 가을은 깊어만 가는데 과연 나는 어떤 가을걷이를 해야 할는지…….

2004년 가을날

풀들의 영혼

눈을 감고 온 몸을 뒤척이며 잠을 청해 본다. 잡초들이 하나씩 떠오른다. 쑥부쟁이, 억새풀, 뺌빅이, 비름나물, 똥걸레풀, 망초대, 도깨비풀, 며느리미시개……. 이름도 모르는 풀들의 영혼까지 모두 나를 잠 못 이루게 하고 있다.

요즈음 나는 풀 뽑는 일에 정신이 푹 빠져 있다. '누가 들꽃과 풀들을 아름답다고 말했는가!' 원망스러울 정도로 처음에는 지겹고 힘이 들었다. 하지만 관리하지 않고 살아가려면 이 땅을 가질 자격이 없다고 나는 생각했다. 넓은 땅을 지니고 산다는 것은 형벌이라는 생각이 날 정도로 나는 풀들과 씨름하고 있다.

오늘도 남편이 출타하고 혼자 있는 사이에 낫과 호미를 들고 중복더위에도 아랑곳하지 않고 마치 전쟁터의 전사처럼 긴 옷과 바지를 입고 자두나무 밭 사이에 앉았다. 나는 평소에 허리가 부실한 탓에 무릎을 땅에 대고 기어 다니면서 일을 해야 한다. 울타리 쪽의 큰 풀들은 낫으로 자르고 앞의 작은 풀들은 손으로 뽑는다. 땀방울과 풀들의 진액으로 범벅이 된다.

왜, 내가 무슨 죄를 지었기에 잔인하게 없애느냐고 울부짖는 소리가 들린다. 여기저기에서 이제 그만 하라고 애원하는 것 같다. 하기 싫은 마음도 같이 앵앵거린다.

자식들은 자연스럽게 그냥 놔두면 될 것을 왜 힘들게 그렇게 사는지 이해가 안 간다고 이야기한다. 그러나 나는 마음이 허락지 않았다. 풀들이 씨앗을 맺으면 내년에는 더 성할 것이라는 생각이 나를 괴롭히기 때문이다. 그런 습기는 어디에서 왔을까? 생각하니 돌아가신 친정 어머니의 구멍 난 속옷 사이에 산딸기처럼 터질 듯 익은 땀띠가 생각이 났다.

내가 어렸을 적, 나도 내 자식들처럼 밭고랑을 쫓아다니며 그만하자고 졸라댔던 기억이 난다. 내가 풀을 뽑으려고 하면 예쁜 손에 흙 묻히지 말고 어서 들어가 공부나 하라고 하시던 어머니, 그때의 어머니 심정을 잘 알지는 못한다. 그러나 나는 지금 남편과 아이들이 없는 틈을 이용해서 그때의 엄마처럼 그렇게 일하고 있다. 남편이나 아이들이 본다면 같이 한다고 하겠지만 바쁘고 신경 쓸 일 많은 사람들이 힘든 일 하는 것을 본다는 것은 상상만 해도 마음이 저려온다. 식구들이 보기 전에 얼른 해치우고 싶은 욕심이 생긴 것이다. 이 세상 모든 사람들이 나의 이런 모습을 보아도 좋

다. 하지만 나를 사랑하는 사람들은 지금의 나를 보지 말았으면
하는 마음이 간절하다. 아마 나의 어머니도 같은 심정이었을지도
모른다.

　신들린 사람처럼 어둑어둑 해가 지는 것도 모르고 부지런히 손
을 움직인다. 잡초라는 이름 하나 때문에 내 손에 마구 짓밟히고
뽑혀지는 것이다. 피눈물로 나에게 항변을 해보지만 소용이 없다.
무지막지하게 죽어가고 있다. 모기나 쐐기풀들에게 도움을 청해
보지만 그것마저 소용이 없다. 개미 구덩이를 건드려 허리 사이로
수백 마리의 개미가 올라붙었다. 옷을 벗어 툭툭 털어 버리고 '내
가 알게 모르게 살생을 했으니 갚으려면 지금 갚아라' 하는 마음
으로 참회진언을 한다.

　정신이 아득해져 오고 나서 허리를 펴 본다. 내일 아침 식구들
이 보면 가슴 아프겠지만 깨끗하게 정돈된 이 땅을 보여 주고 싶
다. 그러나 풀들의 영혼이 울고 있다. 피 같은 진액으로 내 손을
검게 물들이고 가시덤불은 내 몸을 휘감고 안 죽으려고 기를 썼던
흔적들이 여기 저기 내 몸에 상처를 냈다. 모기도 하루살이도 잠
자리를 잃어버렸다고 앵앵거린다. 지렁이와 개미들도 나 때문에
죽어갔으며 그나마 살아 있는 것들은 집을 잃어 버려 힘들어서 울
고 있을 것이다.

　내가 잠 못 이루는 것은 고정관념이라는 틀 속에서 죄책감도 느
끼지 않고 보람으로 승화시키고 싶었던 내 마음이 정말 잘한 일인

가? 의문이 생겼기 때문이다.

'모든 관념은 무명에서 오는 것이다'라고 하신 스님의 말씀이 기억난다. 모르는 것에서부터 오는 엄청난 현상들을 지금 내가 저지르고 사는 것이다. 그래도 나는 잘 모르겠다. 잘한 일인지, 잘못한 일인지…… 언제쯤이면 알게 될까?

잠이 안 오는 밤, 꿈속에서라도 답을 얻었으면 얼마나 좋을까 생각해 본다.

2002년 여름

겨울에 핀 민들레

겨울 하늘이 이렇게 푸르고 쾌청한 줄을 예전에는 미처 알지 못했다. 싸한 바람이 뺨을 스치고 지나가면서 가랑잎들을 이리저리 몰고 다니다가 여울목에 내려놓는다.

새해를 맞이하면서 묵은 것을 버리고 새 기운을 맞이하고자 대청소를 했다. 이곳저곳에 모아놓은 쓰레기들과 마당 한구석에 있는 낙엽들을 쓸어버리려고 비질을 하던 나는 눈이 동그래졌다. 가랑잎을 이불 삼아 추위를 이겨내며 태양을 향해 조금이라도 따뜻한 기운을 받으려고 하늘을 바라보며 피어 있는 민들레가 들켰다는 듯 배시시 웃는 것을 보게 된 것이다.

겨울이라지만 양지바른 처마 밑에는 4월이나 5월에 피어야 할 민들레가 봄인 줄 알고 나왔다가 꽃을 피웠나 보다. 어찌 민들레만 속았을까? 이른 봄에 나는 풀들이 땅바닥에 엉겨 붙어서 죽기

전에 종족 번식을 하느라 좁쌀만한 하얀 꽃들을 터트리고 있는 것
이 매우 안쓰럽게 보인다. 더 추워질 텐데…….

혼잣말로 지껄이던 나는 그것들이 얼어죽을 것이 걱정스러워
바람이 불어와도 날아가지 않기를 바라면서 버리려던 낙엽으로
꾹꾹 덮어 주었다. 혹시 다른 곳에도 있지 않을까 하고 둘러보니
동그란 공 모양의 솜털 홀씨를 매달고 내 씨앗을 퍼뜨릴 때가 지
금이라는 듯 누런 잎들을 휘날리며 여기저기서 홀씨를 날려보내
고 있었다. 날아가는 홀씨에게 '어미 민들레가 건강하게 살아야
한다' 는 친정 어머니의 목소리가 바람소리 되어 들리는 듯하다.

어머니는 돌아가시기 얼마 전에 긴 한숨을 내쉬며 나에게 꼭 유
언처럼 말씀하신 것이 있다. 칠십이 되어서야 살아온 세월이 후회
가 된다고 하시며 지난 이야기를 들려 주셨다.

어머니는 너무 가난한 집에 시집오셔서 몸을 돌보지 않고 열심
히 살다 보니 나중에 남은 것은 병뿐이라며 눈시울을 적시셨다.
덕분에 자식들에게는 가난을 물려주지 않아도 되는 것이 다행스
럽지만 노인이 되고 보니 아픈 곳이 너무 많아서 자식들에게 짐이
되는 것 같아 미안하다고 하셨다. 그리고 건강이 얼마나 소중한
것인지 모르고 사셨다고 하시면서 돈은 있다가도 없는 것이고 없
다가도 생기는 것이라며 성공하려고 밤낮 없이 열심히 사는 나를
보면서 걱정을 많이 하셨다. 건강이 먼저이니 몸도 돌보며 치우치
지 않는 삶이 잘 사는 것이라고 하시던 것이 엊그제 같은데 벌써

17년의 세월이 흘렀고, 병원과 약국을 기웃거리는 요즘에서야 그 말이 무엇을 뜻하는지 알 것만 같다. 건강이 재산이라는 것을.

많은 상념에 젖었던 나는 민들레가 약이라고 하시며 절뚝거리면서 뜯으러 다니시던 어머니가 떠올라 나도 약으로 쓰려고 조금 전에 덮어 놓았던 낙엽을 헤쳐 민들레의 노란 꽃을 뚝 잘랐다. 그리고 조금 붙어 있는 잎과 뿌리를 캐어보니 마치 아프다는 듯 하얀 피를 흘리며 아파하는 것 같아 어루만지며 민들레에게 속삭였다.

"얼어죽는 것보다 내 몸에 들어가서 그 질겼던 생명력으로 세포가 되어 아픈 곳을 낫게 하고 나를 건강하게 해주어 나와 같이 사는 것이 오히려 행복할 거야" 하니 민들레도 화답하는 듯하다.

"강아지 똥에서 태어났으니 강아지와 내가 하나이고 당신이 나와 함께 산다니 당신과 나도 하나가 되네요"라고 하는 듯하여 빙그레 웃으며 내가 대답한다.

'너와 내가 둘이 아니고 하나이니 세상 만물도 곧 하나이지' 하며 겨울에 핀 민들레와 마음속 대화를 나눈다.

2005년 1월

낙엽

남편에게 단풍구경을 가자고 했더니 일요일이라 고속도로에 차가 많아서 힘들 거라며 집에 있는 은행나무와 단풍나무를 보라고 한다. 오랜만에 남편과 둘이서 가을 햇살에 빛나는 노란 은행잎과 단풍잎을 밟으며 사색하는 오후를 보내게 되었다.

어느덧 내 머리에도 희끗희끗 단풍이 들어가는 중년이 되었고 나의 자식들도 출가할 나이가 된 것을 보니 세월이 빠르게 흘러가는 것을 새삼 느낀다.

우리 집 마당 가장자리에는 여름 내내 시원한 그늘을 만들어 주었던 고목이 다 된 느티나무가 있다. 이제 그 무성했던 느티나무 이파리도 누렇게 변하여 떨어지고 있다. 머리가 하얗게 되신 우리 시어머님은 그 느티나무를 베어버리자고 늘 말씀하신다. 그래서 낙엽이 지면 바로 쓸어버리신다. 한꺼번에 치우려면 얼마나 힘든 일이냐고 말씀하시면서 매일매일 쓸어버리신다. 가족들이 낙엽을 쓸지 말라고 애원하다시피 말리지만 소용이 없다.

왜 그러실까 생각해 보니 늙어서 떨어져 뒹구는 낙엽이 추한 모습으로 보이는 것이 늙은 자신의 모습을 보는 것 같아 어머님의 마음을 슬프고 아프게 해드리고 있기 때문인지도 모른다. 그 반대로 젊은 자식과 손자 손녀들은 아직 젊기 때문에 사각사각 소리나는 낙엽 밟는 소리를 들으며 가을을 마음껏 즐기고 상념에 젖어 보고 싶어서일 것이다.

울긋불긋 물들어 있는 산을 바라보며 나도 이 다음에 저렇게 곱게 늙어서 아름다운 마무리를 짓고 떠나갔으면 하는 바람을 가져 본다. 이렇듯 세상만사가 나의 마음과 달리 보는 사람들의 마음에 따라 많은 사연을 만들어낸다.

옛날에는 낙엽을 긁어다 밥도 해먹고 쇠죽도 쑤고 군불도 때며 그리고 남은 재로는 거름으로 써서 싱싱한 채소를 기르기도 했는데 이제는 불 때는 일은 거의 없어졌다. 아직도 우리 집은 낙엽을 긁어다 모아 태워서 그 이듬해 퇴비로 써서 채소를 기를 때 거름으로 쓴다.

인간이 죽어 한줌의 흙으로 돌아가는 것과 무엇이 다르겠는가. 낙엽은 나무가 겨울이 올 것을 대비해 날씨가 추워지기 시작하면 살기 위해 수분을 저장하느라 잎사귀에게 수분을 보내지 않기 때문에 낙엽이라는 이름이 되어 떨어지게 되는 것이라고 한다. 낙엽

이 되는 과정에서 배고픔과 아픔도 견디고 곱게 물들어 아름다움
으로 우리들의 눈을 즐겁게 해주기 위해 슬픈 사연을 숨기고 있는
모습이 가련하여 마치 어머니들의 모성을 엿보게 한다.

　그렇지만 불교에서 윤회를 믿는 것과 마찬가지로 아마 나무도
역시 뿌리를 믿고 이듬해 파릇파릇 새싹이 연둣빛으로 움트는 것
을 믿고 있기 때문에 낙엽이 되어서도 슬픈 모습을 보이지 않고
아름다움으로 승화되고 있을 것이다. 우리 인생도 다음 생을 위해
서라도 현재의 삶을 잘 살고 가야겠다는 마음에 노란 은행잎 하나
책갈피에 넣으려고 주워본다.

1998년 가을

겨울을 맞이하는 마을

가을의 맑은 하늘과 햇살이 너무도 좋아 어디론가 훌쩍 여행이라도 떠났으면 하는 마음이 간절한 오후이다. 겨울 채비를 하는 사람들의 손길은 바빠지고 나도 이것저것 겨울 준비를 하느라 바쁜 나날을 보내고 있다. 정자 옆 단풍잎은 곱게 물들어 있고 사철 푸른 소나무 위에 단풍잎 몇 잎 떨어져 빨간 꽃이 피어나는 것같이 아름답게 보인다.

저녁때가 되자, 비가 오려는 듯이 하늘에는 먹구름이 가득 차고 바람이 세차게 불어 갈대가 휘어져 꺾일 것만 같이 휘청거리는 것을 보니 마치 내 마음을 보는 것 같다. 누가 조금 칭찬이라도 해주거나 즐거운 일이 생기면 가을 햇살과 같이 따뜻하고 부드럽게 느껴지지만 조금이라도 언짢음을 당하거나 본의 아니게 오해를 받으면 속상해지는 것이 마치 가을 햇볕 속에 숨어 있는 겨울의 실체처럼 추워지고 사나운 바람이라도 일으킬 것만 같은 것이 오늘 저녁 나의 마음을 보는 것 같다.

어제 저녁에는 늦게 귀가하는 딸 마중을 갔다. 하늘엔 총총 별이 빛나고 있고 달은 구름 속에서 달무리를 일으키며 보일 듯 말 듯 하는 어두운 밤길을 걸었다. 뒤에 아무도 따라오는 사람은 없건만 바람과 낙엽이 걸음을 옮길 때마다 서걱서걱하는 것이 왠지 두렵고 무서워 자꾸만 뒤를 돌아보지만 아무도 없었다. 낮에 보았을 때는 그렇게 아름답다고 생각했던 곳이 낮과 밤이 바뀌었다고 전혀 다르게 느껴지는 것을 보니 모든 것은 마음으로부터 일어난다는 것을 새삼 느끼게 한다. 어두워 보이지 않기 때문에 앞으로 다가올 미지의 세계가 두렵고 긴장되는 것이다.

사람은 선과 악의 두 얼굴을 함께 가지고 살고 있다. 어느 것도 내 모습이 아닌 것은 없다. 먹구름 뒤에 숨어 있는 태양처럼 우리의 참 모습은 언제나 빛나고 있는 것이다. 천둥 번개가 치고 비가 쏟아지다가 구름이 걷히면 언제 그랬냐는 듯이 따뜻한 햇살을 우주 만물에게 보내는 태양처럼 우리의 마음도 흐렸다 개었다 하며 두 얼굴을 하고 있는 것이다. 그렇지만 구름 뒤에 빛나는 태양이 있다는 것을 믿으면 희망적이고 신나는 삶을 살 수 있지 않을까?

따뜻한 아랫목에서 창 밖을 바라보며 함박눈으로 온 세상을 하얗게 만들 겨울을 생각하면 행복한 마음이 성급히 자리를 잡으려 한다. 가을에 준비해 둔 김장김치를 꺼내 먹고 호박죽도 쑤어 먹

오리향로 ─ 따시최된 作

으며 따뜻한 대추차와 음악이 흐르는 정겨운 시간들을 마음에 그려본다. 우리도 마음을 부지런히 닦고 닦아 어떤 눈보라에도 끄떡도 하지 않도록 월동 준비를 하며 겨울을 맞이하는 마음으로 채비를 해야겠다.

1997년 초겨울

눈이 많이 내리던 날 아침에

아침 잠을 즐기던 나에게 일찍 산책을 하고 돌아온 남편이, 지금 밖은 이 세상 어느 예술가라도 그림으로 그려낼 수 없는 풍경이 펼쳐져 있다며 같이 구경하자고 채근하기에 졸린 눈을 비비며 밖으로 나갔다.

동틀 무렵이라 해가 떠오르려고 나지막한 산언저리를 온통 붉은 그림물감으로 그려 놓은 것같이 아름다운 아침 풍경과 밤새 내린 하얀 눈이 소나무 위에 소복소복 쌓여 눈꽃을 만들어 놓았다.

천천히 설경을 바라보니 전에는 느껴 보지 못했던 자연의 아름다움에 감탄사가 나도 모르게 흘러나오고 있다. 작년만 해도 눈이 오면 운전할 때 불편하고 위험하다며 반가워하지 않고, 또 집이 조금 넓은 편이라 눈 쓸기가 힘들다고 눈을 싫어하던 남편이 설경의 예찬을 아끼지 않고 있다. 사랑하는 사람이 눈을 좋아하기에 같은 마음이 되어 보려는 배려임을 알기에 오늘 아침 내가 행복한 사람임을 새삼 절실히 느낀다. 벌써 햇살이 창문을 넘어 마루 안쪽까지 들어오고 있다. 남편과 나는 늙은 호박을 고아서 만든 보약 차를 한잔씩 마시며 하얀 눈으로 덮여 있는 소나무가 우리 집에 오게 된 이야기를 했다.

우리 집은 도자기를 굽는 요장과 함께 있어서 조금 넓은 편이다. 20년 전 이곳으로 이사올 때는 옥수수 밭이었다. 그때부터 지금까지 온갖 나무를 심어 이제는 옛 흔적을 찾아볼 수가 없다. 그중 소나무는 10년 전 우리 집 가마에 장작으로 쓰려고 수종 갱신한다는 야산에 있는 나무를 싼 가격으로 샀다. 그러나 나무들을 베려고 보니 너무도 좋은 소나무라 그대로 옮겨오기로 결정하고 78그루나 되는 것을 3개월 가량 사람들을 동원해서 작업을 한 끝에 이사를 오게 되었다.

살아 있는 나무라서 옮겨 심기가 힘이 들었지만 10여 년 간 온갖 정성을 들였기에 이제는 이곳에 원래 있었던 것처럼 위세도 당당하게 우리 집 울타리에서 솔바람 소리를 내며 사철 푸른 모습으로 새들의 낙원이 되어 주며 우리와 함께 살고 있다. 전문가들도 옮겨서 살리기가 어렵다는 소나무, 그것도 작은 것이 아닌 50년 정도 나이가 든 소나무가 잘 자라준 것이 고마울 뿐이다. 어쩌면 소나무가 죽을 목숨을 살려준 우리에게 감사해서 그러나 싶은 생각이 들 때도 있다.

하지만 정자 옆에 반쯤은 누워 있듯 아름다운 자태를 뽐내던 소나무는, 지난 여름 어머님 방 수리를 하다가 하수도 공사하는 아저씨들이 우리도 모르게 뿌리를 잘라 버려서 시들시들 죽어 가는 모습이 안타까워서 전문가를 불러 치료를 해보았지만 야속하게도 이 세상을 하직해 버렸다. 지금은 없지만 정자 옆에서 눈꽃을 피워 아름다움을 과시하며 뽐내고 있을 것만 같은 상상을 해보며 설경을 감상하고 있자니 따뜻한 햇살로 올라간 기온 때문에 처마 끝에서 눈이 녹아 떨어지는 소리가 들린다.

눈꽃을 만들고 이 세상의 더러운 모습을 다 하얗게 만들었던 눈이 언제 그런 일이 있었냐는 듯 제 모습으로 돌아가고 있다. 목련나무 옆에 있던 파란 쑥과 이름 모를 풀들이 고개를 내밀며 추웠다는 듯, 햇볕으로 머리를 내밀고 있다.

인생은 제행무상(諸行無常)이라고 했던가. 이 세상에 변하지 않는 것은 아무것도 없다는 말이 새삼 마음에 새겨지는 순간이다.

자연은 참으로 말없이 순응하며 이 세상을 받아들인다. 자연의 순리에 어긋나지 않게 사는 것이 도리에 맞게 사는 것이니 우리라도 그렇게 살아보자며 남편에게 제안을 해본다.

감상적인 나를 보면 현실과 맞지 않는 사람으로 보일 수도 있으련만 남편도 나를 닮아가는 것을 보니 이런 것을 보고 부창부수(夫唱婦隨)라고 하는가 보다.

1998년 겨울

겨울의 문턱에서

늦은 가을이지만 며칠 동안 날씨가 봄이 온 듯 따뜻하더니 목련 나무가 잎을 누렇게 매단 채 꽃망울을 감싸고 있던 털옷을 벗어버렸다. 목련 나무는 겨울이 온다는 사실을 잊고 봄이 오는 줄로 착각했나 보다.

영산홍, 철쭉, 개나리도 역시 봄이라고 여겨 군데군데 꽃을 피웠으니 올 겨울에는 얼마나 많은 생명들이 동해(冬害)를 입을까 하는 걱정이다. 철없이 핀 꽃이 가엽기 그지없어 따뜻한 날씨가 미워지려 하는데 비바람이 몰아쳐 날씨가 겨울의 문턱을 넘어서려 하니 철없이 피었던 꽃들이 낙엽들과 함께 서걱서걱 소리를 내며 한꺼번에 떨어지고 있다.

사람도 때를 모르고 덤비면 나무가 동해를 입듯 아픔과 고통으로 고생을 하겠지 싶다.

자연은 우리에게 말없이 실천하며 많은 것을 가르쳐 주는 것 같다. 빨간 단풍잎 몇 개가 떨어지기 싫은 듯 대롱대롱 매달려 있는 모습이 집착이 많은 나의 모습으로 보여 동면하는 개구리처럼 추워지는 날씨를 피해 따뜻한 아랫목을 그리워한다.

무더운 여름 말복 날에 씨앗을 뿌린 배추와 무를 뽑아서 동서들과 이집 저집 품앗이로 김장김치를 담아 항아리를 땅에 묻고 겨울 준비를 끝냈다. 메주도 쑤어 주렁주렁 처마 밑에 매달아 놓았고 청자를 굽는 가마인 우리 집은 겨울에 쓸 흙과 유약도 준비하여 작업장으로 들여놓았다.

우리나라는 겨울이 있는 관계로 부지런할 수밖에 없다는 이야기를 들은 적이 있다. 겨울이 있기에 봄에는 씨앗을 뿌리고 무더운 여름에도 곡식이 무럭무럭 자라는 것을 보며 덥다는 마음을 가라앉히고 가을의 추수를 기다리는 것이다. 생각해 보면 기다림과 인내심을 가르치는 것이 겨울인 것이다.

우리 집은 나무가 많은 산골이라 낙엽이 많다.

오늘은 어머님과 낙엽을 한나절 동안 쓸어다 모아서 퇴비를 만들어 내년 농사에 거름으로 쓰기로 했다. 낙엽을 쓸어다 버리면서 내 마음 속에 있는 허물과 위선을 몽땅 쓸어다 버렸으면 하는 마음으로 일했다. 한 삼태기에는 미워했던 마음을, 또 한 삼태기에는 손해 볼까? 안볼까? 하고 늘 저울질했던 이루 헤아릴 수 없이 일어나는 번뇌를 백 삼태기도 넘게 갖다 버리면서 마음을 비워볼

까 하고 노력했다.

내년에 거름이 되는 낙엽처럼 지금 이 마음이 거름이 되어 내년 봄에 새로 움트는 연둣빛 잎처럼 나 또한 새롭게 태어나고 싶다. 솔바람소리가 들리는 겨울의 문턱에서 나는 자연에게 많은 것을 배우며 느낀다.

저녁 무렵 남편이 창문을 열어 보며 흥분된 어조로 첫눈이 내리고 있다며 어린 아이같이 들뜬 모습으로 나를 바라보기에 내다보니 정말 목화송이 같은 하얀 눈이 내리고 있다. 정말 겨울이 오려는가 보다.

눈 맞으면 추울까봐 얼른 뛰어나가 늦게 핀 세 송이의 국화꽃을 꺾어다가 꽃병에 꽂아서 방마다 아쉬운 가을의 향기를 채워 주었다.

국화 향기 그윽한 방에서 남편과 따뜻한 차를 마시며 겨울의 시작을 자연에게 큰 소리로 알려야 될 것 같다.

1998년 겨울의 문턱에서

병술년 새해 아침에

2006년도의 첫 시간인 밤 12시, 세계 도자기 엑스포장이 있는 설봉공원에서 전통 가마 불 지피기 행사가 있어서 남편과 아들이 다녀왔다. 도자기 도시답게 이천시와 도자기조합에서 하는 행사이지만 도자기 하는 사람들에게는 새해 첫 시간을 가마 앞에서 보낸다는 것 이상 더 보람된 일은 없을 것 같다.

나는 TV에서 보여 주는 제야의 종소리를 들으며 왠지 특별할 것만 같은 병술년을 맞이하며 금년을 어떻게 보내야 할까 하고 계획을 세워본다. 작년에도 계획표를 만들어 책상 앞에 붙여놓고 실천하려 애를 썼지만 반은 실천한 것 같고 시작도 못한 것도 있다. 누가 시켜서 하는 것은 아니지만 나와의 약속을 지키지 못해서 아쉬움으로 한해를 마감하다 보니 나를 고용한 사람이 바로 나라는 것이 실감이 난다. 나 자신이 이 세상에서 제일 무섭기 때문이다.

올해는 소박하게 욕심부리지 말고 가족들의 협조아래 할 수 있는
조그마한 계획을 세워 나의 마음에 성취감이 들게 해야겠다.

다사다난했던 한 해가 가고 희망찬 병술년 새해 아침이다. 해돋
이를 본다며 밖에 나갔던 남편이 날씨가 흐리고 안개가 끼어 일출
을 보지 못했다며 이불 속에 있는 나를 깨운다.

병술년에 태어난 남편은 60년 주기로 돌아오는 올해를 맞이하
며 특별한 해이기에 더욱 해맞이를 하고 싶었는지도 모른다. 어느
사이 그 젊고 패기만만하던 청년은 어디로 가고 수염이 허연 할아
버지가 되어 있는 남편에겐 올해부터 한 살이니 새로 시작해야 한
다며 용기를 주어본다. 주름살과 흰머리는 그동안 살아온 훈장이
라며 서글퍼할 필요가 없단다. 지금도 마음은 청춘이라고 하며 올
해는 새로운 창작을 하고 싶어 벌써부터 왕성한 의욕이 생긴다고
한다. 그래서인지 빨리 작업장으로 가고 싶으니 아침준비를 하라
고 채근을 한다. 남편이 회갑을 맞으니 나이가 한참 아래인 나도
벌써부터 노후를 걱정하며 아름답게 늙어가기 위한 생각을 해본
다. 첫 번째로 건강을 유지해야 하는 것이고 건강하기 위해서는
꾸준히 운동을 하고 여유로운 마음가짐으로 자기 마음을 관조할
수 있는 사람이 되어야겠다. 그래야 남에게 폐를 끼치지 않는다며
남편의 동조를 구하자 사람이 사는 목적을 어디에 두는가에 따라
각자의 행복의 기준이 다르다며 앞으로 남은 인생 그동안 도자기
와 살아오며 배운 기술을 전수해 주는 것을 낙으로 생각하며 살고

싶다고 한다. 그리고 언제나 같이 작업장에서 새로운 창작을 위해 살고 싶다는 남편의 말에 나는 그보다 더 좋은 계획은 없을 거라 며 박수를 보낸다.

나는 힘이 다하는 날까지 수필을 쓰고 싶다고 했다. 글은 나에 게 종교이며 수행의 과정이고 나를 돌아보며 현재의 나를 알아차 릴 수 있게 해준다. 그리고 미래를 제시하고 그 약속을 지키기 위 해 열심히 살며 나를 채찍질하는 기회가 되기 때문이라고 했다. 그러자 과거와 현재, 미래에 집착하는 듯한 나를 보며 남편이 일 본 여행 갔을 때 건넜던 다리 이야기를 해준다.

일본 여행 때 백제의 왕인 박사를 모신 신사에 갔는데, 멋진 조 경과 어우러지는 인공호수가 있었다. 그 호수는 마음 '心' 자 형태 로 만들어져 있었는데 다리 세 개를 만들어 건널 수 있도록 했다. 첫 번째 다리는 과거의 다리로서 과거는 생각지도 말고 뒤도 돌아 보지 않고 걷는 것이라 생각하며 건넜고, 두 번째 다리는 현재의 다리라고 하여 현재를 씩씩하게 똑바로 앞을 보며 걸어서 건넜다. 세 번째 다리는 미래의 다리라서 소원을 빌며 걸었던 이야기를 들 려준다.

현재 주어진 일을 고맙고 기쁘게 해내는 것이 잘 사는 삶이라고 남편이 덕담을 하니 올해는 만사형통의 한해가 될 것 같은 병술년 새해아침이다.

2006년 1월1일

봄나들이

식목일이 사흘이나 지난 주말 오후였다. 서울 사람들이 시골로 좋은 공기를 마시려고 산천으로 봄 마중을 나오는지 고속도로가 주차장을 방불케 했다. 우리는 서울에 약속이 있어서 가는 중이었다. 남편이 운전을 하고 있기에 나는 양쪽을 두리번거리며 벌써 진달래가 피었다고 호들갑을 떨며 버드나무를 비롯한 이름 모를 나무들도 연둣빛으로 물들어 가고 있다며 수다를 떤다.

올림픽 대로를 들어서자 노란 개나리꽃이 차가 지나칠 때에 속력 때문에 일으킨 바람 때문인지 '어서 오십시오~' 하는 것처럼 고개를 들었다 놓았다 하는 것이 서울로 봄나들이를 온 우리 부부를 환영하는 듯하다.

어렸을 때 부르던 동요가 생각나서 흥얼거려 본다.

"나리 나리 개나리 입에 따다 물고요. 병아리 떼 뿅뿅뿅 봄나들

이 갑니다.”

봄맞이에 취해 유년시절로 되돌아갔다. 어릴 적 우리 집 울타리는 개나리 울타리였다. 노란 개나리꽃이 필 때면 어미 닭이 노란 털옷 입은 새끼 병아리들을 데리고 울타리를 넘어 다니며 먹이를 찾던 모습이 한 폭의 그림 같았다.

겨울에는, 꼬꼬댁 소리가 나서 가보면 나뭇간 뒤에 짚으로 틀어 매달아 놓은 둥지에는 늘 따뜻한 달걀이 있었다. 저녁때 소쿠리를 들고 달걀을 꺼내러 가면 따스한 감촉이 남아 있는 것도 있었는데 우리 식구는 겨울 내내 달걀로 찜도 해먹고 삶아도 먹으며 영양 보충을 했다. 또 공책이나 연필을 사 달라고 하면 달걀을 짚으로 만든 꾸러미에 10개씩 넣어 그것을 학교 앞 문방구에 갖다 팔라고 하셨다. 그러면 깨질까 조심조심하면서 논두렁 밭두렁을 지나서 3킬로미터나 되는 학교 앞 문방구에 갖다 주고 학용품을 샀다.

어릴 적, 우리 집은 밀농사를 많이 지었는데 밀가루를 만들기 위해서는 밀을 씻어서 멍석에 말려야만 했다. 그럴 때면 멍석 가장자리마다 식구들이 모두 동원되어 큰 막대기를 들고 닭들과 병아리들이 들어오지 못하게 보초를 섰다. 지금 생각해 보면 지혜로우신 어머니 때문에 닭고기와 달걀을 실컷 먹으면서 컸는데 그때는 그 일이 왜 그렇게 지겨웠고 하기 싫었는지 모른다.

한번은 내가 몸이 아프다며 아침을 거르고 학교에 간 적이 있었는데 어머니께서 학교까지 오셔서 행여나 식을까봐 손에 꼭 쥐고 있던 달걀을 내게 주시면서 어서 먹으라고 하셨던 기억이 난다.

먼 전생에 있었던 일을 이야기하는 것처럼 남편에게 신이 나서 이야기를 하니 장모님은 참으로 지혜로우신 분이라며 부러워했다. 지금은 고인이 되셨고 화장으로 모셨기에 땅과 물과 불과 바람으로 돌아가셔서 흔적도 없는 어머니지만 나의 마음속에는 언제까지나 살아 계신다. 요즈음도 내가 힘들 때마다 이럴 때 어머니는 어떻게 하셨을까? 하며 지혜를 구하고는 한다.

동호대교를 건너며 창 밖을 보니 작은 산 두개가 노란 개나리 꽃동산인데 봄을 알리는 아지랑이 때문에 아롱거리는 것이 어머니가 환하게 웃으시며 '지혜롭게 살아라' 하시는 것만 같았다.

오늘이라도 꺾꽂이 나무인 개나리를 꺾어서 언덕에 심어 노란 울타리를 만들어야겠다고 생각해 본다. 그리고 뒤꼍 살구밭에 망을 치고 토종닭을 몇 마리 길러 보면 유년시절의 추억을 조금이라도 되살릴 수 있지 않을까 싶다.

1998년 이른 봄

삼월의 어느 날

삼월의 눈이 아름답다고 말하면 철이 없는 사람이라고 하겠지만, 은백의 설경은 우주만이 만들 수 있는 예술의 한 장면을 연출하고 있다.

우수 경칩이면 대동강 물이 녹고 개구리가 기지개를 펴고 나온다 했거늘, 심술궂은 겨울은 봄을 그냥 오게 하는 것이 심통이 났는지 엄지손가락만큼 솟아난 상사화의 여린 싹에도, 한 겹 털옷을 벗어버린 목련에게도 흰 눈을 소복소복 쌓아 놓았다. 그렇게 하고도 양보하기엔 억울한지 더욱더 펑펑 눈을 쏟아 붓듯이 내리고 있다.

이런 날 문인이라면 어찌 글이 안 나올까 만은 글 쓰는 흉내라도 내는 나는 차 한 잔을 우려 놓고 창 밖의 소식에 귀 기울여 본다.

검은 먹기와도 새하얗게 만든 요술쟁이인 눈은 단풍나무의 가느다란 가지에도 그림에서나 본 설경을 만드느라 여념이 없다. 이런 날씨를 보고 있자니 야릇한 마음이 일렁인다. 한겨울에 이렇게 많은 눈이 내리면 언제 녹을까 걱정스러워 근심 어린 눈으로 바라보았을 것이다.

새봄에 오는 눈이 밉지 않은 것은 따뜻한 햇살이 온 누리를 비추면 사방에서 봄 눈 녹듯이 녹아 내린다는 말처럼 흔적도 없이 사라져 버린다는 것을 알기 때문이다. 줄줄 흘러내리는 낙숫물처럼 내 마음속에서 녹지 않고 그냥 겨울을 보낼 것 같은 업장의 찌꺼기들도 함께 보내야 되겠다.

이런 저런 생각으로 시간가는 줄 모르던 나는 갑자기 비닐하우스 속에 솟아나던 쑥들이 생각이 나서 얼른 뛰어가 보니 밖의 눈 속에 묻혀 떨고 있는 동료들에게 자기들은 행운아라고 뽐내듯이 푸름과 싱싱함으로 미소를 짓고 있었다. 나는 무슨 심사인지 바가지 가득 쑥을 뜯어 가지고 집으로 돌아왔다. 쑥전을 부칠까? 하고 생각하다가 시간이 얼마 안 남은 것 같아서 갈아서 쑥 수제비를 만들었다.

연둣빛 고운 빛으로 변신한 수제비는 점심 식사를 하러 들어온 가족들에게 눈은 왔지만 "봄이야!"라고 이야기하듯 봄 냄새를 가득 선사해 주었다. 밖의 경치도 예술이고 식사도 예술이라는 칭찬에 행복해진 나는 심술궂은 겨울에게도 주춤거리는 봄에게도 감사할 뿐이다.

　TV에서는 3월에 내리는 눈으로는 1904년 이래 최고의 폭설이
라고 재해경보까지 내리며 주의를 요하고 있다. 자동차 사고, 비
닐하우스 붕괴와 여기저기서 들려오는 사고 소식에 가슴이 아파
온다. 넘치면 모자람만 못한다고 하지 않는가, 모든 것은 적당할
때가 좋다는 것을 새삼 느끼게 한다.

　어찌 또 이런 일이 있을까만은 잠시 누려본 낭만적인 마음의 여
유를 부렸다 해도 큰 허물이 되지 않았으면 좋겠다. 나와 통하는
도반이라도 찾아와 눈 때문에 길이 막혀 못 간다는 핑계로 밤새도
록 이야기를 나누고 싶다. 아픈 상처들일랑 저 눈 속에 감추고 하
얀색의 깨끗한 마음만 보여 주면 어떠랴? 아니 먼 곳에서라도 이
경치를 보았다는 소식만이라도 충분한 하루였다.

2004년 봄날에

봄맞이

따스한 햇살이 그리워지는 계절이다.

입춘도 지났고 마음은 봄맞이 준비로 바쁘다. 뿌리가 깨어나기 전에 서로 비좁아 부대끼는 나무들을 옮겨 심어야 한다. 어린 나무들을 심을 때는 공간이 여유가 있었는데 나무들이 커버린 지금은 서로 엉켜서 제 자리를 찾지 못하고 사는 것이 항상 미안스러워 올 봄에는 꼭 옮겨주리라고 작년 여름 약속했던 일이 떠오른다.

사람이나 식물들도 모두 자기 자리가 있건만 제 자리를 찾는다는 것은 많은 노력과 정성이 필요한 것 같다.

집안에서 맘껏 보고 싶어 처마 밑에 심어 두었던 작약과 장미가 좁은 곳에서 늘 힘들어하던 것 같아 넓은 자리로 옮기기로 했다. 장미는 한데 모아 장미 밭을 만들고 작약은 소나무 옆 조금 여유 있어 보이는 곳에 구덩이를 만들어 놓고 작약나무를 캐려고 삽질

매화문양 이중투각—김세용 作

을 했다.

　세상에! 파헤친 땅 속에 맹꽁이 세 마리가 갑자기 일어난 일들에 놀라서인지 아니면 아직은 이른 봄 햇살에 눈이 부셔서인지 잔뜩 움츠리고 있었다. 얼른 옆으로 옮겨 놓고 같이 일하던 분들에게 살려주자고 했다. 작약을 캐어낸 자리에다 다시 묻어주며 "놀라게 해서 미안하다. 얼른 정신 차려서 밖으로 나와 봐. 봄이야!" 하고 속삭여 주었다. 역시 작약과 장미가 너무 비좁은 곳에 심어 놓아서 뿌리도 못 내리고 고생한 흔적들이 역력히 보였다. 사람의 욕심 때문에 제자리도 못 잡고 살게 했던 것이 미안스러웠다.

구부렸던 허리를 펴고 쉬려는데 앞 동네에서 시커먼 연기가 하늘로 치솟고 있었다. 누가 쓰레기를 태우나 보다 하고 화단을 만들려고 돌멩이로 축대를 쌓고 있는데 사이렌 소리가 들리기 시작했다. 앞 동네에서 더 큰 불길이 치솟아 오르며 활활 타고 있었다.

대략 30분 정도 되는 시간에 새까맣게 타버린 집을 바라보며 혼자서 마음속으로 중얼거렸다. '장미 몇 그루 옮기고 꽃나무 몇 개 심는 동안 어떤 집은 흔적도 없이 사라져 버리네. 정말 허무한 것이 인생이구나. 지금 이 순간에도 죽는 사람도 있고 새로 태어나는 사람도 있겠지.'

우리네 인생살이 어떻게 살아야 잘 살다가 가는 것일까? 하는 생각이 들어 혼자 속으로 마음을 비우고 순리대로 살다가 가야지 하는 독백을 해본다.

일을 마치고 방으로 들어오니 창호지 문살을 뚫고 들어온 봄 햇살이 작은 방을 안온하게 만들어 놓았다. 녹차 한 잔을 우려 놓고 식탁 겸 책상으로 쓰고 있는 곳에 앉아 있자니 조금 전에 일어났던 일들이 벌써 현실의 뒤안길로 아물아물 사라져 가고 있다. 조금 전의 일도 과거가 되어버린 것이다. 이렇게 아무 일도 없었던 것처럼 아늑한 방에 앉아 글을 쓰고 차를 마시는 나는 누구일까?

봄이 오는 길목에서 수없이 많은 생명들의 집합체인 나를 다시 한번 돌아보지 않을 수 없었다.

2000년 4월

추석

요즘은 저녁 8시만 되면 한밤중 같은 어둠이 내린다. 저녁을 먹은 후 도반인 남편과 대문도 잠글 겸 저녁 산책길에 손을 잡고 나섰다.

우리 집은 터가 산자락을 끼고 길게 되어 있는 곳이라서 안채에서 대문까지의 거리가 제법 된다. 뒷산에는 도토리나무와 소나무, 참나무가 동양화의 병풍처럼 드리워져 있고 앞뜰은 넓은 벌판에 오곡백과가 무르익고 있는 것을 한 눈에 볼 수 있는 곳에 살고 있다. 도시 사람들은 부러움 가득한 표정으로 그림 같은 곳에 살고 있다며 얼마나 행복하냐고 하며 우리와 같이 전원생활을 하고 싶다고 한다.

때론 외딴 곳에 살아서 불편함도 있지만 현실에서 최선을 다해 자족하면서 이곳에서 이생을 마무리하고 싶다. 아침저녁으로 선선한 바람이 불고 밤하늘의 별은 유난히 반짝이며 금방이라도 쏟아져 내릴 것만 같다. 며칠 있으면 추석이라 그런지 조금은 모자라는 달이지만 대낮같이 환하다.

나는 함께 걷고 있는 남편에게 물었다.

"추석이 오면 무슨 생각이 나느냐?"고. 더도 덜도 말고 한가위만 같아라는 옛 어른들의 말씀이 생각난다고 하면서 "당신은?" 하고 되묻는다. "나는 아버님 생각이 난다"고 했다.

왜냐하면 아버님은 유교사상이 투철하신 분이라 조상님 모시는 제사에 관해서는 누구도 따라갈 수 없는 철학을 가지고 계셨기 때문이다. 제사 음식을 만들 때는 항상 머리에 수건을 쓰고 말도 함부로 하면 안 되므로 이야기를 하지 말라고 하셨지만 이를 지키기 어려웠던 우리 다섯 며느리들은 아버님이 살아 계실 적에 무척이나 애를 태웠다.

제사 음식을 만들 때면 작은 꼬마 한 명을 보초로 세워 놓고는 아버님이 들어오시면 신호를 해서 겨울에 쓰는 머플러 수건 등 손에 잡히는 대로 머리에 두르곤 했다. 그런 모습을 보신 아버님은 기가 막힌 듯 빙그레 웃으시지만 그때마다 어머님은 지금이 조선시대냐고 핀잔을 주시며 우리들의 역성을 들어주셨다.

차례 상이 준비되면 아들과 손자들에게 유가에서 입는 도포를 입히고 망건을 씌워 조상님이 오실 시간이니 조용히 하라며 문까지 열어 놓고 경건하게 제사를 모시곤 했다. 지금은 제일 큰아들인 남편이 아버님 하시던 대로 목소리까지 흉내내며 제사를 지낸다.

아버님이 심어 놓으신 밤나무의 알밤을 주울 때나 대추나무에 열매가 휘어질 듯 달려 있는 것을 볼 때마다 생전의 아버님을 생각나게 한다. 작년에 밑동만 남겨 놓고 동사해 버린 감나무에도 거름을 주고 추운 겨울에 얼지 않게 싸 주어서 내년에는 주홍빛 감을 제사상에 올려서 이렇게 많은 지혜를 주고 가신 아버님을 기쁘게 해 드리고 싶다.

올해 추석 상에는 정말로 아버님이 오셔서 드실 것만 같아서 정성스런 마음으로 송편도 빚고 부침개도 부치며 아버님을 기다려야 될 것 같다.

하늘의 달을 바라보니 달무리 속에서 아버님이 웃고 계신 것 같아 남편과 나는 그리운 마음으로 나지막하게 "아버님" 하고 불러 보았다.

1998년 추석 때

만행, 도반과 함께

30년의 여행 티켓

2003년 11월 11일은 우리 부부가 결혼한 지 30주년이 되는 날이다. 어떤 계획을 세워 의미 있게 보낼까? 하고 일년 내내 기회 있을 때마다 나는 가족들에게 묻고 궁리를 해보았다.

어느 날 서점에서 책을 뒤적이던 나에게 신선한 글귀가 다가왔다. "큰 꿈이 영혼을 감동시킨다"는 글을 읽는 순간 나에게는 정말로 큰 꿈을 가지게 되는 동기 부여가 되었다. 남들처럼 해외여행을 가기로 한 것도 아니고 맛있는 외식을 하기로 한 것도 아니다.

하지만 내 영혼이 그만! 감동하여 30년 동안 부부가 함께 여행을 하기로 약속했다. 지금까지 살아온 30년이 준비기간이었다고 생각하고 앞으로 30년을 잘 계획하여 60주년이 되는 날 회향하기로 했다.

그리고 맑고 청명한 가을날, 노란 은행잎이 미련없이 떨어지듯

세상에 인연이 다하는 날 다음 생에 다시 만날 것을 약속하고 웃
으며 떠나자고 우리 부부는 손가락 도장을 찍으며 언약식을 했다.
우리 부부는 삶의 지표를 깨달음을 이루는 원으로 하나가 되고 보
살도를 이루는 행으로 하나가 되어 참다운 행복으로 60주년을 맞
이하기로 약속했다.

딸은 선물로 왕과 왕비의 옷을 입고 찍은 사진을 배경으로 축원
문의 액자를 준비해 주었다. 성공의 비결 21가지를 정하고 시간
관리를 위한 10가지 체크리스트도 그 책에서 옮겨 적어 우리 방에
잘 보이는 곳에 붙이고 일기장에도 써넣었다. 그동안 부족했던 것
들은 세밀한 계획을 세워 날마다 일기를 쓰며 실천하기로 했다.
매일 새로운 힘을 얻고자 함이다.

그 계획을 세우고 나는 벅찬 마음을 감추지 못해 얼굴까지 상기
가 되어 얼마나 이야기꽃을 피웠는지 모른다. 30년을 더 살 수 있
는 여행 티켓을 구한 것 같았다. 내 몸도 흥분했는지 모든 세포들
은 일제히 뛰기 시작했고 엄청난 일을 저지르고 수습하는 마음이
되어 남편에게 건강하게 잘 살아야 된다며 수없이 약속했다. 앞으
로 30년 동안 우리가 할 일이 많으니 내 몸의 생명들에게도 정신
집중하고 건강하게 함께 화합하여 잘 지내자고 하며 그동안 게으
르게 지냈던 마음들도 얼른 챙겨 다짐했다.

30년 전 처음 부부가 되었을 때는 우리가 만나서 어떻게 해야
잘 사는 것인지는 상상해 보지 않고 둘이서 같이 있을 수 있다는

그 기쁨 하나로 시작했다.

그러나 우리 두 사람의 여정은 그리 수월치만은 않았다. 높은 산도 넘고 건널 수 없을 것만 같은 바다도 만났다. 어떤 때는 돛단배를 타고 아슬아슬한 항해를 한 적도 있었다. 따스한 봄볕도, 여름날의 지루한 장마비와 무더운 더위도, 풍성한 가을걷이와 매서운 눈보라까지도 모두 우리 둘과 함께 한 세월들이었다. 살면서 서로 부대끼며 상처를 낸 적도 많다. 사랑해 주지 않고 일만 부려 먹었던 몸은 여기 저기 아프다고 떼를 쓴다. 그래서 죽음을 생각한 적도 있었다. 그러나 오늘부터는 우리들의 30년 여행 약속이 시작되었기에 희망적인 미래를 위해 많은 노력을 하며 새로운 삶을 살아야 한다.

남편은 나를 보고 늘 이렇게 말한다. "예쁜 얼굴은 아니지. 그러나 자세히 보면 복스럽고 지혜로운 사람"이라고 말하며 미소짓는다. 나는 예쁘다는 말보다도 그 말이 더 마음에 들었다. 그래서 그런지 나는 나를 보는 것이 부끄러워 거울을 잘 보지 않는 편이다. 그 대신 예쁜 마음을 가꾸려고 노력하며 살아왔다. 어떤 일이든지 긍정적으로 생각하며 행동하고 마음을 잘 다스려서 언제나 편안한 모습이 내가 바라는 나의 이상형이었다. 그렇지만 오늘부터는 큰 거울 앞에 서서 얼굴도 쓰다듬고 몸도 만져 주며 나에게 최면을 걸 듯 이야기하는 시간을 갖기로 했다. 몸과 마음이 하나가 되어 화합을 잘 해야 되기 때문이다.

불자인 우리 부부는 매일 예불을 하는데 남편은 아침저녁으로 기도를 하듯이 몸이 아픈 나를 위해 약사보살님 앞에서 무언극을 한다. 감로수 병에서 물을 꺼내 나에게 부어 주며 건강을 축원해 주고 자기도 건강해야 되기에 머리에서 발끝까지 뿌리고 다시 제자리에 갖다 놓는다. 그리고 합장하고 서로 마주보고 절을 한다. 그럴 때마다 따스한 체온이 전해져 오며 한량없는 자비심으로 몸이 건강해지는 듯하다. 이것은 남편이 준비한 새로운 30년의 여행을 위해 준비한 이벤트이다. 이러한 것들이 우리 부부가 30년을 더 살아가기 위한 노력의 시작이라고 스스로 자위를 해본다.

그동안 부처님의 자비하신 은덕이 햇살처럼 우리들을 보살펴 주셨음을 기쁨으로 감사하며 긴 여행을 같이 해야 할 동반자를 위해 저녁을 맛있게 준비해야 되겠다. 그리고 30년 후 이 글을 다시 읽어보며 씨앗이 되어 준 오늘에게 큼직한 열매를 따서 감사의 선물을 해야겠다.

2004년 11월

관세음보살의 화신 달라이 라마

어느날, 잘 알고 지내는 스님께서 북인도 다람살라에서 한국인을 위한 관세음보살 관정식이 있다고 함께 가기를 권하셨다. 가고 싶은 마음은 간절한데 경비가 문제였다. 그래서 열심히 기도를 하던 어느 날 밤에 꿈을 꾸었다.

꿈에 달라이 라마라고 하는 거룩하게 생기신 분이 "너는 왜 이곳에 왔느냐?"고 묻기에 다른 사람들은 존자님을 뵈오면 눈물이 난다고 하는데 저는 눈물이 나지 않아 거짓 눈물이라도 만들려고 감정을 잡고 있는 중이라고 하니 "오 그러냐" 하시면서 옆문으로 들어가더니 흰 종이 3장을 꺼내왔다. 흰 종이에 아무것도 없는 것이 이상해서 쳐다보니 종이에 점선이 하나씩 생기기 시작했다. 점선이 연결되는 대로 따라가니 관세음보살 모습이었다.

꿈에서 깨어나 남편에게 이야기 하니 우주 만물이 부처님이니 관세음보살님을 친견하러 가라는 꿈인 것 같다고 꼭 가자고 한다.

기도가 통했을까? 부산 벡스코에서 열리는 월드컵 조 추첨장에서 도자기 만드는 시연 요청이 왔다. 월드컵 홍보를 위해 우리 문화를 세계의 외신기자들에게 보여주는 역할을 우리 내외가 맡아 며칠 했더니 경비걱정은 해결되었다. 그런데 도자기 시연 일이 힘들었는지 남편이 몸살기운으로 시름시름 앓기 시작했다. 그래서 인도 가는 것을 포기하려다가 일단 떠나면 다 나을 거라는 남편의 말만 믿고 비행기에 몸을 실었다.

우여곡절 끝에 인도 델리 공항에 도착한 시간은 현지 시간으로 새벽 1시 30분. 옷도 벗지 못한 채 하룻밤을 게스트하우스에서 보내게 되었는데 남편을 보니 열이 펄펄 끓고 있었다. 함께 간 일행들은 델리에서 시내 여행을 하고 저녁 기차로 다시 이동해야 하는데 많은 짐을 기차에 싣고 가려면 힘이 든다고 하여 우리 내외와 도반인 한 보살님과 9명의 짐을 자동차에 싣고 먼저 출발하기로 했다.

인도는 몇 번 다닌 경험이 있고 남편이 영어 소통도 되기에 짐을 실을 수 있는 큰 차를 수배하여 아침 일찍 길을 떠났다. 하지만 남편이 너무 아파서 몸도 제대로 못 가누고 식사도 잘 못해서 걱정이 이만 저만이 아니었다. 가뜩이나 험난하고 먼 길을 인도 운전사들은 마치 곡예를 하듯 운전을 하며 15시간을 가야 했다. 남편이 빨리 쾌차하기를 기도하며 초조하게 먼 길을 가는데 몸이 조금씩 회복되어 가는지 어스름한 저녁 무렵 길가에 있는 휴게소에서 쉬었다 가자고 한다. 짜파티와 짜이를 먹고 나더니 이제는 조금 나아졌다고 하며 성자님들을 뵈려니 무거운 업을 내려놓아야 하기에 홍역을 치른 것 같다고 한다.

아픈 남편을 위해 맛있는 음식을 만들어 주려고 요리할 재료를 사기 위해 시장에 들러 야채와 과일을 사고 바람을 쏘이니 나는 그곳에서 지낼 생각에 벌써 신바람이 나기 시작했다.

밤 11시에 우리들의 스승님이 계시는 따시종 승원에 도착했다. 며칠동안 쉬면서 가르침과 수계를 받는데 이번에는 내가 감기몸살로 아프기 시작했다.

무문관 법당에서 스승님이 가르쳐 주신 대로 주고받기(통렌) 수행을 했다. 숨을 들이쉴 때에는 중생의 검은 색의 모든 업이 다 들어오고 내쉬는 숨에는 달빛과 같은 흰 기운이 나와서 모든 중생들의 업이 다 녹아 내린다는 관상을 하며 기도하니 그렇게 심하던 기침이 멈추고, 코가 막혀 숨도 쉬기 힘들었던 콧구멍도 커졌다 작아졌다 하며 호흡이 편안해지더니 아팠던 몸이 개운해졌다. 명상을 마치고 법당 문을 나서며 푸른 하늘과 뭉게구름을 보니 나도 모르게 그곳 사람들처럼 맨 땅에 엎드려 오체투지를 하는 것이었다.

며칠동안 친정 집에서 보낸 듯 편안히 쉬고 나서 다람살라에 오는데 양쪽 길가에 사람들이 무슨 특별한 일이 있는 것처럼 나와

다람살라에서 달라이 라마 존자님과 함께

옴마니반메훔을 외우며 서 있다. 무슨 일이 있느냐고 물어보니 티베트의 정신적 지주이시고 국왕이신 달라이 라마께서 지나가신다고 한다. 이번 관정식을 받기 위해 본국인 티베트에서 몇 개월에 걸쳐 설산을 넘어온 사람들도 많다고 하며 그분들은 오직 달라이 라마를 조금이라도 더 뵈려고 몇 시간째 기다렸다고 한다. 얼마나 뵙고 싶고 존경스러우면 그렇게 할까?

한국에서 온 우리 불자들은 복이 많은 사람들이라는 생각이 들었다. 미리 예약해 두었던 히말라야가 한눈에 들어오는 빼마당(연꽃집)이라는 게스트하우스에 짐을 풀며 밖을 내다보니 원숭이 한 마리가 나무 위에서 우리들을 훔쳐보고 있다. 원숭이들이 많으니 절대로 음식이나 빨래를 밖에 놓지 말라고 하던 주인의 말이 이해가 간다.

오늘 저녁에는 시조부님 제사가 있기에 한국에서 준비해 온 간단한 제례음식과 그곳 시장에서 식품과 과일을 사 왔다. 남편은 지방을 쓰고 나는 두부와 밀가루로 전과 적을 만들어서 저녁에 제사를 모셨다. 시아버님이 생전에 유교사상으로 제사를 중요하게 생각하셨는데 우리 내외가 불교 믿는 것을 보고 걱정하시기에 내가 살아 있는 동안은 아버님이 하시던 대로 유교식 제사를 잘 모시겠다고 약속했기 때문에 언제나 제사를 정성스럽게 모신다. 여행을 다니면서 제사를 모시는 집은 처음 보았다며 웃는 일행들에게 제사 음식을 나눠 먹으며 별난 부부라는 놀림을 받았다.

다음날 네충사에서 한국 사람들을 위해 점심 공양을 정성스럽게 준비하셨다. 그 많은 대중이 갔음에도 불구하고 골고루 베푸시는 음식을 맛있게 감사한 마음으로 먹었다.

오후에는 까르마파 법왕을 친견하러 갔다. 뵙는 것만으로도 영광인데 반야심경 법문까지 해주시어 신심을 북돋아주신다. 거리에서 만나는 티베트 사람들의 순수한 눈빛을 닮아가고 싶어서 만트라를 외우며 다니는 나를 보고 남편이 싱긋이 웃는다.

관정 입문을 도와주기 위해 그곳에서 수행정진하고 계시는 스님과 거사로부터 미리 간단한 공부를 했다.

관정 의식이란 관세음보살님으로부터 가피를 받기 위한 방편인데, 입문 제자들은 관정식을 받기 전에 예비의식이 필요하다며 여러 가지를 설명해 주신다. 그리고 제일 중요한 것은 입문식이 진행되는 동안 스승과 본존이 둘이 아님을 명상하는 것이라는 말을 들으니 떠나오기 전 꿈을 꾸었던 것은 미리 선몽을 받은 것이라 생각되어 더욱더 신심이 났다.

오전 11시에 점심식사로 여러 사람들과 나눠 먹으려고 김밥을 쌌다. 그런데 누군가가 관정식을 받기 전에는 검은 음식을 먹는 것이 아니라고 해서 힘들여 싼 김밥을 벗겨서 먹는 해프닝이 벌어졌다. 그때 통역을 맡은 스님이 오셔서 오신채와 고기를 먹지 말라는 것이 와전된 것이라고 해서 모두 배꼽을 잡고 한바탕 웃었다.

드디어 관세음보살 관정식이 시작되었다. 자비심을 키우고 보리심과 공성에 의지하는 방편들을 발전시키면 지혜의 씨앗이 자라나게 된다는 말씀을 하셨다. 그렇지만 공성을 제대로 이해하지 못하는 나는 달라이 라마께서 관음의 화신으로 우리들에게 관정 의식을 베푸신다 생각해서 그런지 달라이 라마께서 웃으시면 꼭 나를 보고 웃는 것 같고 말씀하실 때에도 나에게 하시는 것 같아서 앉아있는 나도 선정에 든 듯 편안하고 행복해져서 시간이 어떻게 지나가는지 몰랐다. 자비심이 완성되는 그 자리에 우리는 모두 관세음보살이 된다는 말씀을 듣고 발보리심 하고 자비심을 실천하며 살아갈 수 있게 도와달라는 기도만이 마음속에서 간절했다.

내일도 관정 의식을 하는 날이라며 티베트 스님들께서 기다란 길상초와 짧은 길상초 하나씩을 나눠 주었다. 긴 것은 이불 밑에 작은 것은 베개 밑에 넣고 자면 꿈을 꾸게 되는데, 꿈 점검을 하는 것은 입문에 장애가 되는 것들을 제거하기 위한 것이라고 한다. 좋은 꿈 많이 꾸라는 통역스님의 말씀을 듣고 잠을 청했는데 꿈속에서 나는 영화배우가 되었다. 고달픈 아내 역을 해내느라 무척 힘이 들었다. 영화 촬영이 끝나고 내가 맡겨두었던 도장을 찾아 네모난 직인을 손에 꼭 들고 돌아오는 꿈이었다. 아침에 일어나 남편에게 어떤 꿈을 꾸었느냐고 물으니 왕궁에서 티베트 우유를 먹었다고 한다.

왜 그런 꿈을 꾸었을까? 궁금하여 통역스님에게 여쭈어 보니 좋은 꿈이니 집착하지 말라고 한다.

달라이 라마 관정식을 받기 위해 위험을 무릅쓰고 멀리서 온 티베트 사람들과 인도에 사는 티베트 국민들, 그리고 한국 사람들로 인산인해를 이루었지만 모두 상기된 얼굴로 한순간이라도 놓칠세라 진지한 모습들이다.

오후에는 달라이 라마께서 왕궁 접견실에서 한국 사람들 한 사람씩 조그마한 부처님을 나눠 주시며 카다를 걸어 주셨다. 그리고 궁금한 것을 질문하라는 달라이 라마님께 모두들 많은 질문을 했다. 마치 따지는 듯한 태도로 깨달음의 증명을 받으려는 질문을 하는데도 자비로운 미소로 답하시는 모습이 관세음보살의 음성으로 들리니 정말로 눈물이 났다.

돌아오는 길에 가만히 생각해 보니 상대를 부처님으로 본다면 나 또한 부처가 된다는 것을 깨닫게 해준 꿈 때문에 충만한 기쁨으로 관정을 받은 것이라는 생각이 들었다.

모든 것이 부처님의 가피라 생각하니 한국에 돌아가서도 관세음보살로 화현하신 달라이 라마의 미소와 자비심을 잊지 말고 발보리심 하고 자비심을 실천하며 살아가기를 기도해 본다.

2001년 12월 초

마음의 고향 히말라야

세속의 삶에 찌들어 탐욕이 극성을 부릴 때면 전생의 고향이었는지 늘 그리운 곳이 있다. 이번에도 우리 부부는 휴식을 위해 그곳으로 여행하기로 했다.

몇 년 전, 삶이 너무 힘이 들어 낭떠러지 앞에 선 것 같았을 때였다. 그곳에 가면 무조건 극락세계가 있을 것만 같아 달리는 철마에 붙은 파리처럼 안간힘을 쓰면서 찾아갔다. 처음 가는 길을 전화는커녕 주소도 모르고 마을 이름 하나만 알고 갔던 여행이었지만 좋은 인연들을 많이 만나서 나는 그곳에서 새로 태어나는 기쁨을 얻었다. 그 뒤부터 내 영혼은 늘 그곳을 그리워한다.

나는 언제부터인지 똑같은 꿈을 가끔 꾸는데 참으로 신기한 일이다. 산을 올라가 보면 동굴이 나오고 그 굴을 지나가려면 너무 비좁아 간신히 몸을 비집고 들어가 숨을 헐떡이며 고생고생 올라간다. 어떤 날 꿈에는 올라갈 때도 있고 또 못 올라가고 포기하는 때도 있다. 기어이 올라가 보면 푸른 하늘과 맑은 시냇물이 졸졸 흐르고 물 속까지 훤히 들여다보이는 마치 백두산의 천지 같은 호수가 나온다. 그곳은 살구꽃 피는 내 어릴 적 고향 같은 마을인데 옹기종기 모여 사는 정답고 행복한 사람들을 만나면 마음이 편안해져서 모든 근심이 없어지고 마냥 즐거워진다. 꼭 극락에 온 것처럼……

꿈속에서는 그곳에 가지만 현실에서는 늘 마음의 고향 같은 히말라야를 가고 싶어한다. 그런 내 마음이 전달되었는지 이번에는 티베트 스님이 초청해 주셔서 편안하게 여행하게 되었다.

떠나는 비행기 안에서 매번 여행을 다닐 때마다 썼던 일기를 읽다 보니 자비심을 행하며 행복 만들기를 하자고 했던 마음을, 잃어버린 나를 보게 되었다. 이번에도 '나〔我〕'를 버리는 공부를 해야 할 것 같다고 남편에게 말하니 "세상을 내 잣대로 평가하지 말고 있는 현상을 그대로 바라보는 것이 도움이 되지 않을까?"라고 한다. 그렇다면 남들과 비교하여 괴로움을 만들지 않는 것이 행복하게 사는 길이 아니냐고 반문하자 이번에 많은 것을 버리고 오자며 손을 꼭 잡아준다. '어떻게 하면 나도 행복하고 남들에게도 행복을 전해 주는 전령사가 되어 살아갈까?' 생각하다 잠이 들었다. 비행기가 착륙하는 것 같다. 새벽 3시 30분쯤 델리 공항을 나오니 스님께서 보낸 사람이 마중 나와 있었다.

전에 자동차로 가는 길이 너무 험난하고 지루했다고 스님께 이야기했더니 이번에는 밤 기차로 우리를 안내해 주셨다.

사람들로 북새통을 이루는 역에 도착하여 어렵사리 짐꾼들과 흥정했다. 무거운 가방을 머리에 이고 나르는 짐꾼들을 따라 걷는데 돈을 주고 시키는 일이지만 어쩐지 미안했다. 느릿느릿 가는 것 같은 밤 기차에서 우리 내외는 일찌감치 자리에 누워 잠을 청했다. 악취가 나는 화장실에 가는 것이 무서워 저녁밥을 조금 먹고 자서 그런지 새벽에 배가 고파 잠이 깼다. 커튼 사이로 밖을 보니 군데군데 노숙자들이 옆으로 누워 새우잠을 자는데 올망졸망 보따리까지 있는 것을 보니 걸인 가족인 것 같다.

인도 걸인들은 도움을 받고도 내가 너희들에게 베풀 기회를 주었으니 네가 대신 나보고 고맙다고 해야 한다는 듯이 고맙다는 말을 하지 않는다. 가는 곳마다 거지들이 득실거리지만 그래서 그런지 모두가 당당하다.

처음 인도에 왔을 때는 차와 사람, 소가 뒤엉켜서 정신을 바짝 차리고 다녀야 했으며 걸인들에게 돈이나 다른 물건을 주려고 하다가 혼이 난 적이 있었다. 한 명만 주면 저 사람은 주고 나는 왜 안 주냐는 듯이 천릿길도 쫓아올 기세로 귀찮게 따라다녀서 기어이 주어야만 했다. 이제는 거지들과는 될 수 있으면 눈을 안 마주치려고 자꾸 딴 곳으로 시선을 돌려보지만 그래도 어떤 때는 너무 불쌍한 사람들이 보이면 주려고 아예 잔돈을 바꾸어 다닌 적

도 있다.

언제쯤 히말라야가 보일까? 하고 차창너머로 바라보니 끝이 없을 것 같은 유채밭과 밀밭만 보인다. 기차에서 파는 인도음식을 사서 먹어볼까 하다가 용기가 나지 않아서 그냥 안 먹기로 했다. 노랑머리의 외국 여자도 어디를 가는지 잠에 떨어져 있고 남편인지 친구인지 모르는 서양 남자가 잠에서 깨어 밖을 두리번거리다 우리를 보더니 미소짓는다.

저 멀리 히말라야 산자락이 보이기 시작한다. 이제 목적지가 가까워지나 보다 생각했는데 히말라야는 가도가도 그 자리인 것처럼 꿈쩍도 하지 않는다. 목적지에 도착해서 시계를 보니 아침 9시가 넘어가고 있었다. 식사를 하자고 하는 것을 배가 고팠지만 빨리 가고 싶은 마음에 그냥 자동차를 탔다. 산을 몇 바퀴나 돌아서 강을 건너고 들판을 지나 또 산을 넘으며 얼마를 갔는지 어지럽고 허기가 지어 기진맥진할 때 쯤 목적지에 도착했다.

바쁘실 텐데도 불구하고 밖에서 우리들을 기다리고 계시던 스님이 친정 어머니처럼 반가이 맞아주신다. 우리 부부가 거처하게 될 방으로 짐을 옮겨놓고 스님 집으로 가보니 한국에 오셨을 때 우리와 같이 찍었던 사진이 벽에 걸려 있었다. 기쁜 마음에 사진을 자꾸 쳐다보니까 프랑스에서 오셨다는 여자 분이 부러운 듯이 우리들을 보며 스님이 늘 거기에 걸어놓고 한국의 가족이라고 말씀하셨다고 한다. 모두가 우리들을 행복하게 해주기 위한 배려라고 생각하니 자비심이 느껴지며 행복해진다.

집 떠나온 지가 며칠 되어 한국 음식이 먹고 싶을 것 같아서 준비하셨다고 하며, 우리나라에서 드셨던 것을 기억하여 만드셨는지 김치와 표고버섯볶음, 잡채, 상추에 쌈장까지 만들어 놓고 늦은 점심을 먹자고 하신다. 맛있게 먹는 우리들을 보며 한국에 있는 아이들에게 잘 도착했다는 말을 하라고 전화를 걸어주신다.

먼 길 여행과 시차 적응에 힘이 들어 대충 짐을 정리하고 침대에 누웠다. 남편은 고산병이 났는지 울렁거리고 힘이 든다고 하여 (귀국해서 안 일이지만 십이지장 출혈 때문이었다고 한다.) 청심환을 하나씩 먹고 잠을 청하는데, 오는 길에 보았던 히말라야 설산이 구름 속에서 보였다 안 보였다 하는 것이 마치 극락의 세계를 조금씩 보여 주는 것 같은 생각이 들었다.

3월 중순이지만 밤새 비가 내리며 바람이 불더니 날씨가 춥고 전기까지 나가버려 사방이 캄캄해서 화장실도 갈 수가 없었다. 손전등이라도 가져오는 건데 먹을 것을 너무 많이 가져오느라 챙기지 못했다.

이곳에 오면 우리 내외는 신혼시절처럼 방을 얻어 살림을 차리고 밥을 해먹는다. 어떤 사람은 먼 곳까지 여행을 와서도 부엌일을 하느냐고 흉을 보지만 나는 음식을 만들어서 인연 있는 사람들과 같이 먹으려고 양념과 밑반찬을 많이 가져온다.

몇 년 전, 따시종 마을에서 있었던 일이다. 옆방에 한국에서 오신 오지여행 사진작가와 의사선생님 일행이 묶고 계셨는데, 아침 식사에 초대했더니 한국 음식을 보름째 못 먹었다고 하며 김치찌개를 정말 맛있게 드셨다. 귀국해서도 그때의 음식은 정말 잊을 수가 없다고 하며 기념으로 찍어준 사진과 함께 편지를 보내 오기도 했다. 사람들에게 한국 음식을 대접하는 즐거움을 이해하는지 남편은 평소에 다니지 않던 시장에도 같이 가주고 음식을 만드는 것을 도와주기도 한다.

이번 여행에서는 프랑스에서 오셨다는 남편과 동갑인 여자 분을 알게 되었다. 그분은 25년 전부터 티베트 난민 돕기를 했다고 한다. 후원자와 본인이 저축한 돈으로 학교도 두 군데나 지었고 이번에는 양로원에 보시하기 위해 왔다고 한다. 티베트도 여행했다고 하면서 정부는 나눠져 있지만 정신적으로 나라를 지키고 있는 국민들과 라마들이 놀라웠다고 하며 그곳에서 찍은 사진을 보여 주었다.

며칠 뒤, 스님 몇 분과 프랑스에서 오신 보살님을 저녁식사에 초대하기 위해 아침나절 시장에 가서 계란과 두부, 양파, 당근, 감자를 사 왔다. 두부와 야채, 계란을 넣어 전을 부치는데 남편이 자기도 해보겠다고 하기에 그러라고 했더니 예술가답게 아주 예쁘게 지져 놓는다. 잡채와 감자국을 끓이고 김치와 밑반찬을 놓으니 그런대로 진수성찬이 되었다. 티베트 스님들은 물론 한국 음식이 처음인 프랑스 보살님도 맛있게 드시며 즐거워하시는 것을 보면서 나는 더 없이 행복하고 기뻤다.

식후에 여러 가지 이야기를 하면서 스님께 어떻게 하면 욕망에서 벗어나 행복하게 살 수 있겠느냐고 했더니 주고받기 수행인 자비심 기도와 이타행을 많이 하라고 하신다. 오늘 특별히 티베트 전통 의상을 입고 오신 프랑스 보살님을 보고 예쁘다고 했더니 마음에 들면 선물하시겠다고 하며 내일 맞추러 가자고 한다.

인연이란 한 치의 오차도 없이 만나지는 것인가 보다. 여행지에서 만나서 가족같이 지내는 것을 경험한 우리는 그분과도 허물없는 친구처럼 가까워졌다. 시장에도 같이 다니고 전통 의상도 맞추고 그분이 묵고 있는 방에 가서 이야기꽃을 피우며 놀다가 인도 식당에서 같이 식사도 했다. 처음에는 짙은 향신료 냄새 때문에 좋아하지 않던 인도 음식이었지만 그동안 적응이 되었는지 이제는 제법 맛을 느낄 줄 안다.

처음 인도에 왔을 때 우리들에게 가르침을 주셨던 84세의 성자님께서 편찮으시다고 해서 자동차로 3시간 정도 산 속으로 더 가야 되는 따시종 마을로 갔다. 나의 머릿속에 이곳은 편안한 친정집 같은 곳으로 저장되어서 그런지 가는 길에 보이는 다랭이밭과 맑은 시냇물이 흐르는 냇가가 정겹기만 하다.

성자님께서 열반하시기 전에 찾아뵙는 것이 다행스러웠지만 막상 뵈니 너무 쇠잔한 모습에 마음이 아프고 눈물이 났다. 반가워하시면서 잘 있었느냐고 하시며 내일은 새벽부터 기도가 있다고 하셨다 그리고 모여 있는 사람들의 말이나 행동, 날씨까지도 모두 부처님의 정토라 생각하고 하루 종일 만트라를 하라고 하셨다.

한국에서 오신 스님들은 새벽 2시부터 법당에 내려가서 기도를 하기로 했고 우리 내외는 8시까지 가기로 했다. 이 기도에 참석하기 위해 온 한국 사람들이 10명이나 되었다. 나는 그분들께 도시락을 만들어 보시하려고 새벽부터 만트라를 하며 김밥을 20줄이나 쌌다. 시간이 다 되어 서둘러 내려가니 평생에 한번만 보아도 업이 다 소멸된다는 파드마삼바바 기도에 참석하기 위해 벌써 사람들로 인산인해를 이루었다.

잘 보이는 곳에다 돗자리를 폈다. 주위를 둘러보니 외국인들도 상당히 많았다. 부처님 얼굴의 가면과 형형색색의 옷을 입고 춤을 추는데 무슨 의미인지 잘 모르는 우리들은 그냥 사진 찍기에 여념이 없었다. 남편이 한국 사람을 대표해서 의식을 하는 라마님께 하얀색의 카다를 올리기로 했다. 앞에 나가 공손하게 한분 한분께 올리는 모습을 바라보며 부디 남은 삶을 행복하게 감사한 마음으로 자비심을 실천하면서 살게 해달라고 부처님께 기도를 했다. 열심히 만트라를 하며 기도를 하는 티베트 사람들과 함께 있다 보니 우리들 모두가 국적을 초월하여 한 가족이 된 듯싶다.

행사가 끝나고 먼저 있던 곳으로 돌아가려고 성자님을 찾아뵈오니 남편에게 좋은 말씀도 들려 주시고 기도는 이렇게 저렇게 하라며 지도해 주시는데 그 자상한 모습이 마치 친정 아버지처럼 느

네충 쿠텐라와 함께 티베트 전통의상을 입고

껴져 가슴이 울컥하며 눈물이 핑 돌았다. 다시 뵐 수 있도록 오래 사시면 좋겠다고 하니 잘 가라고 손을 흔들며 미소지으신다.

여행지에서 모처럼 한가한 오후를 보냈다. 낮잠도 자고 뒹굴며 남편과 대화하던 중에 "남은 인생 어떻게 하면 잘 살다가 갈까?" 했더니, 내 자식이라도 관습과 생각이 나와 다르다고 참견하고 강요하다 보면 내 뜻대로 하고 싶어서 화가 나게 되고 그 화는 결국 나를 지옥으로 데려가는 저승사자가 될 것이라고 한다. 그러면서 우리 두 사람이 살아가는 모습이 자식들에게는 거울과 같으니 거울에 비친 우리의 모습을 어떻게 보여 주어야 할지를 생각해 보자고 한다.

창밖에는 비가 개이고 오색의 쌍무지개가 손에 잡힐 듯한 히말라야를 배경으로 아름답게 떠 있다. 이번 여행을 초대해 주신 스님의 깊은 배려와 자비심이 우리 내외를 편안하고 행복하게 해주었다. 집으로 돌아가면 백분의 일이라도 그분들께서 보여 주신 자비심을 흉내라도 내보자며 히말라야를 배경으로 기념사진을 찍었다.

한국으로 돌아가는 날, 아침 일찍 작별 인사를 드리니 먼 길 가려면 힘들 것이라며 매작과와 견과류 그리고 선물을 가득 담은 바랑을 남편의 어깨에 걸어 주신다. 어버이 품을 떠나는 아이들처럼 눈물을 글썽이는 우리들을 꼭 끌어안아 주시며 기도해 주신 스님 덕분에 무사히 집에 돌아왔다.

아이들에게 스님께서 만들어 주신 녹음 테이프를 들려 주었다. 그동안 우리와 함께 보내며 즐거웠다는 말씀을 영어로 하시고 마지막에 한국말로 "안녕하세요. 보고 싶어요!"라고 하시는데 그 목소리를 들으니 또다시 그곳에 가고 싶어진다. 마음의 고향 히말라야에……

2005년 3월

미얀마 성지 순례 기행문

1993년 1월 5일부터 14일

　일생에 단 한번 밖에 없을지도 모르는 큰스님과의 여행이기에 설레는 마음으로 공항에 도착했다. 이번 여행은 남편이 회장직을 맡고 있는 천공회라는 예술인들의 모임에서 큰스님을 비롯한 여러 스님들과 함께 하는 성지 순례이다.

　저녁 6시 30분, 태국으로 가는 비행기에 탑승했다. 뒷좌석에 계신 큰스님께서 인삼정과를 꺼내 주시며 미소를 지으신다. 우리를 챙겨 주시는 자상하신 모습이 마치 친정 아버지같이 푸근하다.

　이번 여행은 나를 돌아보고 앞으로의 삶에 큰 지혜를 얻을 것 같은 예감이 들어서 모든 일에 수순을 잘해야겠다고 다짐을 해본다. 방콕 공항에 도착하여 시계를 보니 현지 시간 밤 10시 30분이

다. 미얀마로 가는 직항 비행기가 없으므로 태국에서 하루를 머물
러야 한다.

1월 6일 수요일 — 정교한 예술 에메랄드 사원

아침식사를 마치고 왕궁에 있는 에메랄드 사원 관광을 했다. 예
전에 왕이 수도하던 사원으로 세계에서 제일 큰 에메랄드 부처님
이 있다. 3계절로 옷을 입혀드리는데 지금은 얇은 옷을 입고 있
다. 건물 벽에 도자기 타일로 각종 완자문과 꽃으로 벽화를 그린
것이 아름답고 화려하며 커다란 화분에는 연분홍의 연꽃이 피어
있다. 박물관에는 정말 정교한 이 나라 전통 공예품들이 많이 있
었다. 목공예와 도자기, 부채, 그림 등등 어느 것 하나 감탄사가
안 나오는 것이 없다. 길가에, 호텔에, 회사의 정원 같은 곳에도
눈만 돌리면 부처님이 모셔져 있는 것이 불교 나라에 온 실감이
난다. 하루 종일 더운 곳을 다녀서 그런지 마음은 평화로운데 몸
이 몹시 지쳐 있다.

1월 7일 목요일 — 미얀마에 첫 발을 내딛다

오전 10시 30분, 미얀마로 가기 위해 작은 비행기(60명 정도 타
는)를 타고 방콕을 출발하여 11시 30분에 미얀마 양곤 공항에 도

착했다.

큰스님을 마중 나온 사람들이 양쪽에 일렬로 서서 큰 일산을 받쳐들고 양탄자 깔린 길을 지나 귀빈실로 안내를 한다. 우리 일행은 대합실 같은 곳으로 안내되었는데, 우리나라 작은 기차 간이역 같은 건물과 시설이다. 소지품 조사도 없이 가이드가 안내하는 24인승 버스에 타려는데 사람들이 몰려와 무엇이든지 달라며 조른다.

양곤 시내에 있는 중국 식당에서 주한 미얀마 대사 부인과 미얀마 종교부장관 부인의 점심식사 초대를 받아 가보니 음식이 맛이 있어서 앞으로의 여행에 음식 걱정은 안 해도 될 것 같다. 경찰 오토바이 두 대와 하얀 색의 백차가 사이렌 소리를 내며 앞뒤에서 우리 일행들이 타고 있는 차를 호위하며 간다. 교차로마다 우리 차가 지나갈 때까지 모든 차들이 서 있는 것을 보니 큰스님 덕분에 우리들도 귀빈 대접을 받는 것 같아서 우쭐하기도 하고 죄송스럽기도 한 것이 기분이 묘했다.

첫 번째로 간 쉐다곤 파고다에는 이 나라에서 유일하게 에스컬레이터가 설치되었는데 국빈들이나 귀빈이 오실 때에만 가동을 한다고 한다. 큰스님이 오셔서 이번에 우리 일행들은 높은 곳까지 올라갈 수 있도록 배려한다는 가이드의 설명이다. 이곳 사원에서는 맨발로 다녀야 한다고 하기에 차에서 내릴 때 모두 신발과 양말을 벗었다.

쉐다곤 파고다는 높이가 99미터로 전부 순금 판으로 만든 탑이
며 그 위에는 다이아몬드와 사파이어로 장식했다고 한다. 대사 부
인이 우리와 동행하고 있기 때문에 그곳의 직원이 직접 안내를 한
다. 목공예와 금탑, 대리석으로 지은 사원을 구경하며 파고다 안
에 있는 법당으로 들어가니 선정에 들어 기도를 하는 분, 조용히
쉬는 사람들의 모습이 평화로워 보였다.

그동안 나는 무언가를 하지 않으면 퇴보하는 것 같아서 마음을
내려놓고 쉰 적이 없었다. 그래서 이곳 사원에 있는 사람들처럼
이번 여행에서는 마음 내려놓는 공부를 해봐야겠다는 생각이 들
었다. 이곳에는 요일별로 일곱 분의 부처님이 모셔져 있는데 각자
태어난 날의 부처님께 기도를 한다고 한다. 마당에 일반 신도들이
예배드리는 곳이 있어서 우리 내외는 부처님 은덕으로 이곳에 올
수 있게 해주신 것이 감사해서 엎드려 절을 했다.

버스를 타고 비구니 승가대학에 갔다. 분홍빛 옷을 입으신 분들
이 마중 나와 2층으로 안내해서 가보니 스님 200여 분이 일렬로
조용히 들어와 우리 일행들과 마주앉는다. 승가대학 비구니 스님
들이 독경 의식을 하기에 우리는 반야심경을 독송하며 인사를 나
눴다. 이번 여행 안내를 하는 영국 비구니 스님이 우리나라에서
모셔간 부처님과 향로, 촛대 등을 선물로 드리고 우리들은 보시금
을 전달했다. 다과상을 준비하여 내놓으시는데 그야말로 정성덩
어리다.

미얀마의 탑 사이를 거닐다

　미얀마에서 제일 좋은 호텔이라는 가이드의 이야기를 들으며 가보니 삐거덕거리는 나무침대와 낡은 의자 2개 그리고 화장대 하나 놓여 있다. 화장실에도 타일이 떨어져 너덜거리고 따뜻한 물은 나오지 않으며 샤워 꼭지는 양철조루에 있는 것과 비슷하다. 언제 이런 곳을 또 와보랴 생각하니 모두가 신기하고 재미있다.

　저녁 식사를 하러 점심에 먹었던 곳으로 갔다. 스님들은 한국에서 가져간 밑반찬으로 드시는데 더덕장아찌를 나눠 주셔서 맛있게 먹었다. 밤에 본 세다곤 파고다는 황금빛이 불에 반사되어 아름답기 그지없다.

미얀마 아가씨들이 선물한 향기가 있는 하얀색의 꽃을 호텔 방에 가져오니 꽃을 준 사람의 향기까지 보태어 은은한 향기가 코를 간질이는 밤이다.

1월 8일 금요일—미얀마의 불교가 숨쉬는 곳 파간

4시 30분, 모닝콜 소리에 잠이 깨어 부지런히 준비해서 버스를 타고 국내선 비행장으로 갔다. 버스에서 내리기 전 밖을 바라보니 9살 정도 되는 사내아이가 눈을 맞추며 웃더니 내려오기를 기다렸다는 듯 달려온다. 가방에서 사탕 한 줌을 꺼내 주니 기뻐하며 어디론가 뛰어간다.

7시에 출발하여 8시 30분에 도착한다니 꽤 먼 거리인가 보다. 비행기 안에서 밖을 내다 보니 가도가도 정글만 보인다. 오늘 가는 곳은 파간이라는 도시로 우리나라의 경주 같은 곳이라고 한다.

파간은 우리나라 추석 때처럼 높고 파란 가을 하늘 아래 상쾌한 날씨다. 이곳에는 272개의 사원이 있는데 제일 먼저 간 곳은 세지곤 파고다로 제일 큰 곳이라고 한다. 들어가는 입구의 양쪽으로 토산품 파는 가게들이 즐비하고 아이들에서부터 어른까지 모두 손을 내밀며 무엇이든지 달라고 한다. 스님들께서는 자비심으로 준비해 가신 용품들을 골고루 나눠 주시며 다니시는데 많이 준비

못한 우리들은 그저 미안해서 스님들 뒤만 따라 다녔다.

이곳은 어떤 스님이 도를 통하여 법문을 하시느라 공양을 못 드서서 해를 붙잡아 놓고 드셨다는 일화가 있는 사원이다. 또 왕이 왕관을 쓰고 파고다 구경을 할 수 있도록 사발만한 크기의 조그마한 샘물에 비춰보는 곳이 있어서 나와 남편은 그때의 왕처럼 엎드려 샘물을 보니 정말 큰 파고다가 다 비추어지는 것이 신기했다. 그곳을 나와 틸로밀로 파고다에 구경을 갔는데 큰 부처님이 탑 안의 사방에 있고 사이사이 스님들이 참선하는 토굴이 있었다. 그곳을 떠나 큰 코끼리가 부처님 경전을 싣고 가다가 멈추어서 움직이지를 않아 아난다 파고다를 지었다는 곳에 와 보니 미륵불이 53미터나 되는 엄청난 크기의 부처님들이 네 분이나 계셨다.

숙소로 돌아와 점심식사를 하고 밖의 의자에 앉아 쉬고 있는데 건너편에 따뜻한 햇살을 벗 삼아 삼매에 드신 큰스님의 모습이 평화로워 보여 나도 덩달아 행복해진다. 모두 휴식을 하는 2시간 동안 사경도 하고 노래도 부르며 여행지에서 모처럼 한가한 시간을 보냈다. 휴식을 취해서 그런지 몸도 마음도 상쾌하여 콧노래를 부르며 또 다른 곳으로 가는데 마치 예전에 왔던 길을 가는 것처럼 느껴진다. 문화는 그 나라를 대변하는 것이라더니 청동, 도자기, 목각, 금, 돌부처. 여러 재료로 부처님을 조성해 놓은 박물관 전시실에는 불교문화가 가득하다.

탓번유 파고다에 갔다. 5층탑으로 1층부터 5층까지 좁은 계단을 올라가야 하는데 다리가 후들후들 떨리고 가슴이 조마조마해 올라가는 것을 포기하려고 하다가 큰스님이 노구의 몸으로 올라가시는 것을 보고 나도 용기를 내어 올라갔다. 5층 꼭대기에서 바라다 보니 파간의 파고다는 정말 헤아릴 수가 없을 정도로 많다. 넓은 평야에 끝없이 서 있는 파고다······.

수백 년 전에 이렇게 많은 건물을 짓고 불교문화를 발전시킨 미얀마 사람들이 위대해 보여 가이드에게 물어보니 원래는 8만 4천 파고다가 있었는데 지금은 2천 기 정도가 남아 있다고 한다. 그래서인지 사람들이 순수하고 착한 사람들만 있는 것같이 느껴진다. 5층에서 멀리 보이는 파고다를 보며 쉬고 있는데 작은 꼬마가 석가모니불을 외우며 이름이 뭐냐고 묻기도 하고 자기 이름도 가르쳐 주며 재롱을 떨더니 계단을 내려오는데 손전등을 비추어 주며 길 안내를 한다. 고마워서 단주와 볼펜 한 자루를 손에 쥐어주었지만 세상사에 때묻어 가는 것이 아닌가 싶어서 울적해진다.

숙소에 돌아와 저녁을 먹고 축제가 열린다고 하여 대사 부인의 안내로 구경을 나섰다. 음식도 팔고 노래도 부르며 축제 분위기가 한창이다. 이곳 사람들이 1년 동안 모은 돈으로 필요한 것을 구입하고 또 물물교환을 하는 1년에 한 번 있는 흥겨운 작은 축제다. 돌아오는 길에 밤하늘을 보니 별들이 총총히 빛나 방에 그냥 들어가서 자기엔 조금 아쉬운 것 같아서 같이 간 일행들과 함께 마당에서 하늘을 보며 별을 헤아려 본다. 별 하나 나 하나 별 둘 나

둘…….

1월 9일 토요일―노을이 아름다운 만달레이

아침 7시, 파간을 떠나 만달레이를 향하여 버스를 타고 떠났다. 1시간 정도 가다가 장터를 구경했는데 우리나라에 있는 곡식은 거의 다 있으나 모두 땅이 척박하여 열매들이 부실하다. 시장에서 파는 음식들을 사먹어 보기도 하고 어슬렁거리며 돌아다녀 보니 30년 전의 우리나라 장터와 비슷한 것이 왠지 낯설지가 않다. 휴게소가 없는 관계로 산이나 강을 만나면 보이지 않는 곳에서 실례를 해야 하는데 여간 민망스럽지가 않다. 이곳 사람들은 자루같이 생긴 옷을 척 돌려서 입으며 속옷은 입지 않는다고 한다.

6시간 30분이나 걸려서 이 나라에서 제일 잘 산다는 도시 만달레이에 도착했다. 자전거와 택시도 보이고 가끔은 오토바이도 보이는 것이 잘사는 도시에 온 것 같다.

점심식사를 마치고 먼저 차욱톳치 사원을 갔는데 엄청난 크기의 옥으로 조성된 부처님이 계셨다. 참배를 마치고 작은 흰 탑이 헤아릴 수 없을 만큼 많은 구도도 파고다에 왔다. 730개의 대리석에 경전을 새긴 것을 넣어 보관하는 파고다라고 한다.

민논 왕의 거처였던 쇄산도 사원에는 지붕과 벽에 목 조각이 헤아릴 수 없을 만큼 많아 인간의 한계는 끝이 없다는 것을 증명이라도 하는 듯하다. 지금은 사원으로 사용하여 관광객들이 많이 오는 곳이 되었다고 한다.

저녁노을이 아름답다는 만달레이 힐 파고다는 높은 산 위에 있는데 버스가 올라가지 못해서 이곳 사람들처럼 트럭 화물칸에 앉아서 꼬불꼬불 산길을 따라 도착했다. 높은 곳에서 바라다 보이는 만달레이 도시는 붉은 저녁노을과 흰 탑의 파고다가 어우러져 매우 아름답다.

1월 10일 일요일—부처님의 세계 양곤

호텔에서 모닝콜을 해주는 사람이 돌아다니면서 사람들의 잠을 깨워 나가 보니 호텔 정원에 있는 코스모스가 한들거린다. 하늘을 바라보니 둥근 달이 달무리와 중천에 떠있고 한쪽에는 햇살이 퍼지는 아침이다. 스님들과 함께 다녀서 그런지 건강하고 마음도 평안하니 우주 만물이 다 고맙기만 하다. 모두 부처님의 가피라 생각하며 만달레이에서 양곤으로 가는 비행기에서 글을 쓰는 나의 얼굴을 보더니 남편도 즐거운 듯 미소를 짓는다.

양곤에 있는 왕궁은 다른 여행객들에게는 공개하지 않는다고 한다. 특별히 스님들 덕분에 왕궁으로 들어갈 수 있었다. 들어가 보니 사방으로 20리나 되는 큰 마을과 같다. 민둥왕이 앉아있던 궁상을 빨간 융단으로 덮어 놓았는데 우리들에게 보여 준다며 벗

겨보니 그야말로 화사하기가 이루 말할 수 없다. 박물관에는 시대별로 왕의 모습을 조형해 놓았고 크리스털 침대와 가마가 보인다. 왕비들이 살던 집도 117개였는데 영국군의 폭격으로 없어져서 지금 한창 복원중인 것을 보며 마하보디 파고다로 이동했다.

이곳 부처님은 지금도 매일 향수로 얼굴을 씻어드리고 양치질도 하고 금잎으로 옷을 입힌다고 한다. 미얀마 사람들은 돈이 생기면 금잎을 사서 부처님께 옷을 입히는 것을 큰 공덕으로 여긴단다. 곁에 있는 순금은 1톤 반이지만 속까지 합하면 7톤 반이라는 엄청난 크기의 순금 부처님이다. 스님과 남자들은 부처님 옆에까지 가서 금잎을 입히고 꽃 공양도 할 수 있지만 여자들이나 비구니 스님들은 밑에서 올려다보며 기도하는 것이 이곳의 풍습이라고 한다. 여기서는 남자의 몸을 받아야만 부처가 될 수 있다고 하여 생긴 풍습이라고 하기에 단 아래에서 기도를 했다.

이곳 사람들이 살아가는 목적은 물욕이나 권세에 두는 것이 아니라 무소유로서 부처님께 귀의하며 모든 불사를 위해 사는 사람들처럼 보인다. 어느 사찰을 가든 유리로 만든 보시함에는 돈이 꽉 차 있고 사람들의 얼굴이 욕심이 없는 사람들처럼 보인다.

경전을 모시는 곳에 가보니 삼장법사이신 스님이 등신불이 되어 앉아 계신다. 아픈 사람들이 만지면 낫는다는 부처님이 세 분 계셨는데 얼마나 많은 사람들이 만졌는지 반질반질하고 구멍이 뚫렸다. 비록 경제는 뒤떨어졌다고 해도 불교문화는 세계 어느 나라에도 뒤지지 않는 것 같다.

1월 11일 월요일—불법의 힘 페구

아침 일찍 양곤에서 페구라는 곳으로 이동했다. 우리나라 60년
대의 풍경과 비슷하다는 남편의 이야기를 들으며 조용한 산사 같
은 짜익푼 파고다에 도착했다. 이곳은 왕비가 대를 이을 사람이
없어서 존경하던 스님을 환속시켜서 공주와 결혼을 시켜 지었다
는 전설이 있다고 한다.

어디를 가나 모든 파고다는 화려하고 웅장하지만 세달리웅 파
고다는 53미터나 되는 와불이 모셔져 있다. 처음 발견 당시에는
정글에 있던 것을 지금은 지붕을 만들어 참배객들이 편안하게 볼
수 있도록 해 놓았다. 선정에 든 듯 누워 있는 부처님을 한 바퀴
돌며 나도 지금 이 순간 저 부처님처럼 선정에라도 들어보았으면
하는 엉뚱한 생각을 해본다.

세계불교 제6차 결집을 기념하기 위해 지은 까바네 파고다에는
부처님의 진신사리 3과와 아난존자 사리 1과 사리불존자 사리 1
과가 안치되어 있는 곳이다. 양쪽에서 미얀마 스님 두 분이 부처
님의 사리를 우리의 정수리에 올려놓고 수기를 해주는데 감격스
러워 가슴이 벅차고 눈물이 나온다.

아침 일찍 마하시 선원을 방문했다. 마하시라는 삼장법사의 이름을 따서 만든 선원이라는데 어제 삼장법사가 되는 시험이 끝나서 오늘은 조금 한가하다고 한다.

삼장법사란 경·율·논을 다 완성하신 분이라고 한다. 시험은 18일 동안 보는데 40분 시험을 보고 10분 휴식을 하며, 책을 보지 않고 팔만 사천 경전을 한 자도 틀리지 않고 다 외워야 되는데 현재는 4명의 삼장법사가 계시다고 한다.

미얀마 불교 총무원에서 우리나라 큰스님과 이곳 장관님의 만남이 있었는데, 우리들은 들어가지 못하고 건물 밑에서 기다렸다. 삼장법사님과 큰스님이 기념 촬영을 하는데 우리들도 함께 사진을 찍었다.

이제 미얀마에서는 마지막으로 신발을 벗는다는 가이드의 말을 들으며 차우타치라는 곳으로 갔다. 차우라는 뜻은 여섯 번 칠했다는 말로서 이곳의 부처님 눈이 무서워서 여러 차례 그려서 완성했다고 한다. 57미터의 와불이었는데 그런 말을 들어서 그런지 정말 눈이 살아 있는 사람처럼 빛나며 아름답다.

미얀마 젊은이들의 데이트 장소인 공원에서 쌍쌍의 남녀가 평화롭게 걸어다니는 것을 뒤로 하고 버스를 타고 공항으로 왔다. 스님들께서는 귀빈실에서 열리는 환송식에 참석하시고 우리들은 공항 면세점에서 쇼핑을 하는데 면세점이 구멍가게처럼 작다.

오후 3시 30분, 비행기로 황금 탑의 나라 미얀마를 떠나 태국으로 오니 극락에서 지옥으로 온 느낌이다. 자동차에서 뿜어내는 매연과 후덥지근한 날씨에 숨이 막히는 것 같다.

노구의 몸이신 큰스님과 우리 일행이 건강하게 성지 순례를 마치게 해주신 부처님께 감사한다.

돌아오는 비행기 안에서 생각해 보니 사람이 사는 목적을 물욕이나 권세에 두지 않고 항상 부처님께 귀의하면서 사는 것 같은 미얀마 사람들의 모습이 아롱거려 나도 닮고 싶은 마음 간절하다.

선진지 견학을 다녀와서

30년 동안 도자기와 함께 했던 보람이 있었는지 세계 도자기 엑스포에서 보내 주는 선진지 견학을 할 수 있는 행운을 얻었다. 견학 일정은 4박 5일이고 견학 인원은 10명이다. 방문 지역은 타이완의 앵가와 고궁박물관이며 날짜는 5월 11일부터 15일까지다.

대만 공항에 내리니 후끈한 것이 가마 속에 들어온 것 같다고 하는 우리들의 말에 도자기 하는 사람들이라 그런 표현을 한 것 같다며 가이드가 웃는다.

대만의 면적은 우리나라의 경상남북도를 합한 것만큼 작은 나라이며 인구는 2,300만 명으로 그 중에 수도인 타이페이에는 250만 명이 살고 있다고 한다. 기다란 지형의 나라라서 고속도로의 길이는 420킬로미터로 우리나라와 비슷한 거리라고 한다. 그 중에 3분의 2가 산악지대이고 3천미터가 넘는 산이 100개가 넘는다고 한다. 우리가 가는 앵가는 타이페이에서 1시간 거리에 위치한 작은 도시인데 크고 작은 60여 개의 가마가 있다.

우리가 제일 먼저 방문한 곳은 타이페이 현립 앵가 도자기 박물관으로 대만 최초의 도자기를 테마로 한 박물관이다. 현지의 공모전에서 입상한 걸작을 비롯하여 세계 88개국에서 수집한 민족적 색채가 강한 도자기를 전시하고 있었다.

도자기 박물관은 화려한 건물은 아니지만 전시공간이 4,700평이나 되는 현대식 건물로서, 로비에서 우리를 맞이한 시원한 물폭포가 더위를 식혀 주어 기분을 상쾌하게 해주었다.

1층에 전시된 도자기들을 방송국에서 촬영하고 있기에 궁금해서 가보니, 현대 도예 작가 전시회였는데 시간과 풍향 그런 것들을 주제로 한 작품으로 도자 조각에 철, 나무를 혼합하여 만든 상당히 수준 있는 작품인 것 같았다. 남편이 잘하는 국화 문양을 포인트로 장식한 작품이 섬세하고 대담하며 절제 있는 선이 대만의 도자기 수준을 보는 것 같아 흥미진진하다.

1층 로비의 사물함을 보니 문짝이 도예 박물관답게 도판에 산수화나 풍속화 등을 그렸는데 우리나라도 도자기가 관계되는 곳이라면 한번 권장해 보았으면 하는 생각이 들었다. 지하에는 아동 체험실이 있었는데 책상모양이 꽃, 나뭇잎 등을 소재로 만들어 놓은 것을 보며 어린 아이 때부터 자연을 소재로 쉽게 예술과 접하게 해 놓은 것 같았다.

2층에는 골동품에서부터 첨단 세라믹까지 다양하게 전시되어 있다. 골동품들은 대만의 원주민들이 만든 토기들이었는데 무덤 속같이 침침하게 전시된 것을 보며 불을 밝게 하면 어떨까? 하고 생각해 보았다. 비스듬히 옆으로 돌아가니 대만 도자기 변천과정이 진열되어 있었다. 백자에서 아연 결정유가 많이 보이며 화려하고 큰 것들이 많아 보였다.

3층에는 이번 공모전에 출품한 88개국에서 입상한 걸작들이 우리들을 반기고 있었다. 미리 나눠 준 설문지를 보니 외국인도 쉽게 할 수 있게 구경하며 번호를 적는 것이었다. 당첨이 되면 자동차를 준다고 한다. 번호의 내용은 ① 창의적인 작품 ② 조형적인 작품 ③ 안 잊혀지는 작품 ④ 감동적인 작품 ⑤ 집에 가져가고 싶은 작품 등이다. 전시되어 있는 작품은 100여 점으로 설문지를 나눠 주지 않았더라면 관심 있게 보지 않고 그냥 지나칠 수도 있었을 텐데 덕분에 아주 열심히 감상하는 법을 배운 것 같다. 아쉽게도 촬영금지라서 사진 촬영을 못한 것이 안타까웠는데 옆의 상점에 가보니 내가 좋다고 한 것들이 책갈피, 엽서로 만들어져 팔고 있었다. 사진을 못 찍게 하고 그것을 구입하게 해 놓은 것이 중국의 상술을 보는 것 같아 얄밉기도 했지만, 이런 것들이라도 상품으로 만들어 저렴하게 파는 것이 한편으로 고마웠다. 집에 가져가고 싶은 작품은 백자 자완을 얇게 만든 것으로 연꽃 모양으로 구멍을 뚫어 그곳을 유약으로 메운 것이었는데 차를 마시면 파란 연잎이 만져질 듯했다. 도자기 판매장에는 주로 다기 종류가 많았고 백자와 분청 종류 그리고 결정유로 만든 것들이 있었다.

점심을 먹고 최근에 새로 정비하기 시작한 타오즈의 도자 거리로 갔는데 언덕으로 되어 있어서 더운 여름철에는 다니기가 힘들다고 한다. 처음 시작하는 곳부터 끝까지 도자기 상점들로 이어져 있는데 정리가 잘 되어 있었다. 전체 상점은 80여 개가 넘는 듯 보였고 작품들도 전시가 잘 되어 있었으며 우리나라 것과 비슷한 것도 많았다. 60여 개의 가마가 있는 앵가에 이렇게 정리가 잘 된 상점들이 많이 있다는 것이 부러웠다. 우리가 사는 경기도에는 1,000여 개의 도자기 가마가 있는데도 제대로 된 도자기 길[路]이 없다는 것이 아쉬웠다. 대만은 60여 개의 요장을 가지고 이런 거리를 만들었는데 경기도에 있는 요장들로 도자기 거리를 만든다면 세계에서 가장 훌륭한 도자기 관광지가 되지 않을까?라는 상상을 해보았다.

상점에는 우리나라처럼 들어가는 입구에 분수대를 파는 곳이 많았고, 여러 가지로 디자인하여 만든 것이 인기 품목인 것 같았다. 특히 연꽃에 전등을 켜서 포인트를 주었기 때문에 밤에는 실내등의 역할을 할 수 있어서 실용적일 것 같다. 차 도구, 향로, 수반 등 생활 도자기들이 많았고 불상이나 백자에 상회를 한 것들은 여주에서 보던 도자기와 흡사했다. 아무리 둘러보아도 청자는 보이지 않고 푸르스름한 것들이 청자라는데 우리나라에서 만든 청자와는 상당한 차이가 있었다. 청자는 역시 우리나라에서 만든 것이 세계에서 가장 아름답고 독특해서 세계 시장에서 가장 경쟁력이 있겠구나 하는 생각이 들었다.

잔뜩 흐린 날씨는 급기야 비를 몰고 왔다. 비도 왔지만 덥고 지루하여 길게 형성된 거리가 더 이상 흥미를 유발하지 못했다. 우리나라 도자기 축제 때에도 끝까지 다 못 돌고 거기가 거기 같다는 이야기를 들었던 것이 생각이 난다.

만약 동선을 원형으로 만들고 가운데에 주차장과 휴게소 그리고 여러 곳으로 들어갈 수 있는 문을 만들면 어떨까? 하는 생각을 해 보았다.

13일 아침 9시에 호텔에서 나와 앵가에 있는 도자기 업체인 대화 도자기를 방문했다. 규모가 엄청나게 큰 곳이다. 생산 방식은 압력주입 성형이 많았고 대체로 그림을 많이 그려 넣었는데 1차로 전사를 하고 그 위에 붓으로 덧칠을 해주는 그림이 많았다. 2미터가 넘는 도자기는 열 세번 이어 만든 것으로 압력주입 성형을 했다고 한다. 금 유약을 입혀 만든 도자기를 가리키며 대만 총통이 내외 귀빈들에게 선물하는 도자기라고 했다. 대부분 백자로, 옛날에는 청화로 그림을 많이 그렸는데 지금은 여러 가지 색을 많이 쓴다고 했다. 주로 화가가 그린 그림을 작품이라고 엄청난 가격을 붙여 놓은 것을 보며 물레 성형은 그다지 중요하게 생각지 않는 것이 아쉬웠다. 투각이 한 점 전시되어 있는데 이중 안에 것

은 마치 기다란 병을 꽂아놓고 겉에는 주병 형태로 만들었는데 내
눈에는 엉성해 보이는데 그곳 주인은 대단한 것처럼 자랑한다.

다른 곳도 구경하려고 했지만 우리나라 도자기 조합과 교류가
되어 있지 않아서 어렵다고 하여 할 수 없이 옆집에 가 보니 결정
유 도자기들을 진열해 놓았는데 크고 작은 것들이 화려했다. 궁금
했던 청자는 여기서도 볼 수가 없어서 고궁박물관에서 구경을 해
야만 할 것 같다.

마지막으로 장개석 총통이 전쟁 중에 8번이나 옮기면서 가져왔
다는 보물을 일년에 4번을 교대로 전시해도 12년을 보아야만 다
볼 수가 있다고 하는 박물관에 갔다. 그러나 공사 중이어서 5분의
1만 구경하게 된 것이 못내 아쉬웠다.

5천년 전의 도자기와 옥공예, 보석 공예 등, 황제와 귀족들이
썼다는 예술품들은 살아 있는 것 같아서 그 옛날 장인들의 혼이
금방이라도 걸어 나올 것만 같다.

도자기는 청자 자완과 접시 그리고 주전자 등이 있었는데 어떻
게 그 시대에 그렇게 아름답고 섬세한 청자를 빚을 수가 있었을
까? 감탄을 하다 보니 지금까지 보면서 아쉬운 것들을 모두 보상
이나 해주는 것 같아서 마음이 흡족해졌다.

2003년 5월

여름 휴가 모험 기행

　　찌는 듯한 무더위가 기승을 부리자 모두들 휴가를 떠나느라 야
단법석이다. 올해는 나도 여름 휴가를 가볼까? 하고 궁리하던 중
신문광고란에 혼자 여행하는 경비로 부부가 함께 갈 수도 있을 만
큼 싼 요금의 여행상품이 있기에 남편과 함께 일본의 알프스라는
곳으로 여행을 하게 되었다.

　　그동안 일본은 여러 차례 일 때문에 다녀왔지만 항상 안내해 주
는 사람이 있어서 어렵지 않게 다녔었다. 하지만 이번에는 모르는
사람들과 어울려 서로 눈치보지 않고 자유로운 여행을 할 수 있을
것 같아서 완전한 휴식이 될 거라며 남편을 설득시켜 시작한 여행
이라 즐겁기도 했고 또 약간의 모험을 하는 것 같아 불안하기도
했다.

　　공항에서 처음 만난 일행들과 간단하게 자기 소개를 하고 한국

을 떠난 지 한 시간이 조금 지나자 고마쯔라는 작은 공항에 내렸다. 비행기에서 내린 손님은 우리밖에 없는 조용한 시골 마을 같은 곳이라 여기가 알프스인가? 하고 밖으로 나와 보니 더위와 가뭄으로 누렇게 타버린 풀들만 보이고 기온은 33도의 열기와 일본 특유의 습도가 장난이 아니었다. 더위를 피해 시원한 곳으로 오려고 했던 것이 더위를 찾아왔나 보다 생각하니 싼 요금으로 설경을 볼 수 있다고 해서 알아보지도 않고 떠나온 것이 후회가 되었다.

안내원에게 시원한 곳인 줄 알고 왔는데 왜 이렇게 더운 곳이냐고 묻자, 이곳은 일본의 중심부에 있는 곳으로 다대야마라고 하는 산으로 여행하는 것이라고 한다. 기왕에 여행을 왔으니 즐겁게 보내는 것이 현명하다는 남편의 말에 마음을 바꾸기로 했다. 안내 아가씨의 말을 들어보니 여행사끼리 경쟁하느라 손해를 감수하며 진행하고 있다고 한다. 하지만 회사의 명예를 걸고 흡족한 여행이 되도록 노력할 것이니 협조해 달라고 한다. 아무튼 싼 게 비지떡이란 말만 적용되지 않았으면 좋겠다는 마음이 간절하다.

다대야마 산으로 가려면 2시간 정도를 가야 하는데 점심 기내식이 배가 고팠을 거라며 휴게소에서 새우튀김 우동을 한 그릇씩 사주어 먹고 나니 금강산도 식후경이라 해서 그런지 점점 흥미가 생기기 시작한다.

우나쯔끼 마을을 가면서 일본 사람들에 대해서 이야기를 해준다. 일본 사람들은 어려서부터 가르치는 것이 "남에게 폐 끼치지

마라"고 한다. 그래서 모두가 친절하지만 남에게 보이는 마음과 속마음이 다르다고 하는 말과 여러 가지 이야기를 듣다 보니 드디어 산에 도착했다.

협궤열차를 타고 가네즈로 이동하는데 계곡과 호수가 보이고 높은 산의 경치가 장관이다. 밑을 내려다 보니 유화 물감을 풀어놓은 듯 북청색에 가까운 맑은 물이 흘러가고 폭포에서 떨어지는 물보라가 그림이 아닌가 싶을 정도로 아름다운 곳을 보니 역시 잘 왔나보다 하고 안심이 되기 시작한다.

우리나라 같으면 저 계곡에 엄청난 인파가 몰려와서 휴가를 즐기려 할 텐데 사람이 하나도 없는 것을 보니 이곳도 인간이 자연에게 폐를 안 끼치려는 일본인들의 마음이 적용된 것 같다. 5분마다 동굴을 통과하며 산을 올라가는데 자연을 훼손하지 않고 관광지를 개발했다는 일본인들의 자연 사랑이 놀라울 뿐이다. 우리 같으면 그냥 산허리를 동강내어 만들었을 길을 산 가장자리에 시속 30킬로미터로 운행하는 기차를 만들어 경기도 면적만한 크기의 산 그 자체를 보여 주는 것이 놀라웠다.

기차를 타고 40분쯤 타고 올라왔는데 노천 온천에서 목욕하고 가라기에 보니 조그마한 동굴 같은 바위 밑에 뜨거운 물이 솟아오르고 있다. 이런 곳을 언제 또 와보랴 하는 생각이 들어 사양하지 않고 들어갔는데 쇠파리가 사람 구경을 생전 못한 것같이 어찌나 무섭게 덤비는지 물만 묻히고 뛰어나왔는데도 악착같이 쫓아다니는 바람에 정신을 차릴 수가 없었다. 저녁노을과 함께 땀을 뻘뻘 흘리며 산을 올라가 하늘을 보니 여기가 한국인가 일본인가?

어둑어둑 밀려오는 해가 서산으로 넘어가자 호수는 검은 빛으로 물들어가고 어둠이 산허리를 감싸자 거대한 산 그림자가 엄습한다.

갑자기 울적해지고 집 생각이 나며 아이들이 보고 싶어졌는데 그런 내 마음을 아는 듯 저녁식사를 한국 식당에서 불고기 백반을 사준다.

온천이 있는 산골 마을의 일본식 여관이 숙소라기에 가보니 친절한 종업원들이 일렬로 서서 "이라샤이 마세" 하고 인사로 맞이한다. 창호지 문을 뚫고 들어온 달빛에 정갈하게 펴놓은 이부자리가 안온하게 느껴지는 여행의 첫날밤이다.

아침 7시, 예민한 성격 탓인지 잠자리가 바뀌어서인지 잠을 설쳐서 몸 상태가 좋지 않았지만, 친절한 종업원들이 무릎을 꿇고 앉아 대접하는 아침을 먹고 나니 기분이 좋아졌다.

관광버스에 몸을 싣고 1시간을 굽이굽이 올라가자 산에 눈이 하얗게 있는 것이 보인다. 이제 일본의 알프스에 온 것 같아 서둘러 버스에서 내리니 폭풍 한설이다. 영상 5도라고 하는데 바람이 많이 불어서 외투를 껴입었는데도 덜덜 떨린다. 정상이 해발 3,300미터이고 봉우리와 산골짜기는 만년설로 뒤덮여 있다. 이곳에는 호텔도 있다고 하면서 오늘은 하루 종일 안내원 없이 자유롭게 즐기라며 점심 값으로 1,000엔씩을 준다. 대합실에서 두리번 거리며 다른 사람들의 눈치를 보니 3층으로 올라가기에 우리 부부도 따라서 올라갔다. 전망대 같은 곳에서 구경하며 사진을 찍고 '식사를 한 다음에 천천히 구경하는 것이 어떠냐'는 나의 의견에 우동 한 그릇씩을 먹었다.

사람들이 줄을 길게 서 있는 곳으로 가보니 시간표를 보며 표를 사고 있었다. 기차도 안 보이고 케이블카도 없는데 개출구만 나가면 사람들이 안 보이는 것이 궁금해서 무조건 표를 사려고 보니 일인당 요금이 4,000엔이라고 하여 잠시 망설였다. 하지만 많은 일본 사람들이 줄을 서서 어디론가 가는 것을 보면 분명히 색다른 곳으로 가는 것 같아서 우리도 모험여행을 하기로 결정하고 개찰구를 나오니 버스를 타고 가는 것이었다. 어디로 가나? 하고 눈을 크게 뜨고 보았지만 온통 컴컴한 굴 속으로 가기 때문에 창 밖으론 아무것도 보이지 않는다. 넓은 산을 훼손하지 않고 자연을 그대로 보존하려고 땅 속으로 길을 만들어 관광자원을 개발한 것이었다.

15분 정도 굴 속을 달려가니 첫 번째 역인 대청봉이라는 곳이 나왔다. 사람들이 내려서 전망대로 가기에 따라가 보니 케이블카가 호수까지 연결되어 있어서 호수에서 사람들이 배를 타고 즐기고 있었다.

남편은 만년설과 호수, 자연의 아름다운 풍경들을 도자기에 그려봐야겠다고 하며 한순간이라도 놓치지 않으려는 듯 여기저기 카메라를 들이대며 셔터를 눌러댄다.

몇 정거장을 더 가고 싶었지만 일행들을 만나기로 한 시간이 다가와 혹시 우리만 남겨놓은 채 가버리면 어쩌나 하는 조바심에 그냥 되돌아왔다. 급한 마음에 출입구를 못 찾고 허둥대는데 어느 일본 아줌마가 우리를 1층으로 안내하며 주차장까지 데려다준다. 일본인들이 친절하다고 하더니 정말인 것 같다. 버스에 올라가 보니 다른 사람들은 시간 보낼 때가 없어서 지루했다고 하며 어디를 다녀왔느냐고 묻기에 그동안의 이야기를 하니 모두 부러워하며 박수를 쳐준다.

저녁을 먹고 15분 정도 버스를 타고 가는 마을에서 여름 축제가 있다고 하여 구경을 나섰다. 이천의 도자기 축제 같은 것으로 목기 그릇과 공예품들을 진열해 놓고 파는 곳이었다. 작은 무대에서는 각종 게임을 하고 표를 나눠 주며 추첨하여 상품을 준다고 하기에 기다리며 구경하는데 시시하다며 많은 일행들이 돌아갔다. 몇 사람만 남아서 일본 전통 북 공연을 구경하다가 우리 내외도 대중들과 함께 어울려 이국의 밤 향수에 푹 빠져 보았다.

숙소에 돌아와 늦은 시간이지만 온천여관에서 보내는 마지막 밤을 즐기려고 목욕하러 가보니 작은 가족탕 같은 곳인데 아무도 없어서 혼자 독차지하게 되었다. 따뜻한 탕 안에서 눈을 감고 2박 3일의 여행을 떠올리니 일본 사람들의 친절함에 미소가 절로 나온다. 일본을 방문할 때마다 느끼는 것이지만 일본 사람들의 질서의식과 예의바른 행동, 남에게 폐 안 끼치려는 마음 등은 우리가 본받아야 할 문화의식인 것 같다. 나도 지금부터 진정한 자비심으로 친절을 실천하며 살아야겠다고 생각하며 세속에 찌든 몸과 마음을 뜨거운 온천물에 푹 담가 녹여본다.

1994년 8월 초

인도 타지마할이 준 선물

새벽안개 속에 북인도의 히말라야 산자락에 있는 마을을 출발하여 16시간이 걸려 델리에 있는 숙소로 왔다. 너무 늦은 시간이라 여행 안내를 맡은 가이드는 쪽지 한 장 써 놓고 가고 없었다. 남편과 나는 평화롭고 자비가 넘치는 티베트 망명지에서 지내다 와서 그런지 밤을 지내는 것도 걱정될 정도로 낯선 사람들의 눈길이 무서웠다.

그러나 아침 일찍 찾아온 가이드를 보고는 안심이 되어 지나친 기우였던 것을 알게 되었다. 한국 사람에게 기억하기 좋게 자기 이름을 선재동자라고 하며 서투른 한국말로 잘 모시겠다고 한다. 여행할 곳은 아그라 성과 타지마할이라고 하며 시간은 3시간에서 4시간 정도 걸린다고 한다.

자동차와 소 오물, 사람과 자전거가 뒤엉킨 거리를 경적을 울리며 달린다. 잠시 차가 멈추면 뜨거운 태양 아래 불쌍한 모습으로 목숨을 건 듯한 여자들과 아이들이 구걸을 한다. 그러면 인도인 가이드는 부끄러운 듯 고함을 지르며 쫓아내려고 한다. 가슴이 미어져 무엇이라도 주고 싶어 뒤적이는 나에게 저 사람들은 비즈니스 하는 것이니 모른 척 하라며 문을 닫아 버린다.

가이드 선제이는 카스트 제도가 있었던 인도에서 계급이 높은 집 자손이라고 한다. 의젓하고 예의 바르게 대하며 인도에 대해서 좋은 인상을 가져갈 수 있도록 세심한 배려를 한다. 그의 자존심을 지켜줄 만한 곳인 아그라 성과 타지마할 마을에 오자 신이 나서 설명한다.

타지마할은 아그라 신시가지 동쪽으로 넓은 야무나 강변에 자리하고 있는 너무나도 유명한 세계적인 문화유산이다. 거대하고 신비로운 무덤이 건설된 것은 1631년의 일로, 무굴제국의 왕 샤 자한이 부인을 위해 짓기 시작하여 22년만인 1653년에 완공시켰다. 가로 300미터 세로 530미터의 당당한 정문은 붉은 사암으로 만들어졌고 정문의 아치를 빠져 나가면 넓은 마당에 수로를 둔 전형적인 무굴 양식의 정원과 분수가 펼쳐진다. 그리고 그 앞에는 정원과 분수를 바라보며 완벽한 좌우 대칭의 미를 보여주는 타지마할이 우뚝 서 있다. 다른 건물 없이 넓게 트인 공간에 홀로 서 있는 타지마할의 거대한 풍채는 밑에서 올려다보는 사람들을 압도한다. 맑은 날이면 흰 대리석의 몸체가 눈부신 태양으로 인해

타지마할 앞에서

아름다움을 온몸으로 발산한다.

샤자한의 두 번째 왕비 뭄타즈 마할은 수많은 왕비 중에 하나였
는데 미모는 볼품이 없었으나 지혜와 애교, 밝은 성격으로 왕의
총애를 받던 여인이었다고 한다. 14번째의 아이를 낳다가 숨을 거
두자 사쟈한은 깊은 충격으로 하룻밤 사이에 머리가 백발이 되었
을 정도라고 한다. 1629년에 사망한 부인 뭄타즈 마할을 추모하
여 이 아름다운 묘를 만들었다고 한다. 궁전도 마할이라고 부르고
있어 왕비를 위한 궁전이라 생각하기 쉽지만 타지마할이라는 이

름은 왕비의 이름에서 기원된 것이라고 한다.

사랑하던 왕비가 죽자 샤자한은 건축광답게 총력을 기울여 무덤을 건설하기 시작했다. 이란 출신인 건축가가 설계를 했고 터키, 이탈리아, 프랑스, 카자흐스탄, 러시아, 중국 등에서 건축 자재를 수입하기 위해 천여 마리의 코끼리가 희생되었다고 한다. 하얀 대리석에 붉은 색과 푸른색의 천연색 돌로 상감되어 수백 년이 지난 지금에도 그 아름다움을 간직하고 있다. 2만 명의 노예들이 동원되어 무려 22년간의 대공사를 마친 뒤 다시는 이 같은 건물을 지을 수 없도록 수많은 장인들의 손을 잘랐다고 한다.

그러나 샤자한의 지나친 사랑은 결국 그의 인생과 나라까지 불행하게 만들었다. 국고가 바닥나고 셋째 아들에게 권력을 빼앗기며 아그라 성의 조그마한 방에 갇혀 세월을 보내며 살았다고 한다. 샤자한은 나중에 자신의 무덤을 타지마할의 야무나 강 반대편에 검은 대리석으로 지어 양쪽 무덤을 구름다리로 이을 작정이었다고 한다. 그 꿈이 이루어졌다면 지금의 사람들은 더욱더 멋진 장관을 볼 수 있었을 텐데 꿈은 이루어지지 못했고 말년에 아그라 성에 갇혀 타지마할을 바라보며 생을 마감했다고 한다.

타지마할은 햇빛이 대리석을 비추는 각도에 따라 각기 다른 모습으로 보인다. 그러나 무엇보다도 성에 갇혀 있는 샤자한이 거울을 벽에 달아놓고 밝은 달빛에 아름다운 타지마할을 비춰보며 죽은 왕비를 그리워했다고 하는 사랑 이야기가 지금도 인도인들에게는 동화처럼 살아 있다고 한다.

아름다운 사랑 이야기를 들은 나는 어린아이가 부모에게 떼를 쓰는 것처럼 돌아오는 비행기 안에서 남편에게 응석을 부리듯 졸라댔다. 샤자한은 죽은 왕비를 위해 지어 주었지만 당신은 내가 살아 있을 때에 우리 둘의 혼의 진화를 위해 쓰일 수 있는 작은 오두막이라도 지어보자며 남편을 바라보니 쾌히 승낙을 한다.

여행에서 돌아와서 몇 개월이 지난 뒤, 남편은 창고로 쓰던 건물을 수리해서 정말로 우리 집에 타지마할처럼 화려하지는 않지만 소박한 집인 자비죤(자비의 구역)이라는 집을 만들었다. 좋은 사람들과 대화도 나누고 또 쉬어 갈 수도 있고 명상을 할 수도 있는 공간이다.

오늘도 창문을 넘어온 아침 햇살에 기대어 지난번에 다녀가신 손님이 주고 가신 차를 우려 마시며 이 집을 만들게 된 동기를 이야기하며 남편과 행복해 한다.

2002년 2월

지옥에서 극락까지

그랬다.

그때의 내 마음은 정말 삶이 싫고 그렇다고 죽을 수도 없었다. 겨울잠을 자는 개구리처럼 잠으로 모든 것을 피하고 싶을 때, 의사 선생님으로부터 여행을 한번 다녀와 보라는 권유를 받았다.

순간 순간 일어나는 욕심, 분노, 미움……. 이것들은 나와는 상관없다는 듯 숨긴 채 그 순간을 웃음으로 대처하는 것이 어느덧 습관이 되어버렸다. 그런 내 마음속에서는 삼독심(三毒心)이 쌓이고 쌓여 우울증의 연속이었다. 주변의 모든 이들이 나에게, '후덕하게 생겨 보고 있으면 편안하다' 고 했던 그 말이 나의 눈을 가리게 만들었고, 어느 때부터인가 인연이 성숙되면 모든 물질들이 싹이 트는 것처럼 내 마음 깊은 곳에서는 또 다른 내가 보이기 시작했다.

이제 어떻게 살면 잘 사는 것일까?

정말 백척간두에 홀로 선 느낌으로 앞에는 낭떠러지였고 뒤에는 어마어마한 독들이 나를 삼키려 하고 있는 것 같아서 "인생을 마무리해야 할 때가 지금이라면?" 하고 생각하니 억울했다. 이대로 세상을 마감한다면 지옥에 떨어질 것 같았는데 현장스님이 지으신 『죽음을 준비합시다』라는 책을 읽고 보니 나머지 인생을 정말 잘 살고 가야겠다는 마음이 들기 시작했다.

그래서인지 바람소리가 귀신이라도 나올 것처럼 불던 날 밤에 꿈을 꿨다. 예전에 스님들이 다녀가시던 방, 도자기가 가득 있던 창고에 비구니 스님 세 분이 오셨다. 보통은 다기 종류를 많이 찾으셨던 기억에 어떤 다구를 보여 드릴까 하고 궁리하고 있는데 스님이 천년 전의 물과 천년 전의 대나무 찻잔과 고기를 달라고 하셨다. 내가 놀라서 바라보자 속가에 계신 어머니를 살릴 수 있다고 하며 애절하게 나를 바라보았다. 어떻게 하면 찾을까? 하고 생각도 해보고 궁리해 보았지만 막막하기만 할 때에 우리 집 울타리를 쳐다보니 샘물이 높이 뿜어져 올라오고 있는 것이 보여서 저것이다 하며 순간 반야심경의 한 구절이 떠올랐다. 나는 스님께 신이 나서 설명하다가 꿈에서 깨어났다.

너무도 선명한 꿈이어서 가족들과 꿈 이야기를 하고 있을 때 전화가 왔다. 평소 보살펴 주시던 스님이 우리 집 가까이에 오셨다는 것이었다. 정말 꿈속에서처럼 세 분의 비구니 스님이 오셨

다. 한 분은 북인도 히말라야 산자락에서 수행 정진하는 스님이
셨다. 너무도 신기해서 꿈 이야기를 하니 "인도를 한번 다녀가세
요" 한다.

그 인연으로 인도를 가기로 했다. 출발 날이 다가오자 우리 부
부는 나란히 누워 병마와 싸움을 했다. 고열이 끓고 10분 눈뜨고
있으면 10분 잠이 오는 이상야릇한 병이었다. 결국 떠나기로 한
날의 비행기는 취소되었다. 비행기가 출발하고 나면 감쪽같이 나
을 거라며 같이 떠나기로 했던 도반의 말처럼 신기하게 병은 나아
가고 있었다.

나흘 뒤 눈이 많이 내리던 날 또다시 인도행 비행기를 타기 위
해 김포공항에 도착했다. 오후 1시 30분 비행기였는데 폭설로 인
해 모든 비행기는 결항되어 버렸다. 그래도 우리 부부는 기도를
하며 기다렸더니 새벽 1시 30분, 간신히 인도행 비행기가 하늘을
날기 시작했다.

인도 여행은 출발부터 어렵더니 히말라야를 찾아가는 길 또한
고행이었다. 예상치 않았던 일들이 연신 나타나 기도를 하지 않으
면 마음을 진정시킬 수 없었다.

계획대로라면 비행기로 강그라까지 가서 그곳에서 아는 스님께
서 말해 주시던 따시종 마을로 가기로 되어 있었다. 그런데 인도
국내선 비행기가 소형이라 우리 부부는 짐이 많다며 절대로 태워
주지 않는다는 것이었다. 한국에서는 상상하지 못한 일이 일어난

것이다. 델리 공항에서 따시종에 갈 수 있는 택시를 알아보니 그런 지명을 알고 있는 사람이 없었다. 얼마를 기다리니 알고 있는 사람이 간신히 나타나서 출발할 수가 있었다. 강그라까지 12시간, 다시 따시종까지 3시간. 부산에서 신의주까지 가는 길만큼 멀다고 한다. 알고 보니 그 마을은 망명한 티베트인들이 모여 살고 있는 새로 만들어진 작은 마을이었기 때문에 인도인들은 잘 모르고 있었다.

게스트하우스를 사용할 목적이었으므로 짐은 이삿짐처럼 많았고 또 그곳에 계신 한국 스님들을 찾는 것은 전화도 주소도 없기에 서울에 가서 김 서방 찾는 것보다 더 어려운 일이었다. 마치 지옥에서 극락의 길을 가는 것처럼 육도 윤회를 체험하면서 가는 것 같았다. 정신을 놓으면 안 된다는 생각에 기도로 매달리며 하루가 걸려 목적지를 찾았다.

입구에 글씨가 있었는데 'I LOVE TASIJONG(따시종)'이었다. 얼마나 반가운지 손뼉을 치며 환호성을 질렀다.

정신을 차려 하늘을 보니 별들이 총총히 박힌 밤하늘은 금방이라도 손으로 별을 하나 잡을 것처럼 가깝게 보이는 새벽 3시였다. 캄캄한 마을에서 한국 스님을 찾는 일 또한 어려웠다. 마침 밤새 기도하는 티베트 스님들이 게스트하우스로 안내해 주었고 새벽에 한국으로 출발하려고 짐을 싸놓고 주무시던 먼저 오신 도반이 잠에서 깨어 너무 놀라워했다. 처음 인도를 오면서 이곳을 어떻게 찾아왔냐고 하며 '부처님의 가피입니다' 하면서 반가이 맞아주었다.

그곳에서의 생활을 어찌 글로 다 표현할 수 있으랴. 아마 책 한 권은 엮어야 될 것 같다.

그곳의 모든 분들은 자비스러움 그 자체였다. 내가 소리를 내어 울고 악을 써도 친정 어머니처럼 모든 것을 다 받아 주셨고, 세상에 태어나서 친정 어머니에게서 느껴 보았던 무조건적인 사랑을 여기 이곳에서 받았다. 시집 온 이후로 모든 사람들이 다 나보고 내놓으라고 하던 자비를 가뭄에 단비처럼 흠뻑 받으니 온몸 속에 있는 세포들이 다시 살아나 새싹들처럼 움트기 시작했다.

나는 불교를 비롯해서 모든 신앙이 자비와 사랑을 바탕으로 하고 있다고 알고 있었지만 깨닫지는 못했던 것 같다. 자비는 태양과 같다고 생각한다. 구름을 걷어내고 태양 빛에 발가벗고 햇볕을 쬐듯 모든 굴레와 망상과 허위의 옷을 벗어버리니 마음속의 얼어붙었던 모든 업들이 녹아 내리기 시작했다. 남편도 동병상련이라 같은 기운으로 우리들은 또 다른 세계의 삶을 만나고 있었다.

빌린 방에서 밥을 해먹고, 80세 되신 성자님을 뵈러 산꼭대기로 올라가서 이웃집 아줌마에게 수다 떨듯이 그동안 살아온 삶에 대해 길게 이야기를 늘어놓았다. 통역을 해주신 스님도 답을 해주시는 성자님도 모두 자비롭게 길 안내하듯이 자상하게 설명해 주셨다.

따시종의 암틴 독텐 스승님

　매일 반복되는 일과 속에서 우리들은 건강해지기 시작했다. 고산병으로 가지 못한다던 성지 순례의 길도 김밥을 싸고 감자도 삶아서 배낭에 넣고 스님의 보살핌으로 건강하게 행복한 나날들을 보내며 다녔다.

　산 언덕에서 천 년을 살았을 것 같은 대나무 숲에서 솔솔 부는 바람에게도 감사했고, 성지의 연못에서 고기밥을 나눠 주면 잠잠하던 물결 속에 있던 잉어들이 입을 커다랗게 벌리며 받아먹을 때는 정신적으로 배고파하던 내 모습을 보는 것 같아서 눈물이 났다. 아무것도 없는 것처럼 보이는 물 속에서도 고기밥만 주면 수많은 잉어 떼가 입을 벌리며 받아먹는 것과 길가에 몰려 있던 원숭이 떼, 길게 누워 낮잠을 즐기던 개의 모습 또한 자비의 모습이었다. 고향을 닮은 분홍빛의 살구꽃, 노란 유채밭, 다랭이 밭에서 파랗게 솟아나는 보리밭도 낯설지 않았다. 전생의 내가 그곳에서 살지 않았을까 하면서 사진을 찍어댔다.

　마치 극락의 세계가 있다면 거기는 틀림없이 감사하는 사람과 기뻐하는 사람들이 모여 있는 세계일 거라는 말이 생각나서 지옥에서 극락까지를 여행하는 것 같았다.

　우리들을 보살펴 주고 보듬어 주신 성자님과 비구니 스님 두 분께 감사함을 어찌 글로 표현할 수 있을까 싶다. 떠나올 때는 친정 어머니와 딸이 헤어지는 것처럼 떨어지기 싫어서 눈물을 흘리며 델리로 가는 차 안에서 훌쩍거리며 떠나왔다.

　돌아올 때에 나는 히말라야에 계시는 성자님과 비구니 스님들
께서 보여 주셨던 자비심의 씨앗을 가져왔다. 물도 주고 거름도
주면서 잘 키워서 모든 사람들에게 자비의 씨앗을 전해 주는 전령
사로 살고 싶다는 원을 세워본다.

2001년 2월

추억 만들기

누가 만든 조각품인가?

바위마다 사연도 많다. 자연이 만든 위대한 작품 앞에 사람들이 이름을 붙여 놓았기에 바라보니 정말로 그런 것 같다.

바다로 고기를 잡으러 나간 할아버지가 아무리 기다려도 돌아오지 않자 기도를 하다 망부석이 되었다는 할머니, 돌아와 보니 바위가 되어 버린 할머니를 보고 기가 막혀 울다가 부부 바위가 되어 버린 할아버지가 허연 거품을 물고 덤벼드는 파도에게 기다림의 미학을 배우라고 타이르는 것 같다. 자식이 효를 행하려 하나 부모는 기다려 주지 않는다는 말이 실감이 난다.

내가 어려움에 부딪쳐 울먹일 때마다 "살다 보면 산도 넘고 물도 건너야 하는데 성실하게 살면서 기다려 보라"며 같이 울먹이시던 엄마, 그 엄마가 칠순여행을 다니셨던 곳에 오니 엄마는 그

때에 어떤 마음으로 다니셨을까? 잠시 넋을 놓고 서 있다가 사진 포즈를 취해 달라는 주문에 정신이 번쩍 든다.

이번 여행은 네 자매와 동서들이 함께 하는 것으로, 고희를 맞는 큰언니를 위한 추억 만들기 여행이다. 처음이자 마지막이 될지도 모른다며 조카들이 거금을 투자해 마련해준 효심 가득한 기획 여행이다. 제각각 출가해서 여러 군데 흩어져 살다 보니 며칠을 함께 여행한다는 것은 어려운 일이었다. 모처럼의 여행에 들뜬 우리들은 아이들처럼 너무 좋아서 실성한 사람처럼 실실 웃으며 걸어 다닌다.

제주도 특산물인 귤을 바구니에 가득 담아놓고 사라고 외치던 제주도 할머니가 이 사람이 큰언니 같고 둘째, 셋째, 막내하며 웃는다. 우리 자매들은 한결같이 몸집이 좋으며 얼굴은 좋게 말하면 부잣집 맏며느리처럼 생겼다고 하나 이제는 늙은 호박들이다. 누가 자매들이라고 가르쳐 주지 않아도 될 만큼 똑같이 생겼다. 그런 사람들 넷이서 웃고 떠들며 다니니 가히 장관이었나 보다. 모두 다 그 생각을 했는지 또 한바탕 까르르 웃는다.

내가 태어나기 전 큰언니는 시집을 갔단다. 그리고 둘째 언니는 태어날 때부터 젖먹이시절, 학창시절을 다 보았다며 나의 어린 시절의 이야기를 들려 준다. 나와 남편은 막내이고 제일 젊기 때문에 임무가 막중하다. 이번 여행에서 남편은 그동안 장남으로 살아온 세월과 사회적 지위를 모두 벗어버리고 막내가 되어 어설

퍼 보이는 애교도 떨고 춤도 춰가며 윗사람들 비위 맞추느라 여
념이 없다.

제주도는 마치 외국에 온 것 같은 착각을 일으키게 한다. 화산
작용으로 인해 만들어진 동굴들도 많고 하늘 높은 줄 모르고 펼쳐
져 있는 야자수 나무들, 노란 밀감, 화산석 등은 모두가 우리가 사
는 곳에서는 볼 수 없는 풍경들이다. 제주도에 몇 번 와 보았지만
이곳은 처음이라며 구경을 다니는 큰언니는 네 자매가 함께 한 여
행이 처음이기에 모든 것이 새로워 보였으리라.

남편은 첫날 김포공항에서부터 아나운서처럼 멋진 목소리로
"네 자매와 동서들의 추억 만들기 시작입니다"라며 추억 만들기
비디오를 촬영하느라 한순간이라도 놓칠세라 동분서주하다. 특히
영화 〈쉬리〉의 촬영지인 서귀포 바닷가에서는 먼저 뛰어올라가
언덕길을 내려오는 우리들을 배우처럼 갈대밭 사이의 빛나는 햇
살을 배경으로 멋지게 찍어주고, 이국적인 선인장 앞에서, 계곡물
흐르는 곳에서도 행복한 호박공주들을 카메라에 담느라 바쁘다.
이에 질세라 형부들도 카메라 셔터를 연신 눌러대며 이렇게 해라
저렇게 해라 주문도 많다.

해변을 지나오다 신혼부부가 신부를 업고 걸어가며 사진을 찍
는 것을 보고 우리들도 차를 세웠다. 먼저 셋째 형부가 무거워서
비틀거리며 언니를 업었다. 너무 웃다가 촬영을 못했다는 주문에
또 한 번 업히는 행운을 누린 언니를 바라보는데 이번에는 남편이

나를 업겠다고 나섰다. 쌀 한 가마니 무게가 되는 나를 업으며 힘 자랑을 하는지 뛰기까지 한다. 그럼 나도 업어 볼까? 하며 둘째 형부가 시도하고 보니 혼자된 큰언니에게 미안했다. 지금 회상해 보니 다른 사람이라도 업어드릴 것을 다시 그 시간으로 되돌아갈 수도 없고 지나고 보니 후회가 된다. 조그만 일이라도 신중하게 생각하고 행동해야 되는 것을 이번 여행에서 배웠다. 형부가 살아 계셨으면 얼마나 좋았을까.

그래도 동생들이 즐거워하는 모습을 보고 웃어 주는 언니가 고 마울 따름이다. 모두가 미안했는지 얼마동안 남편들에게 무관심 한 척 따로 따로 걸어 다닌다.

그러나 그것도 잠시, 겨울에 핀 노란 유채꽃밭에서도, 하얀 속 살을 드러내고 끝없이 서서 바람을 맞으며 씨앗을 퍼뜨리기에 여 념이 없는 억새풀밭에서도 네 자매는 추억을 사진기에 담느라 여 념이 없다. 천지연 폭포에서 결혼 30주년 기념으로 셋째 언니와 형부가 사모관대와 족두리를 쓰고 즉석 사진을 찍었다. 언니들 모 두 잔치까지 치르고 간다고 즐거워 하니 저녁에는 형부가 쏘겠단 다. 12인승 버스를 운전해 주는 젊은 기사에게 "노인들이 주책이 지요" 하고 물으니 좋아 보인다며 웃는다. 옛 어른들이 말씀하시 기를 몸은 늙어도 마음은 늙지 않는다는 말이 실감나는 여행이다.

밤에는 수산물 시장에서 자연산 활어회를 떠다가 술을 마시며 콘도가 떠나가라 생방송 콘서트가 열리기도 했고, 흥에 겨워 인근

의 노래방에서 춤도 추며 신나게 놀았다. 이런 기회가 언제 또 오
랴 하는 심정으로 모두가 즐거워한다.

남자들을 다른 방에 자게 하고 자매들끼리 도란도란 이야기가
무르익어 새벽녘이 되어서야 잠이 들었다.

늦은 아침을 먹고 다음 목적지를 향해 이동하는데 차 안에서는
옛날 이야기가 무르익는다. 그 중에서도 친정 어머니의 이야기가
주를 이루었다. 남편이 이 세상에서 가장 지혜로운 어머니 상이
장모님이라고 하자 형부들도 장모님으로부터 받았던 사랑 이야기
보따리를 풀어놓는다. "와~ 나보다 더 많이 받았다"며 장모님을
그리워한다.

손자 손녀들이 태어날 때마다 엄마가 와서 산바라지를 해주었
던 이야기를 하니 큰언니가 왜 그렇게 효도를 못 했는지 후회가
된다고 하자 모두가 눈물이 글썽했다. 우리들 네 자매의 모습에는
엄마의 오십대 육십대 칠십 때의 모습이 다 들어 있다고 말하던
둘째 언니가 고단했던 삶을 살고 가신 친정 어머니의 삶을 책으로
엮어 보자며 즉석 제안을 한다.

우리들은 자식들에게 어떤 모습으로 기억이 될지? 모두가 걱정
하니 옆에서 듣고 있던 남자들이 이구동성으로 모범적이고 희생
적인 어머니 상으로 기억될 터이니 걱정 말라며 웃어준다.

정말 남은 시간 잘 살고 가야겠다고 생각하며 동굴 속을 나오
는데 옛날 친정 엄마가 고희 여행 오셔서 아픈 다리 때문에 절뚝

거리며 구경 다니셨을 것 같은 모습이 큰언니에게서 보인다. 엊그제의 일 같은데 벌써 돌아가신 지 16년이나 되었다. 다녀오셔서 두 해를 더 살고 돌아가셨으니 지금 생각해 보면 명이 짧으셨던 것 같다. 우리들이 너무 속을 많이 상하게 해드렸나 하고 생각하니 또다시 가슴이 미어져 온다. 지금도 그때 제주도 여행에서 사 오신 기념품 목걸이를 유품으로 생각하며 내 보물 상자에 넣어 두었다.

민속마을 구경을 갔다가 조랑말 뼈로 만든 칼슘제와 3년 동안 삭힌 오미자 차를 마시면 다리가 안 아프고 건강해진다고 하는 이야기에 남편은 장모님 같은 큰언니에게 건강하게 오래 사시라며 사 드렸다. 작은 언니들에게도 오미자 차 한 병씩을 선물하고 내년 봄에 가까운 곳에서라도 이런 기회를 또 갖자며 건강하시라고 하니 박수로 환영한다. 정말 건강해져서 또 다른 추억 만들기 여행을 떠났으면 좋겠다.

2박 3일의 여행이 꿈속처럼 흘러갔고 저녁 비행기로 집에 돌아오니 밤 11시 30분이다. 이모들하고 같이 다니더니 엄마의 모습에서 외할머니, 큰 이모, 작은 이모 모습을 다 가지고 돌아왔다고 딸이 깔깔거리며 웃는다.

2004년 11월

행복 만들기

　쌀쌀해지는 날씨 때문인지 이불 속에서 나오기가 싫어 아침 잠을 즐기고 있었다. 그런데 나의 이름을 여러 가지로 부르면서 나를 깨우려고 온갖 애를 쓰며 채근하는 남편 성화에 간신히 잠에서 깨어나 눈을 뜨고 천장을 바라본다. 날이면 날마다 보아도 기분이 좋아지는 보약과도 같은 사진을 침대에 누워서도 볼 수 있는 천장에다 붙여 놓아 볼 때마다 미소가 입가에 맴돈다.

　지난 여름 중국 여행길에 백두산에 갔다가 백두산의 웅장함과 천지의 맑음 그리고 파란 하늘을 보고 너무도 감격한 나머지 "백두산아! 우리가 왔다!" 하며 소리를 지르는 모습을 찍어 놓은 사진이 거기에 있다.

　백두산의 천지를 맑은 날씨에 보기는 어렵다고 떠나기 전에 여러 사람들로부터 들었다. 중국의 최고 지도자인 강택민 씨도 4번이나 가서야 보았다고 할 만큼 날씨가 변덕스러워 비바람과 안개 속에서 천지를 봐야 한다며 북경에 있는 도반이 전에 찍어두었던 비디오를 보여 주었다.

그래서 천지의 맑은 하늘이 더욱더 감격스러웠는지도 모르겠다. 더구나 우리가 갔을 때가 장마철인 7월 중순이어서 거의 기대하기가 어렵다는 이야기를 듣고 떠난 여행이었다.

채식만 하시는 스님 한 분과 우리 부부, 이렇게 세 명의 오붓한 여행길이어서 도중에 식사는 도시락으로 준비를 했다. 감자도 삶고 옥수수도 찌고 김밥도 준비해서 들뜬 마음으로 연변으로 가는 비행기에 몸을 실었다.

어둑어둑 해가 지는 저녁이 되어서야 연변 공항에 도착하니 여기저기에서 낯익은 한국말 소리가 들린다.

여기가 중국인가? 한국인가? 의심이 들 정도였다. 그러니까 여기는 중국 속의 또 다른 한국이었다. 공항의 간판부터 모든 글자가 한국어로 되어 있었고 택시 운전사들도 아주 익숙하게 한국말을 하고 있었다.

우리들을 끈질기게 따라다니며 가장 싼 가격으로 안내를 맡겠다는 한 기사를 선택해 그분과 인연을 만들었다. 그러고 나서 우리가 예약한 호텔로 갔지만 전기가 들어오지 않아서 할 수 없이 우리의 안내를 맡은 기사에게 부탁하여 조금은 싸고 괜찮은 호텔을 숙소로 정했다. 숙소에 도착하자 기사는 내일 아침 새벽 3시에

천지야 내가 왔다

만나자고 했다. 얼떨결에 그렇게 하자고 했지만 방에 들어와 생각해 보니 너무 일찍 약속한 것이 아닌가 하는 생각이 들었다.

아침 모닝콜이 새벽 2시 50분에 울렸다. 서둘러서 짐을 정리하고 로비에 내려오니 기사는 벌써 와서 떠날 준비를 하고 우리를 깨운 것이다. 어제까지 비가 와서 백두산을 보기 어렵다는 기사의 이야기를 들으며 차에 올랐다. 지금이 정말 새벽 3시인가 하고 시계를 보니 시각은 맞는데 모든 상가가 문을 열어 놓았으며 사람들은 모두 활기차게 일하고 있었다. 너무도 신기하고 궁금하여 기사에게 여기는 왜 이렇게 일찍 해가 뜨느냐고 묻자, 넓은 나라에서 시차를 무시하는 중국식이란다.

상쾌한 아침, 구름 한 점 없는 하늘을 보며 천지가 과연 우리들에게 모습을 보여 주려나 하는 호기심에 하늘을 자꾸만 쳐다보았다. 4시간을 달려 천지에 도착했다. 사람들이 벌써 많이 와 있었다. 우리들도 급한 마음에 뛰어오르듯 천지를 향해 올라갔다.

아~ 하늘은 맑고 천지는 그 웅장함을 발가벗은 모습으로 그림자까지 비춰내며 우리를 반겼다. 그때의 감격을 사진에 넣은 것이다. 사람들은 그 사진을 보고 달력 속의 백두산 같다고들 한다.

백두산에 3시간 정도 머물면서 감사의 기도도 올리고 여러 장면들의 추억들을 찰칵찰칵 많이도 찍어댔다. 바람이 불기는 했지만 그 중에서도 바람이 불지 않는 아늑한 바위틈이 있었다. 우리들은 장난기가 발동하여 27년 전 처음 사랑을 고백할 때처럼 감정까지 넣어가며 포즈를 취해 재현하여 사진을 찍었다. 그 사진을 침실에 누우면 바로 보이는 곳에 붙여 놓았다. 또 황제와 황후의 옷을 빌려 입고 능수버들이 늘어진 곳에서 찍은 사진을 책상 앞에 붙였다.

우리 방은 순간 순간 행복했던 기억들을 추억으로 만들고자 여기저기 잘 보이는 곳이면 사진이 붙어 있다. 언제나 눈을 돌리면 행복했던 순간들이 미소를 머금도록 한다. 이런 나를 보고 자식들은 그만 붙이라고 하지만 사진들을 보면서 잠시라도 그때의 순간으로 돌아가는 것을 즐기기 위해서이다.

작년 겨울에는 인도 여행 때 찍은 사진들을 붙여서 행복했던 추억들을 즐기기도 했다. 엄마의 정신 연령은 소녀 때 그대로라고 하며 놀리는 딸아이의 말에도 나는 끄덕 하지 않았다. 왜냐고 묻는다면 행복은 스스로 만들어 가는 것이기 때문이라고 말해 주련다.

2001년 7월

삶 그리고 지혜

가마솥

아우성치며 북적거리는 5일장이 서는 장날이다.

물건을 사라고 소리 지르는 아줌마, 아저씨, 조금이라도 싸게 사려고 흥정하는 사람들 틈에서 잘 익은 누런 호박 몇 개와 집에서 따온 가지 몇 개를 놓고 하염없이 손님을 기다리는 할머니가 눈에 띈다. 얼굴에는 검버섯과 주름살이 가득하고 손은 거칠어져 있는 할머니를 보니 문득 몇 년 전에 돌아가신 친정 엄마가 생각났다. 계절마다 나는 산나물에서부터 옥수수, 고구마, 도토리묵을 비롯하여 돈이 될 만한 것은 무엇이든지 장에 내다 팔고 하시던 모습이 떠오른 것이다.

철없는 우리들은 엄마가 장에서 맛있는 것 사오려나 하고 큰 냇가 다리에 쪼그리고 앉아 장 마중을 했다. 아버지 좋아하시는 생선과 사과, 과자, 식구들이 좋아할 만한 것들을 사서 머리에 이고 멀리서 오시는 엄마 모습을 발견하면 잽싼 걸음으로 달려가 품에 안겼다.

엄마와 함께 집으로 돌아오면 생선을 화롯불에 자글자글 졸이면서 식구들이 좋아하는 모습을 보시고 내일은 무엇을 머리에 이고 십리길이 넘는 장으로 팔러 가실까? 하고 힘든 줄도 모르고 궁리하셨던 엄마가 지금 이 순간에 생각이 났다.

무쇠 가마솥을 파는 가게에서 어린 시절이 떠올라 망설임 없이 물 다섯 동이가 들어가는 커다란 가마솥을 사 가지고 집으로 돌아왔다. 시어머님께 옛날에 쓰셨던 부뚜막과 잘 길들인 가마솥을 만들자고 졸라 시어머님은 며칠동안이나 예전 어머님이 쓰셨던 부뚜막과 윤이 반들반들하게 나는 솥을 만드셨다.

시어머님도 젊은 새댁시절로 돌아가신 것처럼 기분이 좋으셔서 시집살이 하시던 이야기며 예전에 사셨던 이야기를 하시며 즐거워 하셨다. 우리 고부는 가마솥에다 어떤 것을 만들까? 하고 궁리 끝에 집에서 수확한 늙은 호박과 약재를 사다 넣어 호박차를 만들기로 했다.

이틀동안 정성스럽게 불을 지피며 감자도 구워 먹고 고구마도 구워 먹으며 어머님의 젊은 시절 이야기를 들으며 웃기도 하고 울기도 했다. 콩깍지로 불을 때고 나뭇가지를 주워다 불을 지피니 굴뚝으로 연기가 솟아오르는 것을 보며 남편은 잔칫집 같다고 행복해 한다.

솔솔 타오르는 불길 따라 나의 마음은 어린 시절로 거슬러가고 있다. 큰 가마솥에 물을 길어다 붓고 이른 새벽 식구들이 추울까봐 제일 먼저 일어나셔서 군불도 땔 겸 물을 데워 주시던 아버지, 물이 더워지면 엄마가 그 물로 아침밥을 지으시며 우리들에게 세숫물을 한 바가지씩 떠 주시곤 했다.

추운 겨울날 가마솥 가득 물을 데워서 넓은 드럼통 같은 곳에 나를 앉혀 놓고 목욕을 시켜주시던 엄마. 춥다고 앙탈을 부리면 화롯불을 바짝 옆에 놓아주며 이제는 안 춥지? 하시던 말씀이 귓가에 들리는 듯하다. 명절 때면 늘 가마솥에다 엿을 고아 콩엿, 깨엿, 쌀 튀김, 강정, 조청, 콩가루를 바른 엿을 만들어 광에 넣어놓으시고 우리들에게 즐거움을 주셨던 엄마가 오늘 따라 무척 보고 싶다.

가마솥 가득 두부를 만들어 아버지 친구 분들께 손수 담그신 막걸리를 걸러서 순두부 한 사발씩 대접하셨던 너그러우신 엄마, 그 엄마가 아궁이 불길 속에서 나를 바라보며 웃으시는 것 같다. 며칠 동안이나 불을 땠더니 딸이 엄마 옷에서 불 냄새가 난다고 짜증을 부린다. 맡아보니 늘 엄마한테서 나던 향기로운 향수보다 좋은 엄마 냄새였다. 정말 샘물 같은 사랑을 지니신 엄마였다. 나는 냄새가 좋은데? 하니 이해가 가지 않는 얼굴로 나를 바라보는 딸은 내 마음속 엄마의 모습을 알지 못하리라.

내가 늙었을 때 나의 딸은 어떤 냄새가 엄마의 냄새라고 할까?

사뭇 궁금해진다.

나도 식구들에게 가마솥 가득 고아온 호박차를 보약이라며 나눠 주고 식사가 끝나면 커피 대신 한 잔씩 따라주며 행복에 젖어본다. 몇 잔 먹지도 않았는데 벌써 남편은 기운이 난다고 싱글벙글 웃으면서 일하러 나간다. 시어머님과 나는 그런 남편을 바라보며 흐뭇한 미소를 짓는다.

나도 옛날의 친정 엄마처럼 가마솥 가득 두부를 만들어 식구들에게 즐거운 추억을 만들어 주었으면 싶어 시어머님께 두부를 만들자고 졸라본다. 그리고 메주도 쑤어서 짚으로 엮어 주렁주렁 처마 밑에 매달아 놓아야 되겠다.

오늘따라 가마솥이 반짝반짝 윤이 나는 것이 시어머님의 정성에 새삼 감사하다. 고부간의 사랑과 추억을 가마솥이 만들어 준 것 같아서 노란 들국화 한 아름 꺾어다 어머님 방에 한가득 향기를 채워드려야 되겠다.

1998년 가을

개구리 우는 까닭은

향긋한 아카시아 꽃향기가 코를 간질이고 있고 하얀 찔레꽃도 담장 너머로 고개를 내밀며 눈웃음을 치고 있다.

모든 자연들이 살아 있음을 증명하려는 듯이 세상을 푸르게 물들이고 있는 계절 중의 여왕이라는 오월이다.

며칠간 한여름의 더위가 온 것이 아닌가? 하는 착각이 들 정도로 후덥지근했던 날씨가 결국은 비바람을 몰고 왔다.

금년 봄은 다른 해보다 바쁘게 지내서인지 유난히 빠른 것 같다. 얼마 전 외출해서 돌아오는 길에 밤하늘에서 눈썹같이 가느다란 초승달을 본 것이 엊그제 같은데 보름달은 구경도 못해 보고 벌써 캄캄한 그믐밤이다.

모심기로 분주했던 집 앞 논두렁에서는 개구리들의 요란한 울음소리만이 모두가 잠든 고요한 밤에 세상이 숨쉬고 있음을 알려

주고 있다.

그러고 보니 개구리 울음소리가 들릴 때마다 생각나는 일이 있다.

30년 전 신혼시절, 보송보송 솜털이 채 가시지도 않은 나이 어린 새색시 시절의 나는 남편과 시집 식구들의 성격과 식성을 맞추느라 열심히 노력하고 있었다. 가난한 살림살이였기 때문에 맛있는 음식은 하지 못했지만 나름대로 요리책과 씨름하며 음식을 배우느라 분주한 나날을 보내고 있었다.

어느 날, 저녁식사로 서투른 솜씨로 밀가루를 반죽하여 정성을 다해 수제비를 만들었다. 남편의 식성이 까다로운 것인지, 아니면 아내를 길들이려는 건지 몰라도 맛이 없다고 야단을 쳐서 저녁도 못 먹은 채 기분이 우울해져 있었다.

지금처럼 밤에 잠이 오지 않아 뒤척이고 있는데, 결혼 전 막내딸로 어리광부리면서 지냈던 친정 생활이 그립고 엄마가 그리워서인지 괜히 서러운 생각이 들어 돌아누워 숨을 죽이며 눈물을 훌쩍거리고 있었다. 그러자 남편은 왜 우느냐고 다그치며 결혼한 것을 후회하느냐고 따지는 것이었다. 나는 후회해서도 아니고 특별히 할 말이 떠오르지 않아서 개구리가 울어서 나도 운다고 하면서 소리내어 엉엉 울어 버렸다.

뜻밖의 소리에 놀라서인지 개구리가 운다고 우는 사람은 처음 보았다고 웃으면서 나를 달래주었던 일이 생각이 난다. 그 일이 있고 나서부터 해마다 이맘때가 되면 남편은 잊어버리지도 않고 흉내를 내며 나를 놀려대서 이제는 그때의 내 나이를 훌쩍 넘어버린 자식들도 "엄마 개구리가 울어요" 하고 함께 놀리곤 한다.

부부란 둘이서 하나가 되는 것이다. 자라온 환경이나 성격이 다른 사람들이 하나가 되려면 서로 노력하지 않고는 불가능한 일이다. 양쪽 끝에서 세월의 동아줄을 한발 한발 서로에게 맞추면서 줄다리기를 하다 보면 어느 순간인가 서로가 서로에게 묶여 살아가고 있는 자신을 발견하게 된다.

부부가 된 지 30년이 되는 올해는 서로를 묶어 놓았던 동아줄을 스스로 풀어버리는 해였으면 좋겠다는 생각을 해본다. 아니 이제는 그리 되기를 무작정 바라는 것이 아니라 연습이라도 해야 될 것 같다. 하나하나 서로의 집착으로 얽어맸던 것을 풀기 위해서는 진심으로 서로를 이해하면서 지나온 세월만큼 흘러갔을 때 서로에게서 자유로워지지 않을까 하는 생각을 해본다.

살다 보면 힘든 날도 있고 서로를 다치게 해서 상처들도 많이 생기겠지만 사랑하는 마음으로 아물게 하여 진정으로 하나가 되는 부부가 되고 싶다. 개구리가 올챙이 때를 생각하지 못한다는 말처럼 나도 올챙이 때의 일을 잊어버리고 더 편안해지고 싶어서 게으름을 피우며 더 나만 위해 달라고 보채는 것은 아닌지…….

늘 초심을 잊지 않고 살아왔더라면 지금의 나는 세상을 더욱더 자유롭게 그리고 여유 있게 살고 있을지도 모른다.

　그때 개구리가 울던 밤에는 세상이 두렵고 겁이 났지만 살아보니 그런 대로 살 만한 세상이었다.

　오늘 저녁 개굴개굴 개구리 울음소리와 함께 새로운 마음으로 다시 태어나는 내가 되기를 기도해 본다.

2003년 봄에

명품 월드컵

아침 잠결에 전화 한 통을 받았다. 우리 집을 방문해도 좋겠냐
고 묻는 전화다. 쾌히 승낙했지만 무엇으로 그 사람과 하루를 보
낼까 하며 누워서 뒤척인다.

우리나라 사람 같으면 별 어려움이 없겠지만 오늘 방문할 사람
은 외국인 근로자이다. 우리와 정서가 비슷한 나라인 티베트 사람
으로 북인도의 히말라야 산자락에서 온 청년이다. 그 청년과의 인
연은 우리가 그의 고향으로 여행을 갔다가 만났다.

첫 인상은 가난 속에서도 순수하며 밝은 미소와 친절함이 배어
있어 기분을 좋게 만들어 주는 사람이었다. 나에게 새로운 세상을
만나게 해준 그곳이 그리울 때마다 그 청년이라도 한 번 보고 나
면 그때의 행복했던 마음과 자비스러운 마음이 나에게 전해져 즐
거워진다.

인도에서 만난 그 청년의 아버지가 아들에게 한 말이 생각난다. 남의 일을 내 일처럼 생각하고 열심히 살다가 돌아오라며 눈물이 그렁그렁한 얼굴과 구부정한 모습이 지워지지 않는다.

아침 설거지가 끝나기도 전에 티베트 청년은 반가운 모습으로 자기 집에 온 것처럼 성큼 거실로 들어왔다. 두 손을 붙잡고 그간의 안부를 묻는다. 더듬거리는 한국말로 '대~한민국!'을 외친다. 축구를 즐겨본다는 이야기다. 내가 화답으로 '오! 필승코리아!' 하며 손뼉을 치자 둘이서 신이 나서 하나가 되어 응원가를 불렀다.

그 청년에게 오늘은 타향이 아닌 고향집의 푸근한 어머니가 되어주고 싶었다. 고향에서 먹던 음식을 만들어 보자는 나의 말에 너무도 좋아한다. 그래서 시장도 함께 갔다.

오늘 만들 음식은 모모라고 하는 티베트 만두이다. 우리나라 만두와 비슷한데 재료가 약간 틀릴 뿐이다. 두 사람이 말은 잘 통하지 않지만 손짓 몸짓으로 별 어려움 없이 시장을 보았다. 만두를 빚으면서도 우리는 크게 손짓발짓하며 수다를 떨었다. 물론 축구 이야기이다.

그 청년은 KBS TV에서 명품 월드컵 캠페인에 나오는 남편을 보았다면서 얼굴까지 상기되어 이야기한다. 같이 일하는 분들에게 자기가 아는 사람이라고 우쭐하여 자랑했던 모양이다. "부끄러움을 깨는 장인정신이 성공 월드컵을 만든다"는 줄거리다. "미

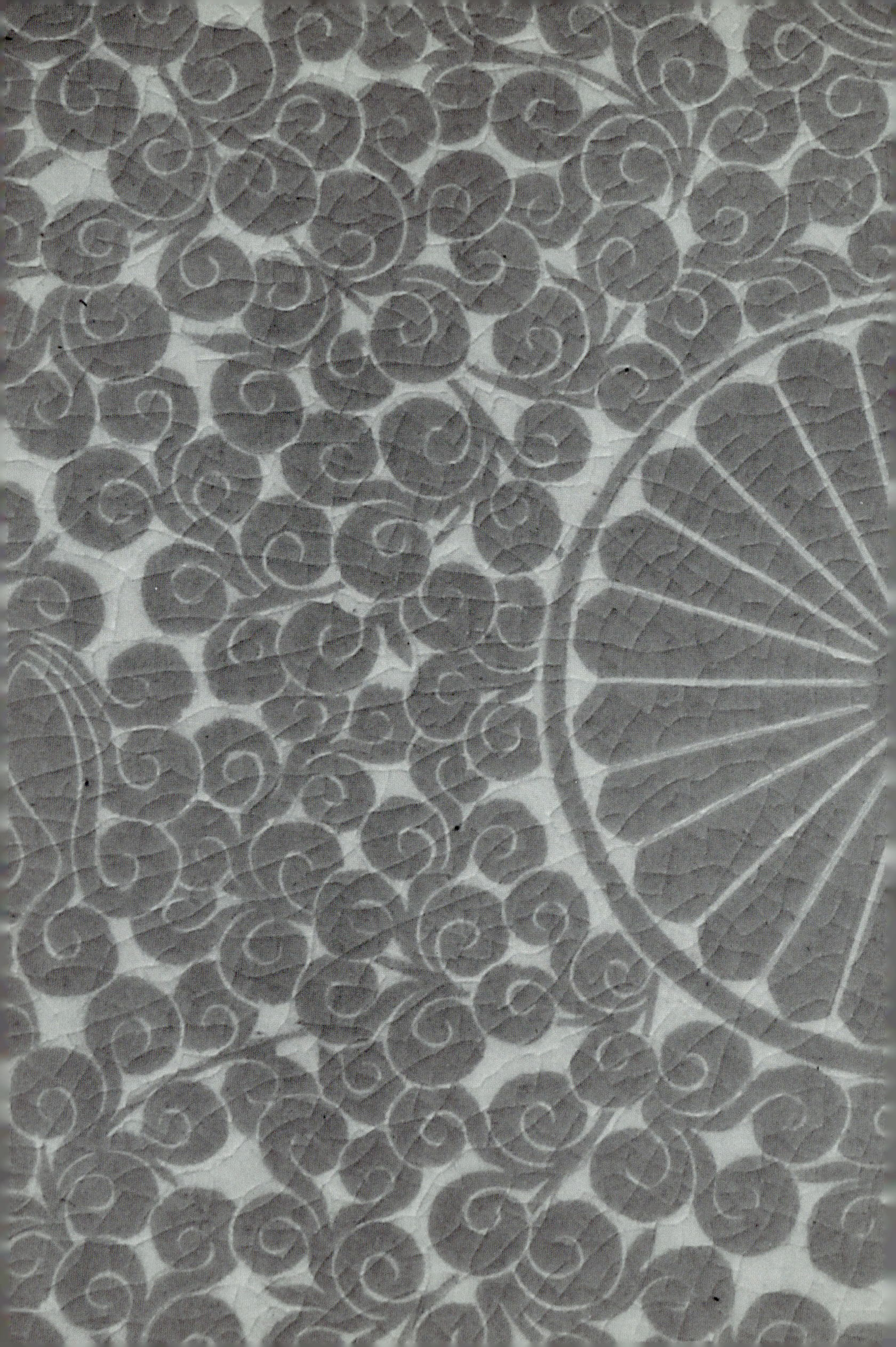

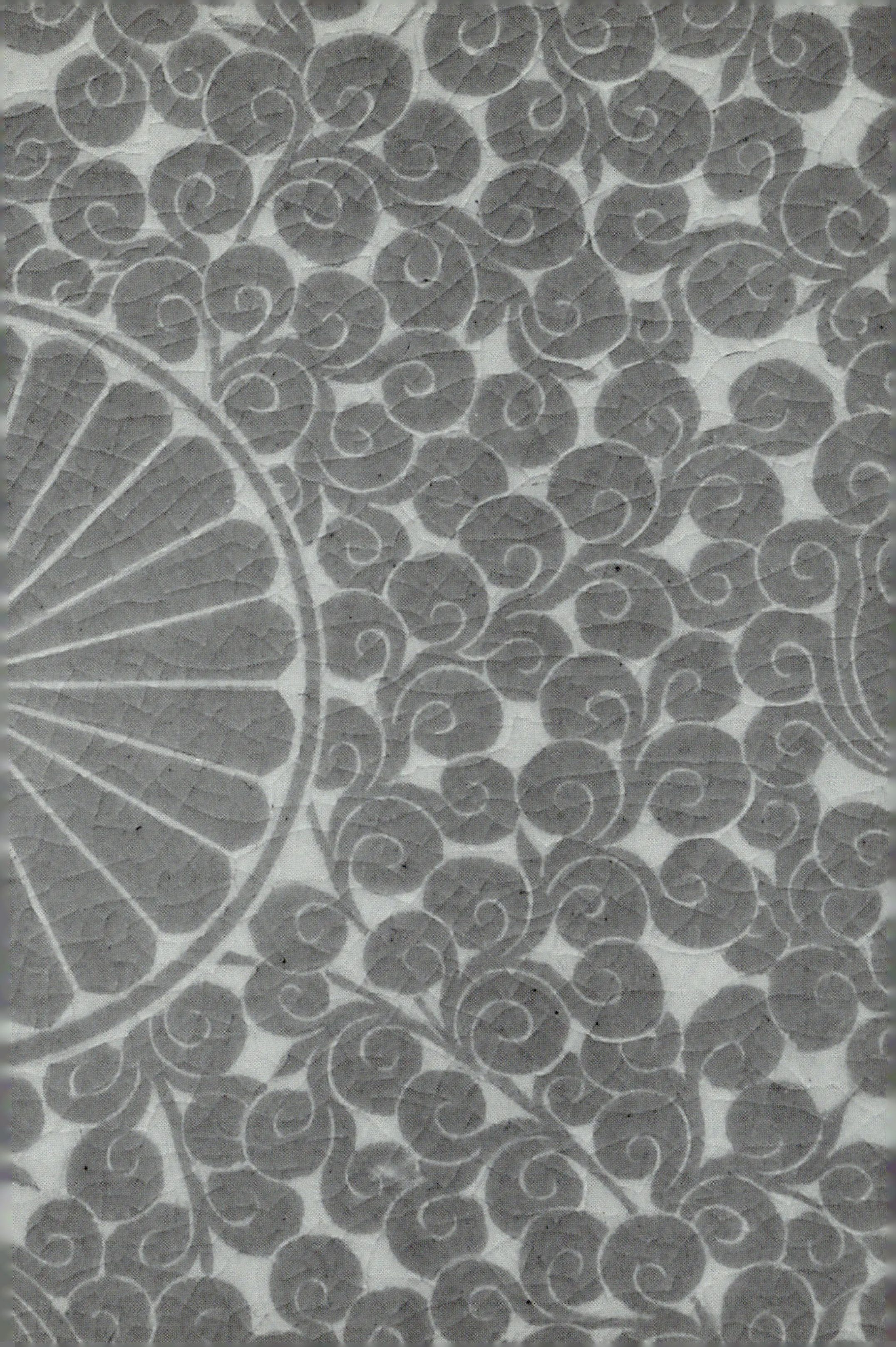

소와 친절, 그리고 페어플레이로 명품 월드컵을 만들자"는 캠페인이다.

CF의 주인공이 도자기를 빚는 나의 남편이기에 이번 월드컵은 더욱더 애정이 간다. 어떤 힘이 온 국민을 하나가 되게 만들었을까? 모두가 빨간색 옷을 입었고 손에 태극기를 들고 대~한민국! 을 외치는 국민으로 함께 뭉친 것이다.

이번 월드컵을 통해 스포츠를 좋아하는 남편과도 공감대가 만들어졌다. 작업장에서, 식탁에서도 사람들이 모이기만 하면 축구 이야기로 꽃을 피운다. 오늘은 우리 집에 온 외국 청년하고도 축구 이야기로 하나가 될 수 있었다.

그리고 축구를 보면서 스포츠도 과학이며 예술이라는 것을 알게 되었다. 한 사람 한 사람의 마음이 모여 일파만파가 되어 가는 에너지를 보면서 정말 감격적이었다. 더구나 외국 청년에게 우리의 이러한 모습을 보여 줄 수 있어서 대한민국 국민이라는 것이 너무나 자랑스러웠다.

저녁에는 그 청년이 좋아하는 이웃에 사는 지인들을 초대했다. 고기를 드시지 않는 분들이 있어 야채 만두를 빚으며 모두가 한 목소리로 또다시 축구 이야기를 하며 잔치를 했다. 하늘 높은 줄 모르고 솟아오르는 빨간 접시꽃도 즐거운지 싱글벙글 하는 것 같다.

가뭄의 단비가 내리는 밤이다. 마치 축구 선진국으로의 진입을 축하해 주는 듯 촉촉이 내린다.

대한민국을 위해, 명품 월드컵을 위해…….

2002년 6월

사랑으로

창문 커튼을 내린다.

회색 빛 하늘에 진눈깨비 바람이 분다.

울타리에 서 있는 소나무는 가지를 뒤흔들며 지나가는 바람이 싫은가 보다. 뜰 앞의 목련나무도 갑자기 찾아온 겨울 때문에 고운 빛의 낙엽을 만들어 보지도 못한 떫은 감색 잎을 남겨 놓았다.

진눈깨비 바람에 대롱대롱 매달려 떨어지기 싫어하는 나뭇잎을 보니 나 자신을 사색하지 않을 수 없었다. 새봄이 오면 새싹들을 맞이해야 할 나무이건만 묵은 잎들을 아직도 털어 버리지 못한 채 벌써 정월달이다. 꼭 그 모습이 나를 닮은 것 같아서 얼른 커튼을 내려버렸다. 웬 집착이 그리도 큰지…….

한숨이 나온다.

나는 꼭 넘어야 될 산이 하나 있다. 조심조심 또는 씩씩하게 정상을 향해 등반하는 산악인처럼 잘 가다가도 꼭 어느 지점에서는 포기해야 하는 아픔이 있다. 그것은 오랜 습기 아니 집착 때문이다. 불교에서 말하는 큰 업덩이인지도 모른다.

아무튼 낙엽을 보면서 악착같이 매달려 안간힘을 쓰는 또 하나의 내 모습을 보는 것 같아 마음이 아프다. 봄이 오면 자연의 순리로 연둣빛 새싹을 피워내는 저 나무처럼 나도 새 기운으로 봄을 맞이하고 싶다.

어느 때부터인가 나는 잠을 잘 자지 못한다. 흔히 말하는 무슨 근심이 그리 많아서 잠을 자지 못하는 것이 아니다. 어떤 한계가 그렇게 만들었는지 12년이라는 긴 시간을 아직도 헤매고 있다. 항상 넘어야 될 산을 못 넘어가는 사람처럼 늘 그런 나 자신을 보는 것이 괴롭다. 오늘 낙엽을 통해 또 자신을 본 것이다. 그럴 때마다 언제나 넘어가고 싶어하며 벗어나고자 애를 쓴다.

선잠에 꿈을 꾸었다. 내가 남의 자식인 어린 아이 두 명을 기르고 있었다. 아기의 엄마 아빠는 아파서 울며 귀찮게 하는 자식들을 나에게 기르라고 했다. 그런데 어느 정도 아이들이 성장해서 예쁜 모습이 대견스러워졌다. 그러자 그 아이의 부모들은 자기 자식들이라고 너무나 좋아하며 데리고 가버렸다. 아파서 울던 자식들도 당신 자식이고 지금의 예쁜 자식도 당신 자식이라며 사랑은 언제나 어떤 상황에서도 한결 같아야 된다고 가르쳐 주는 꿈이었다.

내가 하도 꿈을 잘 꾸기 때문에 우리 집 식구들은 꿈 이야기 듣는 것을 매우 즐거워한다. 아침인사로 우리 딸은 좋은 꿈 꾸셨어요? 하고 묻기도 한다. 아침식사 중 나는 꿈 이야기를 해주고 해몽도 해보았다. 어린 아이의 아픈 모습도 내 모습이고 울며 보채는 모습도 나이다. 또 예쁘고 대견스러운 것도 나 자신이다. 좋은 것만 사랑하고 인정하기 싫은 모습은 미워했던 나 자신을 부끄럽게 여기게 한 꿈이었다. 해몽을 하니 가족들은 모두 동감을 한다.

나는 늘 분별심으로 내가 원하는 모습이 아닌 다른 나를 싫어했다. 언제쯤이면 새 잎을 피워낼까? 오랜 세월동안 수없이 부딪쳐 보았지만 번번이 허탈감뿐이었다. 그런데 오늘은 꿈을 통해 나를 사랑하라는 가르침을 받았다. 아픈 모습도 사랑하고 잘 사는 내 모습도 사랑해 주라고 가르쳐 준 것이다. 지금부터라도 나를 사랑하고 칭찬도 많이 해 주어야겠다. 그리고 화합을 하며 살펴보아서 어디가 얼마만큼 힘들어서 아픔으로 표현했는지 떼를 쓰는 몸뚱이도 사랑으로 보살펴 주자.

너무나 오랫동안 혹사시켜 온 몸과 마음을 쓰다듬어 보며 ‘사랑해’ 하고 속삭여 본다. 그러자 갑자기 설움이 복받치는 사람처럼 눈물이 난다. 엉엉거리며 소리를 내어 통곡이라도 하고 싶을 만큼 가슴이 미어져 온다. 세상살이 작은 것부터가 시작이다. 내가 존재함으로 이 세상이 존재함을 깨닫는다. 나 자신부터 사랑함이 모든 사물들을 다 사랑할 수 있는 기초임을 배워 노력을 해

보자.

이제는 커튼을 열고 떨어지기 싫어서 이리저리 나부끼는 낙엽에게도 가르쳐 주어야겠다.

'진눈깨비 바람은 너를 새로 태어나게 해 줄 거야' 하며 큰 소리로 외쳐야겠다. 나한테 지나가는 바람도 너에게 지나가는 진눈깨비 바람들에게도 감사하며 살자고…….

2000년 정월에

소쩍새 우는 밤

휘영청 밝은 보름달이 창호지 문을 뚫고 소나무 가지 그림자와 함께 내 방으로 들어왔다.

소쩍 소쩍 소쩍새 우는 소리가 들린다. 오늘 따라 소쩍새 소리가 설움이 복받쳐 훌쩍훌쩍 우는 소리로 들려오고 있다.

소쩍새 울음이 한 번 들릴 때마다 내 마음 속에서 앙금처럼 남아 있던 설움과 억눌림의 찌꺼기들이 하나씩 올라와서 가슴이 저려온다. 잠은 오지 않고 온갖 망상으로 뒤척여 보지만 울렁거리는 마음은 쉬 바뀌지 않는다. 한참을 그러다 보니 이제는 내가 잘못 살아온 것들이 밀려온다. 참회하는 마음으로 소쩍새의 울음소리에 장단 맞추듯 우주 만물에게 용서를 빌어본다. 마음이 차분해지니 이제는 소쩍새 소리가 노래로 들리기 시작한다. 한 번 노래할 때마다 '모두가 깨달음을 얻게 해 주십시오' 하는 기도를 드린다.

그리고 가내길상을 축원해 본다.

　바람이 전깃줄과 나뭇가지를 흔들고 지나가면서 마치 영화 속에서나 들어봄직한 윙윙 소리를 내고 있다. 봄에는 황사바람이 싫어서 짜증을 내고는 했지만 바람도 우리에게 필요하기에 부는 것이라는 것을 알게 되었다. 겨울 내내 나무에 붙어 있던 묵은 솔잎을 비롯하여 온갖 낙엽을 떨어뜨려 버리고 봄이 오고 있으니 뿌리도 그만 잠자고 일어나라고 흔들어 깨우고 있는 것인지도 모른다. 우주 만물 중에 어느 것도 불필요한 것은 없으련만 내가 귀찮다고 하여 신경질 부리고 우울해 했던 일들이 미안스럽게 느껴진다.

　오늘은 차고 옆으로 난 조그만 길목에 노란 민들레가 피어 있는 것을 보고 누가 밟을까? 하는 걱정에 호미를 들고 가서 작은 화분에 옮겨 심었다. 그리고 옆에 있던 제비꽃 식구도 같이 데려와 현관 앞에 놓아두었다. 보라색의 제비꽃으로 어릴 적에 반지를 만들어 열 손가락에 끼고 다니던 생각이 났다. 오고 가며 지나는 사람들에게 새로운 기분을 만들어 주어 봄을 느끼게 해주고 싶었다. 움츠리고 있는 민들레꽃을 바라보며 괜히 뽑아왔나 보다 하고 걱정했는데 그 이튿날 낮에 보니 다시 활짝 피어 있는 것이다. 저녁 때는 잠을 자려고 오므려 들고 낮에는 피는 꽃이었나 보다. 얼마나 오묘한 자연인가……

　작은 풀꽃 하나에도 생명은 있고 삶이 있다는 것을 오늘 새롭게 배운 것이다. 이제는 길가에 아무렇게나 피어 있는 들풀도 조심스럽게 들여다보는 여유가 생겨날 것만 같다. 조금만 자세히 관찰해 보면 아주 신기하게 저마다의 특색을 뽐내며 피어 있는 것을 보게 되는 행운을 얻을 수도 있다. 모든 사물이 우리네 인생살이와 다를 바가 없으니 함부로 꺾고 밟아 죽이는 일도 삼가해야겠다.

자연과 인생을 생각하게 하는 시간을 갖게 해준 소쩍새의 울음소리를 자장가 삼아 잠을 청해 본다.

2000년 4월

아들 면회 가던 날

"하늘에서 별을 따다 하늘에서 달을 따다 그대에게 모두 드리리."

콧노래가 나도 모르게 흥겹게 흘러나온다. 남편과 자식들에게 무엇이든지 다 주고 싶은 마음을 표현할 때 즐겨 부르던 시엠송이다.

오늘은 왜 이렇게 설레고 즐거운가 하면 군대에 가 있는 아들에게 면회를 가기로 한 날이기 때문이다.

이틀 전부터 무엇을 가져갈까 하고 궁리하면서 준비를 했건만 혹시 빠트린 것은 없는가 하고 마음은 연신 바쁘다.

추석 차례를 지내고 시어머님과 네 동서들에게 양해를 구한 뒤에 혼자서 쓸쓸하게 추석을 맞고 있을 아들에게 가기 위해 남편과 딸을 앞세워 즐거운 마음으로 행복을 가득 실은 차를 타고 서울

군병원서 근무하는 아들을 향해 출발했다.

명절이라 그런지 교통이 몹시 혼잡스러워 마치 어미 소가 끄는 마차를 타고 가는 것처럼 마냥 느린 것이 중천에 떠있는 해를 붙잡아 놓고 가야만 같이 점심식사를 할 수 있을 것만 같다.

차 안에서 아들이 작년 봄에 군대에 입대해서 훈련소에 있을 때 편지를 삼일에 한 번씩 주고받았던 이야기를 했다. 스포츠를 즐기던 아들에게 스포츠 신문을 몽땅 뒤져서 세계의 스포츠 뉴스를 전해 주던 남편, 나는 홀로 서기를 해야 하는 아들에게 좋은 책에서 읽은 내용을 편지마다 줄거리를 써 보내 육체적으로 정신적으로 힘들어 할 아들에게 마음의 양식을 주고 넉넉한 마음을 갖게 하고 싶었고 몸은 떨어져 있어도 우리들은 같이 있는 것이라며 용기를 주곤 했다.

이등병 계급장을 달고 지금 근무하고 있는 병원에 배치되었을 때에는 일주일에 한 번씩 면회를 다녔다.

갈 때마다 단체생활을 씩씩하게 잘 해내고 있는 아들을 보면 안심이 되기도 했지만, 헤어질 때마다 가슴이 찡하며 미어져 오던 것이 있었다. 그런데 언제부터인가 흐뭇한 미소로 바뀌고 "이제는 바쁘신데 면회 안 오셔도 돼요. 저는 잘 해내고 있고 많은 경험을 통해 좋은 공부를 하고 있습니다"라고 지난 2월 생일 면회 때 듬직하게 해주던 말에 마음이 놓여 8개월만에 오늘 면회를 가게 된 것이다.

그리고 면회를 끝내고 수재가 나서 고생을 많이 하고 계신 도봉산의 스님을 찾아뵙고 인사와 위로를 드리기로 했다.

오후 2시에 도착해서 보고 싶었던 아들을 만나 얼굴을 만져보니 쑥스러운 듯 반긴다. 준비해 간 음식들을 돗자리에 펴놓고 오순도순 음식을 먹으며 그간의 안부를 묻는다. 그립던 아들을 보니 아들이 먹는 것이 내가 먹는 것처럼 배가 부른 것 같다. 내년 추석이면 아들이 제대하기 때문에 이곳에 오고 싶어도 올 수가 없는 추억을 오늘 우리는 또 만들었다.

준비해 간 송편과 과일, 여러 가지 음식과 음료수들을 동료들과 나누어 먹으라고 봉지에 가득 양손에 쥐어 주고 "잘 있어" 하며 돌아서서 나올 때, 예전 같으면 울먹였지만 지금은 마음이 편안한 것이 그만큼 아들이 커졌나 보다.

도봉산에 있는 절을 찾아가서 부처님과 스님들께 인사를 드리고 내려오는데 외국인들이 많이 보인다. 명절 때면 갈 곳이 없는 외국인 근로자, 실향민, 외로운 사람들이 많구나 하는 생각에 마음이 울적해지며 괜히 미안스러워진다. 가족이 있다는 것, 인사 다닐 수 있는 친지와 이웃이 있다는 것이 정말 감사한 일인 것을 오늘 또 깨닫는다.

대학원에 다니는 딸도 여러 선생님과 그동안 신세졌던 분들께 인사 다니도록 자취집에 내려주고 집에 돌아오는데 어둑어둑 땅거미가 내리고 보름달이 서서히 떠오른다. 보름달 속에서 방금 헤

어진 아들과 딸이 미소를 지으며 우리 부부에게 건강하시고 행복
하시라며 달빛 속에서 환하게 웃는 것 같다.

1998년 추석날

왕과 왕비

요즈음 우리 집 뜰 앞 화단에는 붉다 못해 자줏빛으로 물든 함박꽃이 무더기로 피어 있다. 본래의 이름은 작약목단이지만 언제부터인가 함박꽃이라 불려졌다. 활짝 핀 모습이 너무 행복한 모습같이 함박 웃는 모습이라 그렇게 부르는 것인가 보다.

그런데 함박꽃이 필 무렵 우리 집에도 요즘 함박꽃의 행복이 피었다. 남편은 집안에서도 작업실에서도 늘 사진을 걸어 놓고 함박웃음을 지으며 "중전!" 하고 나를 부른다. 나는 "네, 폐하. 어인 일이시옵니까?" 하고 답하면서 우리 부부는 어느새 왕과 왕비가 되어 대화를 한다.

얼마 전, 우리 부부는 외국 손님들을 모시고 민속촌을 안내하게 되었다. 여기저기 구경을 다니다 보니 전통 한복이나 궁중의상을 빌려 입고 사진을 찍어주는 곳을 발견하게 되었다. 나는 갑자기

장난기가 발동해서 사진을 찍고 싶은 충동이 생겨 남편을 졸랐다. 남편은 처음에는 쑥스러워하다가 마지못해 함께 찍어 주었다. 의상은 왕과 왕비가 입는 궁중의상을 골랐다. 외국 손님들도 왕의 모습을 한 남편과 왕비의 모습이 된 나를 보며 너무 즐거워했다.

함께 포즈를 취하고 있자니 수염을 기른 남편 덕분인지 소풍 나온 아이들이 너무 신기해하며 몰려들기 시작했다. 반 단체로 같이 사진을 찍고 싶다고 선생님께서 정중히 부탁하시기에 우리들은 얼떨결에 모델이 되었다. 외국인들도 신기한 듯 비디오로 찍기도 하고 같이 사진을 찍자고 서로 잡아당기며 졸라댔다. 진짜 수염인가 하며 남편의 수염을 만져 보는 어린 아이들도 있었고 영화촬영 중이냐고 물어보는 사람들도 있었다. 아무튼 덕분에 우리는 인기 스타가 된 것 같았고 많은 사람들과 즐거운 시간을 가졌다. 며칠 뒤 그 사진이 집에 도착했고 남편은 사진을 보고 매일 함박웃음을 짓고 행복해한다.

우리 부부는 결혼한 지 29년째를 맞고 있다. 처음 결혼했을 때는 너무도 가난하여 이삿짐이라고 해봐야 리어카 하나면 충분했다. 도공인 남편은 그 당시는 알아주는 사람이 없어 경제적으로 몹시 고생했다. 그동안 아홉 번이나 이사를 다니면서도 나는 남편에게 한번도 리어카를 끌게 하지 않았다. 그때 왜 그런 생각을 했는지는 모르지만 남편이 왕이면 나도 왕의 아내라고 생각했고 남편이 리어카를 끄는 사람이면 나 역시 그런 사람의 아내라고 생각

했다. 그때부터 나는 왕과 왕비의 철학이 있었다. 남편을 왕 대접하면 나 역시 왕비가 되는 것이라는 것이다. 그래서 이사를 가도 어느 집으로 이사를 가니 일을 마치면 거기로 오라는 말만 하고 나 혼자 이사하곤 해서 남편을 곤란하게 만들기도 했다.

남편은 그런 나를 늘 안타까워했지만 내 고집이 워낙 세서 어쩔 도리가 없었다. 그 후 나는 늘 남편을 왕처럼 받들며 살려고 노력했다. 그런데 얼마 전 그런 사진을 찍고 나니 나는 진짜 왕비가 된 느낌이다. 물론 나의 남편은 나를 왕비처럼 존중해 주었지만 호칭을 그렇게 불러 주니 더욱더 그런 것 같다.

왕과 왕비는 누군가가 만들어 주는 것이 아니라 스스로가 만드는 것이다. 작은 일에도 만족하며 항상 상대방을 존경할 줄 아는 그런 사람이 되자고 가족들과 왕과 왕비의 사진을 보며 이야기꽃을 피웠다. 우리 아이들은 부모님 덕분에 왕자와 공주가 되었다며 싱글벙글 모두 함박웃음을 터트렸다. 때론 우리 모두 아무렇게나 말하다가도 남편이 왕의 어투로 말하면 아이들도 나도 모두 왕의 가족이 되어 점잖은 목소리로 말하곤 해서 즐거운 대화를 나누는 시간이 많아졌다. 이렇게 작은 일로 행복을 만들 수 있다는 것이 너무 기쁘고 살아가는 데 큰 힘이 되는 것 같다.

이 행복을 우리를 아는 모든 이에게, 아니 큰 소리로 우주 만물에게 알려야겠다. 왕과 왕비가 여기에 살고 있다고……

2001년 봄

우리 집 벌들은 도공

아침 밥상에 앉은 남편이 〈세상에 이런 일이〉라는 TV 프로그램
에 소개돼야 하는 것을 보았다며 싱글벙글 웃는다. 빨리 이야기해
보라는 가족들의 채근도 아랑곳하지 않고 같이 가봐야 알 수 있다
며 궁금증을 일게 하기에 힌트를 달라고 조르니 벌들의 이야기라
고 한다. 벌들이 또 무슨 집을 지었구나 하고 생각했다. 지난해에
는 나무의 가지에다 꼭 사람 얼굴 같은 것을 만들어 놓아서 내가
그곳에 갈 때마다 무서워서 애를 먹었던 기억이 난다.

벌들이 집을 지었던 우리 집 뒤뜰에는 날마다 온갖 자연이 잔치
를 벌인다. 분홍빛 진달래가 봄을 알리고 나면 하얀 싸리꽃들이
흐드러지게 피고 아카시아꽃이 향기를 풍길 때면 벌들과 나비들
의 축제가 벌어진다.

이어 그 꽃들도 질 무렵이면 노란 꽃술을 가진 찔레꽃이 고개를

내밀고 그것도 시들해지면 야릇한 냄새를 풍기는 밤꽃이 온 집안에 여름이 다가왔음을 알려준다. 무더운 여름날과 지루한 장마비가 내릴 때는 노란 달맞이꽃과 망초꽃이 함께 보내준다.

울긋불긋 온 산을 물들이는 가을이 되면 밤나무와 상수리나무에서 열매들이 떨어지기를 기다렸다는 듯 다람쥐와 청설모가 겨울 준비로 바쁘게 보낸다.

그런 산 밑 뒤뜰에 빨랫줄을 매어 놓았다. 매일 조석으로 혼자만의 비밀 아지트를 만들어 놓은 듯 드나들며 즐기던 나에게 어느 날 진달래 가지 사이에 해골바가지 같은 것이 걸려 있는 것을 보고 집으로 뛰어들며 남편에게 같이 가보자고 한 적이 있다.

남편은 가까이 가서 보더니 벌집이라며 나를 안심시켰다. 자세히 보니 사람의 얼굴 형태에 눈, 코, 잎, 이가 있고 콧구멍으로 수십 마리의 벌들이 하나씩 꿀을 저장하느라 들락날락 하는 것을 보고 신기해했다. 그것이 벌집인 줄 알면서도 빨래를 널고 걷을 때마다 무서워하며 도망치듯 집으로 들어오곤 했다. 분명 또 그런 것이 있겠지 싶어 심드렁하게 남편이 안내해 준 곳으로 가보았다.

와!!!

탄성이 저절로 나왔다. 이번에는 도자기 굽는 전통가마 천장에 10센티미터 정도의 목이 긴 작은 꽃병을 거꾸로 매달아 놓았다. 얼마나 예쁘게 만들어 놓았던지 남편이 만들어서 놓은 거라고 말하자 내가 어떻게 저렇게 조그마한 꽃병을 전깃줄에 붙여놓을 수

가 있느냐고 하면서 우리 집 벌들은 주인을 닮아서 도공이라고
한다.

자세히 들여다보니 흙 만드는 곳에서 점토를 물어다 만든 것이
었다. 하얀색의 백토로 그림까지 그린 것을 보며 나는 남편에게
벌들의 이야기를 동화구연 하는 사람처럼 목소리까지 바꾸어 말
했다.

"봄이 오자 벌들이 회의를 했어요. 작년에 무섭게 집을 지어 주
인 마님을 놀라게 했으니 이번에는 주인 어른이 일하는 곳에다 터
를 잡자고 했답니다. 여러 벌들이 궁리를 한 끝에 주인이 좋아하
는 것이라야 안전하다며 가마 옆에 있는 도자기를 보고 흉내를 내
어 집을 짓자고 해서 모두가 단결하여 집을 지었어요. 어때요? 주
인 어른 마음에 드시죠?"

벌들이 이야기하는 것처럼 이야기를 하니 손님이 오면 도자기
만 보여 주지 말고 이 작품도 꼭 구경시켜 주라며 웃는다. 그러고
보니 예술이 아닌 자연은 없다. 서당 개 3년이면 풍월을 읊는다고
하더니 우리 집 벌들은 매일 도자기를 보더니 어느 사이 도공이
되었나 보다.

아들과 딸도 아버지를 닮아서 도자기를 빚는 것이 업이 되어서
살고 있다. 어떻게 사느냐가 얼마나 중요한 것인지를 벌들을 통해
다시 한번 느꼈다. 그 작은 몸뚱이로 아름다운 집을 지어놓고 계
절마다 피어나는 꽃들이 질세라 꿀을 저장하는 도공을 닮은 벌들

을 보며 남은 인생을 항상 자족하며 열심히 잘 살고 가야겠다.

2005년 초여름

인연

나는 작은 야산 밑에 살지만 항상 자연 속에서 살아서 그런지 우리와 어울려 사는 것들을 관심 있게 보지 않고 살았다. 그런데 우리 집 울타리에는 언제 어떤 인연으로 그렇게 되었는지 모르지만 신기한 나무가 다른 무리들 속에 같이 살고 있다.

봄기운이 남편과 나를 걷는 운동이라도 하라면서 뒷산으로 올라가는 곳까지 동행해 주었다. 그때 마침 다람쥐 한 마리가 동그란 눈을 깜빡거리며 인사를 나누자고 한다. "바로 너였구나. 우리 집 나무의 열매, 잣, 도토리, 밤 등을 주워 가는 주인공이!" 하며 눈맞춤 하려고 쳐다보니 고개만 까닥거리며 옆의 나무로 훌쩍 건너뛴다. 덩달아 우리도 그 나무를 쳐다보았다. 거기에는 검게 익은 오디 열매가 휘어지도록 달려 있는 뽕나무가 있었다. 그걸 아침 식사로 먹기 위해 왔나 보다.

이곳은 내가 시집오기 전 친정 어머니께서 누에고치를 키웠는
데 이 밭이 전부 뽕나무밭이었다. 나도 어린 시절 오디를 따먹으
려고 저 다람쥐처럼 매일 이곳에 왔던 기억이 났다. 세월이 지난
지금은 어디에도 뽕나무밭이었다는 증거가 없지만 가끔씩은 울타
리에 뽕나무가 보이곤 했다. 그런데 밑동을 보니 한 아름 족히 되
는 아카시아 나무인데 중간쯤에서부터 뽕나무가 자라나고 있는
것이었다. 그것도 뽕나무의 굵은 가지가 거기에서 살았던 세월을
말해주고 있었다. 그렇다면?

남편과 나는 의아해하며 나무 밑동을 만져보고 위를 쳐다보아
도 우리 상식으로는 이해할 수 없는 기이한 인연이었다. 어떤 사
연으로 뽕나무와 아카시아 나무가 하나가 되었는지 사뭇 궁금하
여 여러 가지 이야기들을 나누었다. 다람쥐가 씨앗을 옮겨 놓았을
까? 그래도 싹이 트려면 자연의 커다란 화합이 있었을 것을 생각
하니, 정말 신기한 만남으로 그 자리에서 사는 것이었다.

우리는 인연에 대한 이야기를 나누었다. 남편과 내가 만난 인
연, 또 우리 아이들이 태어난 이야기, 어느 하나도 우연이란 없는
것 같다. 전혀 어울리지 않을 것만 같은 아카시아 나무와 뽕나무
가 화합해서 열매까지 맺은 것을 보면서 많은 생각들이 꼬리를 물
고 이어진다.

지금 내 옆에 있는 모든 것은 어떤 인연일까? 어울리지 않을 것
만 같은 사람들도 친구와 부부로, 이웃으로 또 자식으로 어울려

살고 있는 것을 보면서 인연이란 이름으로 모두가 함께 하는 것임을 느낀다. 악연과 선연으로 서로 만나서 사랑하고 싸우며 함께 살고 있는 것이 아주 자연스럽다는 생각이 든다.

우리 집에 손님이 오면 나는 그 나무를 보여 주려고 그곳에 가곤 한다. 그리고 인연에 대한 이야기를 나누곤 한다. 우리가 늙어서 죽는 것처럼 저 나무도 언젠가는 어떤 인연으로든 생이 다하면 공으로 돌아가겠지……

생각해 보니 자연과 나도 하나이고 작은 미물도 또 다람쥐도 다 같이 인연이 있어 함께 모여 살다가 다하면 흩어지고 마는 것이 모두가 하나임을 느낀다. 그래서인지 지금 이 순간이 소중하다. 끝없이 많은 시공간 속에서 같이 있다는 것이 얼마나 소중한 인연인가.

노랗게 잘 익은 귤 하나가 보인다. 저 귤도 어느 세월을 거치고 어떤 사연으로 지금 내 앞에서 자기의 몸을 나에게 주려고 하는가? 저 귤을 먹고 나의 몸 속에 살고 있는 세포들은 또 얼마나 많은 생명을 만들어 낼까?

끝없이 둥근 원으로 생각은 이어져 간다.

오래 전 남편은 이중투각기법으로 국화꽃이 연결되어 있는 아주 섬세하고 아름다운 도자기를 만들었다. 그래서 나는 남편에게 그 도자기의 이름을 지어주자고 했더니 남편이 선뜻 그 도자기의 이름을 '인연'이라고 하면서 그 도자기를 만들게 된 사연을 말해

세창 김세용 명장 작업 장면

준 적이 있었다.

　또 한번은 조소과에 다니는 아들이 졸업 작품을 철조로 만들었는데 검은 색의 마름모꼴 고리가 연결되어 있는 것이 인연을 연상하게 하여 아들에게 이 작품 이름이 무엇이냐고 물었더니 '인연'이라고 말하는 것을 보고 어떻게 부자가 똑같이 인연을 소재로 작품을 만들 수 있을까? 생각하며 대견해한 적이 있었다.

　우리들의 삶 속에서 작든 크든 어느 것 하나 인연과 관계가 없는 것은 하나도 없는 것 같다. 수없이 많은 인연들로 만들어진 현실이 새삼 소중하고 감사하다는 생각이 들며 또 다른 인연들로 만들어질 미래가 몹시 궁금해지고 기다려진다.

2002년 봄에

자연의 순리

딸과 함께 TV에서 하는 다큐멘터리 〈소〉를 보았다. 소가 가족이 되어 살아가는 이야기를 보면서 유년시절이 떠올랐다. 어릴 적 농사를 많이 짓던 우리 집에는 큰 일꾼인 황소와 새끼를 잘 낳는 암소가 있었다.

암소가 가족이 되던 어느 무더운 여름날이었다.

아버지께서 우시장이 서던 날 소를 사오셨다. 좋은 소를 사셔서 기분이 좋으신지 약주를 하시고 돌아오셔서 낮잠을 주무시고는 냇가에 있는 미루나무 밑에 소를 매어두고 오셨다면서 나를 보고 그 소를 데려오라고 하셨다.

어둑어둑 어둠이 내리기에 뛰어가 보니 어미 소와 송아지가 같이 있었다. 분명히 한 마리를 사오셨다고 하셨는데 그동안 새끼를 낳은 모양이었다. 혼자서 산통을 겪으며 낳았을 것을 생각하니 어린 마음에도 안쓰러워 보였다. 비실비실 어미를 쫓아오는 송아지와 함께 집으로 돌아오니 식구들 모두가 경사가 났다고 난리 법석이었다. 또 잘되는 집은 뭔가 다르다며 동네 사람들도 기웃기웃 구경 오던 기억이 난다. 어미 소가 새끼를 돌보는 것이 사람 못지않아 젖도 먹이고 연신 혀로 털을 쓰다듬어 주며 잘도 키웠다.

몇 달이 지나 젖을 떼고 쌀겨를 먹던 송아지는 그만 어미 소 곁을 떠나야만 했다. 아버지는 자식들 뒷바라지로 쓰기 위해 가지 않겠다는 어린 송아지를 엉덩이를 떠밀며 보내셨다. 그때 나는 아버지가 정도 없는 사람이라고 눈물을 글썽이며 훌쩍거렸다. 어미 소도 새끼를 보내며 음매—음매— 울면서 새끼 송아지를 부르며 커다란 눈에는 눈물이 흐르고 있었다. 어찌나 슬퍼 보였던지 지금도 그 생각만 하면 눈물이 나려고 한다. 어미 소가 새끼를 보내고 며칠 동안 여물도 안 먹고 먼 곳만 쳐다보며 울던 일이 떠오른다고 이야기해 주었더니 딸도 거든다.

딸이 초등학교 다닐 때, 학교 다녀오던 길에 나의 외삼촌을 만났는데 "네가 순이 딸이지" 하며 달구지를 태워 주셔서 집에 돌아온 적이 있단다. 그러면서 딸은 소에 대한 추억을 되새기게 해준 이 다큐를 보고 나니 좋은 영화 한 편을 본 것보다도 더 마음이 편안하다고 한다. 벌써 어린 시절을 그리워하는 것을 보면서 딸이 많이 컸구나 하는 생각이 들었다. 하긴 내 머리가 반백이 되었고, 그때의 외삼촌은 고인이 되셨으니……

세월은 흘러 지금은 추억으로만 볼 수 있는 내 유년시절이 되었다.

나는 친정에서 5리 정도 걸어야 하는 산골 마을에 신혼살림을 차렸었다. 친정 어머니는 자식을 떼어놓는 것이 힘드셨나 보다. 내가 아무것도 할 줄도 모르면서 시집갔던 철없는 딸이기에 더욱 애가 타셨는지 겨울 내내 5리가 넘는 길을 매일 걸어오셔서 마치 우렁이 각시처럼 밥과 반찬을 해주시고는 저녁때가 되면 집으로 돌아가시곤 했다. 내가 조금씩 일을 배워가자 엄마도 나와 떨어지는 것이 익숙해지셨는지 이틀 걸러 오시다가 열흘 걸러 오시더니 나중에는 한 달에 한 번 정도 다녀가시곤 했다.

그 이후 나는 아예 친정 곁으로 이사를 하게 되었다. 들일을 나갔다가 돌아오실 때면 으레 우리 집을 들러 돌봐주시고 가셨던 어머니, 새벽같이 일어나 우리 집 텃밭에 김을 매어 놓고 가셨던 어머니, 딸네 집 밥 한 끼 축낼까 봐 몰래 가셨던 어머니…….

이루 헤아릴 수 없이 많이 주시기만 했던 어머니와 하직인사를 한 지도 어느새 15년이 되어간다.

나는 아직도 어머니 곁은 떠나지 못한 것 같다. 엄마가 돌아가신 뒤 10년은 엄마라는 소리를 내어 보지도 못했다. 눈물이 앞을 가렸기 때문이다. 지금도 어머니를 닮은 노인이 걸어가는 것을 보면 가슴이 뛰어 달려가서 확인하고 아쉬워한다.

몸은 떨어져 있지만 어머니는 내 마음속에 영원히 살아 계실지도 모른다. 시집 갈 나이가 되어버린 나의 딸과 30년 전 나의 어머니가 하셨던 것처럼 나도 헤어지는 아픔을 겪어야 할 것이다. 딸도 그때의 나처럼 혼인 이야기만 나오면 힘들어하는 모습을 보는 것이 애처롭다.

커다란 눈에 그렁그렁 눈물을 흘리던 어미 소, 새끼 소와 헤어질 때 얼마나 슬펐으면 며칠 동안 여물도 안 먹었을까.

사람이나 동물이나 세상에 태어난 모든 것들이 똑같이 겪는 인연의 고리는 자연의 순리임을 느낀다.

언제나 자연에 순응하면서 사는 것이 우리네 인생살이를 잘 살고 가는 것이 아닐까?

2000년 겨울

추억을 찾아서

　"꼬끼오" 하고 우는 닭 울음소리에 아침을 맞이한다. 휴대폰에 알람으로 맞추어 놓은 닭이 울게 된 사연은 순전히 나의 어린 시절에 대한 그리움 때문이었다.

　개나리꽃이 노랗게 울타리를 물들이는 봄이면, 불그스레한 암탉이 노란 솜털로 옷을 입힌 새끼 병아리들을 데리고 개나리가 흐드러지게 핀 울타리 사이로 마을 다니던 봄 풍경을 얼마나 그리워했는지 해마다 그 이야기를 하며 닭을 사 달라고 남편을 졸라대곤 했다. 그런 추억이 없는 남편은 그러는 나를 보며 철없는 아내로만 생각되었던지 결혼한 지 30년이 되던 지난해에야 큰 선심이나 쓰듯 닭을 사와도 된다는 말을 비추었다.

　드디어 5일장이 열리는 어느 날, 행여 남편의 마음이 바뀔까 걱정되어 저녁 무렵인데도 불구하고 읍내 장으로 달려갔다. 파장이라 짐을 싸고 있는 닭 장수에게 사정했더니 병아리는 키우기가 어려우니 암탉을 사가는 것이 어떠냐고 했다.

상자 안에 있는 닭을 들여다보니 머리를 쳐들고 쪼듯이 노려보는 통에 겁이 나서 토종닭이라는 닭 파는 사람 말만 믿고 어미 닭 3마리를 샀다. 달걀을 먹는 것도 좋지만 그래도 어린 병아리가 갖고 싶다고 하니 약병아리라고 하며 조금 자란 것을 권해서 또 3마리를 샀다. 목을 길게 빼고 아침을 알려주는 벼슬이 붉고 꽁지가 긴 수탉도 있어야 될 것 같아 한 마리 더 사니 총 7마리가 되었다.

닭장이 준비가 안 되었다는 생각에 닭장 만들 자재를 사고 사료도 한 포대 사서 부지런히 돌아왔다. 남편은 집도 장만하지 않고 일을 저지른 철없는 아내가 걱정이 되었는지 해가 넘어가는 줄도 모르고 닭집을 마련하느라 분주했다.

닭장이 다 지어지자 닭을 들여놓던 남편은 "세상에 이런 일이 어디 있느냐"며 닭 장수에게 속았다고 했다. 늙어서 퇴계로 팔려 나온 것을 사 왔다고 했다.

자세히 살펴보니 알집 있는 데도 털이 없고 살도 헐어 있었다. 수탉도 비실비실 하기에 먹이를 주고 '꼬끼오' 하고 울어보라고 졸라대니 온 힘을 다해 울다가 그만 버둥거리는 것이 가엾기만 했다. 차멀미를 해서 그럴 거라고 남편에게 말했지만 신경은 닭장으로 가 있었다. 선잠을 자듯 밤을 보내고 닭 울음소리를 기다리다 새벽에 닭장으로 갔다. 먹이도 주고 돌봐 주었지만 남편의 말이 맞는 듯 했다.

아이들은 엄마가 닭 양로원을 차렸다고 놀려대기에 그래도 어린 놈이 3마리나 있으니 맛있는 달걀을 줄 거라고 큰 소리를 쳤다. 시간만 나면 닭장 앞에 서성이는 나를 보고 식구들도 닭 울음소리가 나면 엄마의 어린 시절이 지금과 비슷했느냐고 물어 오지만 그때처럼 한가롭고 평화스런 풍경도 아니고 지금은 억지 춘향으로 노인에서부터 아기까지 한 세대를 강제로 맞추어 놓은 나의 이기심이 오히려 아이들이 간직할 추억거리에 흠집만 만든 것 같은 생각이 들었다. 처음부터 같이 살던 닭이 아니라서 그런지 어미 닭들이 새끼들을 쪼아대는 바람에 닭장을 반으로 나눠야만 했다.

날마다 영양가가 많은 풀을 골라 뜯어다 주면서 들여다본 정성이 지극해서일까, 어느 날 '꼬꼬댁' 하는 소리가 나서 얼른 달려가 보니 회춘을 했는지 늙은 암탉이 알을 낳았다.

따뜻한 알을 꺼내 들고 일하고 있는 남편에게 달려가 자랑하면서 어린 시절 친정 엄마가 나에게 했던 그대로 달걀에 구멍을 내어 쭉 들이마시라고 남편에게 권했다. 남편은 연애 시절 (나 먹으라고) 친정 엄마가 건네주는 달걀을 감춰 두었다가 직장 상사였던 남편에게 갖다 주던 일을 들먹이며 "그때 잘 보이려고 그런 거지"라며 달걀 때문에 나에게 장가간 것이라며 그때를 떠올리는지 자꾸만 웃는다. 유정란을 먹어야 되는데 아직도 수탉은 한번 울 때면 몸을 바스러져라 버둥거리며 울어대는 것이 안쓰러워 "울지마"라고 애원하듯이 이야기해야만 했다. 식구들도 매일 매일 신선한 달걀을 선물하는 닭이 신통해서인지 풀도 뜯어다 주고 먹이도 주면서 정을 붙이려 들여다보았다.

어느 날인가, 남편이 장날이 언제냐고 묻더니 날쌘 수탉을 한 마리 사 왔다. 목이 길고 검붉은 벼슬이 정말 멋있는 놈을 사 왔다. 만족스러운지 이름을 날쌘돌이라고 지어 주었다. 이름 값을 하듯 수탉으로서의 역할을 너무 잘했다. 시원한 목소리로 날이 밝아오는 것을 알렸으며 가장 노릇도 충실히 하는 듯 보이자 남편이 "저런 것을 골라 와야지" 하며 으쓱했다.

새끼들이 중닭이 되어 갈 무렵인 어느 날 저녁, 닭들이 없어져 소란을 피워가며 찾았다. 그런데 자세히 보니 닭장 옆의 향나무 가지로 날아가 앉아 잠을 자고 있었다. 처음에는 별 신통한 일도 있다 싶었는데 차츰 차츰 중닭들도 하나 둘씩 날아오르는 것을 배워서 향나무에 침실 방을 만들어 버렸다. 닭장 안의 홰에는 언제나 늙은 것들만 올라가 잠을 잤다. 장마철이 와서 비가 계속 내리는데도 비를 주룩 주룩 맞고 잠을 자고 있기에 녀석들을 불러들이느라 먹이를 주고 꼬드겨 보지만 끄떡도 하지 않았다.

뿐만 아니라 아침이면 향나무에서 닭장 안으로 날아드는 것이 아니고 아예 애써 가꾸어 놓은 텃밭으로 줄행랑을 쳤다. 잡히지도 않고 약을 살살 올리며 미운 짓을 하기 시작했다. 꽃을 좋아해서 여기 저기 철따라 피는 화초들을 많이 심어 놓았는데 줄기를 부러

트리고 아예 땅을 파헤쳐 짓이겨 놓기까지 했다. 질퍽한 똥을 가리지 않고 싸 놓는 등 온갖 말썽을 다 부렸다. 나는 닭들을 길들이는 일을 포기할 정도로 지쳐갔다.

어느새 새색시 고운 치마저고리 같은 고운 빛으로 피어난 접시꽃이 행복한 웃음을 지으며 자태를 뽐내던 날, 붉은 벼슬이 나기 시작한 처녀 닭들이 낮이면 가끔씩 '꼬꼬댁' 하고 울어댔다. 혹시 알을 낳았나 하고 여기저기 찾아보았더니 화단이나 텃밭 같은 곳에 아무렇게나 낳아서 버려진 알들이 한낮의 더위에 상하고 깨져서 개미가 우글대고 있었다. 더군다나 집이 산 속에 있다 보니 알을 찾아내는 일이 또한 쉽지 않았다.

또 어느 틈에 도둑 시집을 갔는지 3마리의 젊은 암닭들은 수탉과 함께 몰려다니며 사랑을 나누더니 그 중에 황금색 털을 가진 닭이 이상하게 쭈그리고 앉아 있는 날이 많아졌다. 자세히 보니 알을 낳다가 자궁이 찢어져 살이 헐어 있었다. 뿐만 아니라 파리가 알을 낳아서 구더기가 우글우글한 것이 보여 징그러웠다. 치료를 하려고 했으나 이미 손을 쓸 수도 없이 되어버린 닭이 불쌍하기도 했고 그렇게 말을 안 듣고 속을 썩이더니 하는 미운 마음도 들었다.

남편은 "그것 보라"며 닭 기르는 일이 쉬운 일은 아니라며 소원 풀이 했으니 그만하고 닭 잘 기르는 사람에게 보내자고 했다. 아쉬웠지만 내 능력의 한계를 보았기에 허락했다. 하지만 차마 떠나는 것은 볼 수가 없었다. 정말 잘 맡아서 길러줄 동네 아저씨였건만 인사도 못하고 남편에게 궂은 일을 떠맡겨서 보내야만 했다. 그때는 너무 큰 충격에 한동안 그 일을 떠올리기가 싫었는데 또 개나리가 흐드러지게 피는 봄이 오니 즐거움도 괴로움도 함께 한 검은 닭, 황금닭, 날쌘돌이, 늙은 할아버지 수탉, 할머니 닭들이 그리워진다. 지금 생각해 보니 괴로움만 준 것도 아닌 것 같다. 맛있는 달걀도 낳아 준 일도 있고 새벽 닭이 울어 주어 추억을 찾아 준 고마운 일도 있었던 것 같다.

한번은 국정홍보처에서 국가 이미지 광고로 〈한국의 손〉이라는 것을 촬영하게 되었다. 대한민국 명장인 남편이 도자기를 만드는 사람의 손으로 선정되어 전통 가마 불 때는 것을 밤에 촬영한 적이 있었다. 외딴집인 우리 집에는 밤에 불을 켜면 들판의 하루살이와 불나방들이 다 모여드는 곳이다. 그 때문에 촬영 반대편인 닭장 쪽으로 여러 개의 밝은 불빛들을 비추어 그곳으로 벌레들을 유인하게 되었다. 닭들이 잠을 자다 말고 날이 밝은 줄 알고 "꼬끼오" 하고 자꾸 울어 NG를 많이 내어 촬영 스태프들에게 웃음을 선사한 적도 있었다.

요즘은 닭을 좋아하는 나를 위해 휴대폰 알람을 "꼬끼오"로 설정한 남편이 새벽 닭이 울었다고 일어나라고 채근한다. 우렁차게 새벽을 여는 닭 울음이 아니어서일까, 시끄럽게 들리는 것을 보면 이제 그것도 약효가 떨어졌나 보다.

내가 하지 못했던 닭 기르는 일을 돌아가신 친정 어머니는 어떻게 그렇게 잘 하셨을까? 가을철 씨암탉 10마리와 기운 센 수탉 한 마리만 기르면 겨우내 계란으로 식구들 영양 보충도 하고 내다 팔아서 학용품 살 돈도 마련하셨다. 그 시절 귀했던 라면도 살 수 있게 해주었던 고마운 닭들을 봐왔던 나는 그 시절이 그립다.

그뿐인가. 개나리 피는 봄이면 어미 닭들이 새끼를 품어서 많을 때는 수십 마리는 족히 몰고 다니는 것을 보면 그야말로 평화로운 시골 풍경이었다. 여름 삼복더위에 몸보신을 해주는 맛있는 닭죽을 실컷 먹을 수도 있었다. 딸이 많은 우리 집에 사위라도 오면 씨암탉이라도 잡아줄 수 있었고, 시골이지만 귀한 손님이 와도 걱정이 없었다.

이렇게 요술 방망이 같은 존재들인 닭들을 어머니는 지극한 정성과 지혜로 잘 키우셨던 훌륭한 분이셨다. 이렇듯 정성과 지혜가 차곡차곡 쌓여 닭 가족이 만들어지는 것인데 나는 한꺼번에 추억을 되살려 보려는 욕심 때문에 자연의 순리를 거스른 결과를 낳았다. 도와준 가족들과 닭들에게도 사죄를 해야겠다. 오늘도 삼계탕 생각이 나서 시장에 갔다가 그때의 닭들이 떠올라서 씁쓰레한 미소만 짓다 그냥 돌아오고 말았다.

개나리 울타리 속에서 어머니의 모습이 떠오르고 노란 병아리들이 노는 봄날의 추억을 더듬어 이젠 "무엇이던지 욕심부리지 말고 정성을 다해 순리대로 살아야 된다"는 가르침을 주고 가신

친정 어머니의 말씀대로 가족을 위해 실천하는 그런 사람으로 살
아가리라.

2003년 여름

친구의 마지막 선물

1년 365일 오늘보다 더 좋은 날씨가 있을까?

하늘은 구름 한 점 없이 맑고 바람 또한 산들산들 불어오는 초가을이다. 식구들은 모두가 볼 일을 보러 나가고 모처럼 혼자 있는 일요일 한낮이다.

이렇게 좋은 날, 나는 이상하게도 야릇한 기분에 휩싸이고 있다. 쪽빛 하늘의 뭉게구름은 내게 무엇인가를 꺼내 보라며 충동질하고, 가슴속에서는 무엇을 먹고 체했을 때처럼 울렁거리며 토하고 싶다. 보일 듯 하나 보이지 않고 잡을 것 같으나 잡히지 않는 오늘 새벽의 안개처럼 하루 종일 일도 잡히지 않으며 나를 서성이게 하는 그것은 무엇일까? 차 한 잔의 여유가 내 가슴에 빗장을 열어 주었지만 선뜻 들어가지 못한 채 서 있다. 그냥 넋두리라도 끌어내서 벗을 삼아야겠는데 왜 그렇게 어려운 일인지⋯⋯.

허전한 마음을 지난 여름 먼저 간 친구와 함께 하기로 했다.

이렇게 좋은 날씨면 벌써 바람 쐬러 가자고 졸랐을 친구가 이 세상에 존재하지 않기에 그리움은 더욱 애절한 것일까. 비가 오는 날이면 빈대떡이라도 부쳐먹자며 나를 찾아와 주었고 바람 부는 날이면 아늑한 방에서 차 한 잔이 생각나서 만나야 되는 친구가 먼 길을 가버린 것이다. 언제나 인정하기 싫어서 피해 버렸던 생각들이지만, 오늘은 그와 지냈던 지난날들을 꺼내서 만져 보자. 그래야만 잊을 수가 있을 것만 같다.

그게 언제였던가, 아마 13년 전의 일일 게다.

오늘처럼 초가을의 하늘과 구름이 있던 날. 그와 함께 남양주에 있는 어느 산사를 간 적이 있다. 오랜만에 찾아온 우리들을 스님은 반갑게 맞아 주셨다. 좋은 추억을 만들어 주시려고 했는지 스님은 바구니 가득 과일과 옥수수, 고구마, 그리고 차 도구까지 준비해 가지고 동산에 올라갔다. 조금 평지인 곳을 찾아서 보살님들과 짝을 지어 배드민턴을 쳤다. 오래간만에 해보는 놀이라 숨이 턱에 차도록 공을 쫓아다녔다. 힘이 들어 털썩 주저앉았을 때 스님은 따뜻한 녹차 한 잔을 우려 주셨다. 혀에 감돌던 그 맛이 지금도 맴도는 듯하다. 그리고는 제일 높은 산꼭대기에 올라가 전부 누워서 하늘을 보자고 하셨다. 하늘을 쳐다보며 사는 시간이 우리 인생에 얼마 되지 않는다고 말씀하셨던 것이 생각난다. 숨이 차게 동산을 올라가 쪽빛 하늘을 바라보니 뭉게구름이 얼마나 아름다

배고픈 잉어—따시최된 作

웠는지…….

모든 것을 잊어버리고 그냥 누워서 바라만 보았다.

지금은 그 하늘나라 어딘가를 갔을 친구…….

분명 극락세계에서 삶의 고통을 놓아 버린 채 한줄기 빛이 되어 세상을 밝히고 있을 것이라 믿는다.

해가 중천에 떠오르면 모든 안개가 걷히고 세상이 다 보이듯이 오늘은 정면으로 그 친구와 마주하여 그동안의 추억을 다 꺼내 보자. 친구의 죽음을 인정하기 싫어했던 내 마음과 함께 벗하며 말이다. 두고두고 추억이 보일 때마다 마음 아파하지 말고 지금 실컷 만나보자. 차 한 잔이 다 식고 뱃속에서 쪼르륵 소리가 나도록 배가 고파도 함께 있어 보자. 살아서만 같이 있는 게 아니다. 이 순간 같이 있는 것이다. 친구가 죽었을 때 실컷 통곡이라도 했더라면 이렇게 맺히지는 않았을 텐데……. 그땐 왜 그렇게 힘들었는지 모르겠다.

어느 스님의 말씀이다.

"원래 죽음이란 없다. 죽음은 부스럼의 딱지를 없애는 것과 같고 새가 초롱에서 나옴과 같아 생사를 초월한다."

깨달으신 분들이 이렇게 이야기하신 것을 보면 나 또한 지금부터라도 선한 죽음을 맞이하기 위해서 죽음을 두려워해서는 안 되겠다. 살아 있는 이 순간 최선을 다해 살아야 한다.

초가을의 하늘은 나에게 그리운 친구의 모습을 실컷 보라며 구름을 쫓아내고 있다. 그리고 조금 전의 시간도 같이 죽었다면서 이제는 새로운 그림을 그리라고 한다. 친구가 내게 준 마지막 선물이라면서…….

2003년 가을

헌 집 줄게 새집 다오

　이웃이라고는 하나 없는 산 밑 외딴 곳에 큰 방 하나, 작은 방 두 개 그리고 부엌과 창고를 붙여 허술하게 작은 집을 지었다. 그 집은 아홉 번의 월세방 전전 끝에 만든 집이라 궁궐처럼 생각하며 칠남매의 맏며느리로 대가족이 함께 지냈던 희로애락이 덕지덕지 묻어 있는 집이다.

　그런데 집을 지을 때 공사비가 없던 관계로 모래기소를 했더니 겨울이면 집 밑으로 뱀들이 겨울잠을 자러 들어와서 따뜻한 구들장 사이의 벌어진 틈으로 나오기도 하여 조마조마한 겨울을 보낸 적이 한두 번이 아니었다. 뿐만 아니라 들판에 먹을 것이 없어지면 들쥐들이 몰려와 밤이면 천장에서 달리기를 하여 잠을 설치기도 하고, 먹을 것을 잘 갈무리해야 하기에 불편한 점이 이만 저만이 아니었다. 그래서 21세기를 시작하는 올해에 헌 집을 헐어버리고 새집을 지으려고 마음먹었다.

집을 지으려고 처음 생각을 일으킨 것은 15년 전이었지만 금전이나 제반 여건으로 볼 때 항상 급한 것을 먼저 해결하다 보니 자꾸 뒤로 밀리게 되었다. 또 막상 시작하려고 하면 겁도 났고 자꾸만 살던 집에 대한 애착이 생겨서 미뤄왔다.

그러던 중에 삶을 마감하고 갈 때에는 그렇게 아끼던 몸도 두고 가야 되는데 어떻게 가시려고 그러냐는 딸의 설득에 이젠 더 이상 미룰 수가 없는 시기가 된 것 같아 미련과 아집을 뒤로 한 채 짐을 정리하기 시작했다.

인생이 중반을 넘어섰다고 하면 한창이라고 할지도 모른다. 하지만 이제는 나의 삶을 정리해 보고 싶은 마음이 생겼기 때문에 용기가 나서 겹겹이 쌓인 먼지와 꼭 필요할 것 같아서 두었던 여러 가지 잡동사니들을 미련을 두지 않고 버리기 시작했다. 지난 세월의 애착이 함께 묻어 있는 물건들을 한 가지 한 가지 버릴 때마다 가슴속이 시원해짐을 느꼈다.

결국 처음 살림을 시작할 때처럼 단칸방 하나에 밥솥과 국 냄비, 수저 몇 벌 등 최소한의 것으로 살림을 줄이고 3월 초에 도자기 전시장 옆에 다실(茶室)로 쓰던 방으로 이사를 해 신혼 때처럼 방에서 밥도 해먹고 잠도 잤다. 남들은 신혼 같다고 하기도 하고 학생처럼 자취하는 것 같다고 말하기도 했다.

어쨌든 아주 간소한 살림을 살다 보니 새로운 인생을 시작하는

것 같았다. 삶은 풍족함에서 오는 행복도 있겠지만 버리고 줄임으로써 얻는 행복도 있는 것 같다. 물질에 연연하지 않고 최소한의 것만으로도 전혀 불편하지 않으니 오히려 간단하게 사는 것이 마음을 평화롭고 여유 있게 할 수 있다는 것을 배우게 되어 앞으로는 쓸데없는 욕심은 부리지 말고 인생을 살아야겠다는 생각이 들었다. 물론 살다 보면 또 늘어나는 것이 살림살이가 되겠지만……

어쨌든 나는 간소함에 대한 여유를 깨닫게 되었다. 이곳저곳 구석진 곳에 있는 먼지를 쓸어내고 정리하면 그동안 내게 있던 업덩어리들을 함께 버리는 것 같아서 명상을 한 것처럼 차분해지고 고요해진다.

또 버릴 것은 없는지…….

요즘 나는 눈에 띄는 곳마다 신이 나서 일을 한다. 이런 나를 보고 남편은 억척스럽다고 말할 때도 있지만 정말 행복해서 하는 일이다. 그러나 집을 짓다 보니 많은 어려움이 생기기 시작했다.

주위의 시샘과 부러움 때문에 형제간에 마찰이 생겨나서 한때는 서운한 마음에 불편하게 지낸 적도 있었다. 오르막길을 오르는 것이 힘든 것은 당연하겠지만 공덕을 못 쌓아서 일어난 일들이라고 스스로를 자책하며 집을 짓기 전에 주위에 있는 모든 사람들의 마음부터 편안하게 해주는 것이 먼저라는 생각이 들었다. 덕분에 집을 지으려고 마련했던 자금도 많이 축나서 어려움이 생겼지만,

부족한 덕을 쌓는 또 하나의 방편이라는 생각이 들어 농사를 짓던 땅도 팔고 은행에서 자금을 빌려 다시 공사비용을 마련해야 했다.

이렇게 모두 정리하고 나니 마음이 편안하고 떳떳한 것이 오히려 일을 추진하는 데 힘이 생겼다. 그리고 모든 것은 우주와 자연의 화합이 있어야 하며, 집도 순리대로 지을 수 있다는 것을 배웠다. 더욱더 많은 덕을 지어야 하고 기도도 열심히 하여 모든 일을 내 욕심으로 좌지우지할 것이 아니라 인연에 맡기고 하루하루를 열심히 살아가는 것이 최선이라고 생각하며 살고 있다.

지금 내가 해야 할 일은 가족들이 용기와 건강을 잃지 않도록 지켜주는 것이다. 그리고 모든 일을 처음 시작할 때와 같이 교만함을 버리고 겸손함으로 조심스럽게 모든 것과의 화합을 기도하고 있다,

풀 한 포기, 나무 한 그루, 무생물에서 생명이 있는 것까지 모두가 있어야 할 것들이 있는 것처럼, 우리가 겪는 이 고비도 필요한 것이라고 생각한다. 순간 순간을 욕심 없이 열심히 살면서 정진하다 보면 우리가 원하던 집도 지어지고 모든 것이 안정될 것이라 믿는다. 우리가 만들어 놓은 일들을 자식들에게 미루지 않고 우리 힘으로 정리하고 새로운 에너지가 넘치는 그런 집을 자식들에게 물려주게 됨을 감사하게 생각하며 집 짓는 일을 하고 있다.

뒤뜰에 제일 먼저 핀 노란 산수유 꽃과 뜰 앞에 있는 신부의 웨딩드레스처럼 화사한 하얀 목련꽃……

이곳저곳에서 파란 싹을 틔우고 있는 봄에게도 이 소식을 알리고 함께 기도하자고 큰 소리로 이야기하고 싶다.

이 글을 쓰고 나서 나의 도반인 남편에게 읽어주며 비평을 부탁하면서 이왕이면 제목도 하나 지어 달라고 청하니 웃으면서 '헌집 줄게 새집 다오'라고 하면 어떨까? 하고 대답해 준다.

정말 재치 있고 멋있는 제목을 받은 것 같다.

2000년 3월

삶의 가치론적 탐구
―따시최된 이순이 수필집 『흙에서 빛으로』

최광호(시인·문학공간 주간)

예술이란 무엇이며, 수필이란 무엇인가를 말할 수 있는 이는 인생의 가치를 알고 사는, 인생의 의미를 깨친 사람과도 같을 것이다.

효봉스님이 열반하실 때 옆에 있던 어떤 이가 스님에게 가르침의 말씀을 청했는데, 답인즉 무(無)였다. 그러나 그 뜻을 누가 알겠는가.

이 세상의 많은 수필가들이 감동을 주는 수필을 남겼다. 하지만 '수필이란 바로 이것이다'라고 정답을 낸 사람은 없다. 이것은 수많은 철학자들이 있었지만 인생과 삶에 대한 근본 물음에 정답을 내놓지 못한 것과 다름 아니다.

수필가의 사명은 일상생활 속에서 새로운 의미를 찾아내는 것이라고 할 수 있다. 새로운 의미라는 것은 생활 속의 진리 찾기이다. 수필가는 지극히 개인적이고 독창적인 삶에서 새로운 의미를 발견하여 그것에 객관적 가치를 부여하고 공감대를 형성해 간다. 때문에 수필가가 독창성을 상실한다는 것은 바로 자기 상실인 것이다.

수필은 자신을 향한 성찰의 표현이다. 새로운 세계를 구축하려고 부단한 노력을 기울인 수필가는 정확성, 그 치밀성과 대담함, 그리고 그 탁월한 구성력으로 그의 삶의 궤적과 함께 그만의 새로운 수필세계의 경지를 열 것이다. 새로운 가치창작은 자신의 성찰에 대한 진실한 표현이며, 이는 사적 사유의 독창성을 수반할 수밖에 없다. 그러나 여기서 수필가는 자신의 사상과 철학을 대중의 입장에서 서술해야 할 것이다. 수필가는 수필을 통해 생활 속에서 역경을 극복할 수 있는 지혜를 의연하게 일깨워 주어야 하며 그 안에서 희망을 꿈꾸게 해야 한다. 또한 사유를 통해 삶의 진정성을 깨닫게 하는가 하면 물신주의 속에서 허위적 욕망으로 피폐해진 허상을 치유해 주어야 한다. 수필이 가진 이러한 놀라운 힘과 아름다움을 즐기고자 수필을 읽는 것이며, 또 쓰는 것이다.

수필을 쓴다는 것은 진정한 자신을 찾는다는 것이며 치열하게 삶의 의미를 묻는 것이며 지금 살아 있다는 것에 관한 고통스런 성찰임은 두말할 나위 없다. 이렇듯 수필은 자성(自省)의 문학이다.

이순이 수필가의 수필은 생활의 편상을 진솔하고 간명하게 표현하고 있다. 사람과 수필이 서로 어긋남이 없음을 내보이는 그의 글은 이순이 수필가의 사람됨을 짐작게 한다. 이런 점에서 우리는 그의 수필에 가까워질 수 있고 쉽게 공감하는 것이다.

금번에 발간되는 수필집 『흙에서 빛으로』 속의 글들은 수필을 쓴 수필가와 모두 하나로 이어져 있다. 고뇌 속에서 바라보는 세상과 예술, 원숙한 사색의 흔적들……, 수필집 『흙에서 빛으로』는 한마디로 이순이 수필가의 진솔한 일기장과도 같은 자기 성찰을 통한 일종의 고백이랄 수 있다. 이순이의 수필은 도예의 세계 속에서 출발하고 있는 사유를 통한 내적 충만을 무게중심으로 삼으면서 또한 다양한 소재에서 나오는 다양한 내용들을 담고 있다. 그는 주관이 확실하고 분명하며 그러면서도 근면 성실한 생활 속에서 더욱 깊은 탐색에 몰입하고 있다.

도자기는 "나 자신을 비추어 보는 거울이며 종교이고 수행의 과정"이라고 말하는 남편의 이야기에 도자기는 우리의 삶과 너무도 닮은 점이 많다고 내가 거들었다. 흙을 고르고 빚고 무늬를 새기고 말리고 굽는 도예의 과정이 온갖 우여곡절로 인해 만들어지며 어려운 고비를 거치고 나서야 하나의 온전한 작품이 태어나는 것처럼 수많은 시련의 과정을 통해서 성숙해진 인간들의 삶과 닮았고 다음 생의 일도 마찬가지라고 했다.

—〈흙에서 빛으로〉 일부

어떤 영혼이 묻어 있는 태도일까?

자연의 일부인 나도 언제인가는 한줌의 흙이 되어서 어느 도공에게 발견되어 영원을 사는 아름다운 도자기로 태어날지도 모른다는 생각이 들자 문갑 위에 놓여 있던 청자 이중투각 화병이 갑자기 위대하게 보였다.

—〈흙의 변신〉 일부

지금 이 사회는 과적된 욕망과 과잉의 목표를 성취하려 자연을 훼손하고 있으며, 문화는 현대인의 정서적 감응을 유도하지 못하고 있다. 그럼에도 불구하고 이순이 수필가는 인간 삶에 대한 건강한 전망을 제시하고 있다. 이는 자연의 소중함을 인식하고 사유하는 데서 비롯되는 것이다.

바로 이순이 수필가는 자연 안에서 예술이 창조됨을 감사하고, 인간의 삶이 자연의 원리 안에서 소박한 기쁨을 찾을 수 있음을 사유하며, 도예가인 부군의 내조를 통한 행복함을 고백하고 있다. 이러한 삶에 대한 긍정의 자세가 아름다운 수필로 형상화되어 있다.

위 수필에서 수필가는 자연의 일부분인 흙을, 소모의 대상이 아니라 인간과 더불어 사는 존재, 바로 인간과 상생하는 존재로 부각시켜 이야기하고 있으며, 이를 통해 자연순환 원리가 곧 인간 삶의 원리임을 깨닫게 한다.

수없이 버리고 배운 것은 도자기는 내가 만드는 것이 아니라 우주의

에너지라고 할 수 있는 어떤 힘이 스스로 작용하는 것을 체험했을 때였
으며 나라는 것을 없앨수록 더욱 혼이 실린 예술로 승화한다는 것을 깨
달았다고 한다. 도자기를 빚을 때에는 항상 무심으로 돌아가서 삼매경에
이르도록 하고 최선을 다했을 때에 만족스런 작품이 된다며 마음이 중요
하다고 한다. 수천 년을 걸쳐 이어져 온 전통 위에 새로운 꽃을 피울 수
있다는 것은 엄청난 희생과 노력이 필요하다. 지금 우리가 하는 일에 혼
신의 힘을 다할 때에 세계적인 문화로 빛을 발하게 된다는 것을 한평생
도자기만을 해온 남편을 보며 믿어 의심치 않는다.

—〈중심의 미학〉 일부

도자기는 종합 예술이다.

흙과 유약을 잘 만든다고 되는 것도 아니고 성형과 문양만 잘 넣는다
고 되는 것도 아니다. 용도와 기형과 문양이 서로 조화를 이루고 예비심
판인 초벌구이를 통과한 도자기가 두 번째의 무시무시한 1,300도의 뜨거
운 불의 심판을 받고 나서야 탄생되는 것이니 어찌 사람의 힘으로 만들
었다고 감히 말할 수 있을까.

모든 우주 만물이 화합하고 나서 인류가 만든 것 중 가장 생명력이 긴
물체가 되는 도자기로 태어나는 것이다. 여러 가지의 도자기가 있지만
우리 가마에서 즐겨 만드는 것은 청자다.

—중략— 그리고 우주의 무한한 진리의 고요와 빛이 청자 도자기 위
에 살아서 숨쉬기를 소망했던 것은 선조들이나 지금 시대를 사는 우리들

의 모습이나 같다고 생각한다. 고려 청자를 계승 발전시키는 것으로 평생을 살아온 남편은 영원한 진리 위에 찬란하게 꽃피는 문화를 만들고 싶어서인지 자기의 전생이 고려 도공이라고 억지로 떼라도 쓰고 싶고 또 그렇게 믿고 싶은 모양이다. 나도 불교를 믿고 진리의 등불이 되고 싶은 마음 때문인지 가마에서 용틀임을 하는 불꽃을 보면 번뇌 가득한 마음의 끈을 불과 함께 훨훨 태워서 날려 보내고 영원히 빛나는 하나의 도자기가 되고 싶을 때가 한두 번이 아니다.

―〈도자기여……〉일부

위 수필들에서는 순수무구, 정성과 기다림, 그리하여 온 삶을 다 바친 도예가의 아름다운 예술혼이 느껴진다. 간절히 바라고 성취하려는 탐구욕은 부단한 노력과 고뇌로 이어지고 이는 끝내 아름답다 못해 위대함까지 묻어나는 창조적인 도자기 예술로 승화되었다. 수필 속에는 이와 같은 도예가의 원숙한 인격과 더불어 그것을 바라보며 헌신하고 이해하는 도예가의 아내, 화자의 인격 또한 잘 드러나 있다.

도예가의 아내로서 도자기 예술을 이해하며 그와 호흡을 같이하며 살아온 이순이 수필가의 수필은 도자기 예술론에서 발로되었다 해도 과언이 아닐 것이다. 구도자의 정신으로 시련에 부딪치고 역경에 도전하려는 신념과 용기로 극복한 도예가의 예술정신에는 누구라도 고개 숙이지 않을 수 없을 것이다. 이처럼 이순이 수필가의 수필은 고단한 시대의 여울목에서 진솔한 삶의 자세와 자아성찰을 통해 절실한 예술혼의 의미를 깨닫게 하고 있다.

수필에 있어 어떤 대상을 깊이 고찰, 분석하고 파악할 때 거기에는 모순과 갈등이 있기 마련이다. 이를 극복하기 위해서는 끊임없는 사유와 성찰이 생활화되어야 하고 그럴 때라야 진정한 자아 신장에 이르고 이것이 언어로 표현된 수필에 이르렀을 때 비로소 언어 예술의 가치를 높일 수 있는 것이다. 이 수필집 곳곳에는 예술가의 살아가는 모습이 그려져 있으며 그 속에서 삶의 통찰의 지혜를 깨닫게 된다.

우리네 인생에서도 마찬가지이다. 넘치지도 모자라지도 않는 삶을 살기가 쉽지 않다. 해마다 가을걷이를 끝내는 11월 중순이 지나고 연말이 되면 일년 계획을 세운 것을 뒤돌아보고 잘 살아왔는지 반성하고 새로운 계획을 세우고는 한다.

—중략—

내가 있음으로 세상이 존재한다고 하는데 육체도 정신도 매일 새롭게 태어나지 않는다면 결국 나는 늙고 시들어 가는 길을 달려갈 뿐이다. 벌써 인생의 가을은 깊어만 가는데 과연 나는 어떤 가을걷이를 해야 할는지…….

—〈가을걷이를 하다가〉 일부

앞에서도 언급하였듯이 이순이 수필가가 지향하는 것은 자연과의 공존이다. 그의 수필은 자연 속에서 살고 있는 인간 삶의 모습을 자연의 순리로 형상화하고 있다. 위에 인용한 수필은 바로 인간의 삶 역시 자연의 순환 안에 있으며 참된 삶의 갈구는 자연의 순리와 다를 바 없음을 말하고 있다. 거기에는 인간성 회복에 대한 의식이 내재되어 있는 것이다.

그가 자연의 섭리를 끊임없이 수필에서 다루는 것은 자연은 인간에게 위로와 안식의 힘이 되고 생명의 환희를 느끼게 해주기 때문이다. 이순이 수필가는 이처럼 자연의 순리를 통해 현재 우리가 살고 있는 생활의 문제들을 반성하게 만들며 삶의 진정성을 사유하게 한다.

여행지에서 모처럼 한가한 오후를 보냈다. 낮잠도 자고 뒹굴거리며 남편과 대화를 하던 중에 남은 인생 어떻게 하면 잘 살다가 갈까 했더니 내 자식이라도 관습과 생각이 나와 다르다고 참견하고 강요하다 보면 내 뜻대로 하고 싶어서 화가 나게 되고 그 화는 결국 나를 지옥으로 데려가는 저승사자가 될 것이라고 한다. 그러면서 우리 두 사람이 살아가는 모습이 자식들에게는 거울과 같으니 거울에 비친 우리의 모습을 어떻게 보여주어야 할지를 생각해 보자고 한다.

창 밖에는 비가 개이고 오색의 쌍무지개가 손에 잡힐 듯한 히말라야를 배경으로 아름답게 떠 있다. 이번 여행은 초대해 주신 스님의 깊은 배려와 자비심이 우리 내외를 편안하고 행복하게 해주었다. 집으로 돌아가면 백분의 일이라도 그분들께서 보여 주신 자비심을 흉내라도 내보자며 히말라야를 배경으로 기념사진을 찍었다.

—〈마음의 고향 히말라야〉 일부

이순이 수필가의 사찰 순례를 통한 사유는 자신의 성찰과 인간애에 대한 인식을 한층 더 성숙시키고 있다. 여행에서 느낀 인간적인 고백은 삶에 지혜를 깨닫게 한다. 현대인의 인간성 붕괴로 인한 지성인의 정신적 무력감을 실감하는 오늘에 수필가 이순이의 수필은 새로운 인간성 회복의 의지를 고양시켜 주기에 충분하며, 그런 의미에서 그의 사찰 순례는 더욱 값지고 보람 있고, 소중한 것이다.

위에서 인용한 수필은 수필가로서 그의 수필이 함께 도달하고자 하는 이상의 원형을 총체적으로 보여 준다는 점에서 의미 있게 읽어 보아야 할 수필이다. 〈느림의 미학〉, 〈자연의 예술〉, 〈불꽃들의 향연〉, 〈사랑의 묘약〉, 〈추억 만들기〉, 〈향기 있는 사람이 되고 싶다〉 등의 수필 또한 이순이 수필가의 수필세계를 이해하는 데 보다 도움을 주는 수필이기에 제목을 열거해 본다.

이순이 수필가에게 있어 겸양과 자비의 미덕을 길러주는 것은 일상 속의 사유를 통한 글쓰기이다. 이러한 그의 수필이 가장 근

원적으로 추구하고 있는 것은 삶의 가치론적 탐구이다. 삶의 근원이 무엇이며, 지금 내 삶이란 어디로 가고 있는가에 대한 존재론적 성찰을 이끌어내고 있다. 그런 그의 수필은 삶의 생명력을 위협하는 인간성 상실에 대한 저항의 의미를 갖고 있지만 때론 타락한 세상과 현실에 무력감을 보일 때도 없지 않다. 그럼에도 불구하고 그의 수필 속에는 희망의 신화를 창조하고자 노력한 흔적이 역력하다.

우리는 이 수필집을 통해 이순이 수필가가 인생의 내면을 통찰하는 방법이 진솔하다는 것을 직감할 수 있다. 그는 수필의 주제가 무엇이든지간에 수필가 자신의 일상적 삶을 뛰어넘지 않는다. 그의 수필은 한마디로 자신의 성찰에 따른 삶에 대한 소견이고, 고백이며, 심회의 표출이기 때문이다.

이러한 이순이 수필가의 수필은 사랑이 넉넉하고 따스한 목소리를 느낄 수 있어 우리를 감동케 한다. 인생철학과 사상이 잘 반영되어 있는 그의 수필은 인간의 지성이 흔들리는 어두운 미래를 밝힐 빛이 됨을 보여 주고 있다.

〈종이거울 자주보기〉 운동을 시작하며

유·리·거·울·은·내·몸·을·비·춰·주·고
종·이·거·울·은·내·마·음·을·비·춰·준·다

〈종이거울 자주보기〉는 우리 국민 모두가 한 달에 책 한 권 이상 읽기를 목표로 정한 새로운 범국민 독서운동입니다.

국민 각자의 책읽기를 통해 우리 나라가 정신적으로도 선진국이 되고 모범국가가 되어 인류 사회의 평화와 발전에 기여하기를 바라는 마음으로 이 운동을 펼쳐 가고자 합니다.

인간의 성숙 없이는 그 어떠한 인류행복이나 평화도 기대할 수 없고 이루어지지도 않는다는 엄연한 사실을 깨닫고, 오직 개개인의 자각을 통한 성숙만이 인류의 희망이고 행복을 이루는 길이라는 것을 믿기 때문입니다.

이에, 우선 우리 전 국민의 책읽기로 국민 각자의 자각과 성숙을 이루고자 〈종이거울 자주보기〉 운동을 시작합니다.

이 글을 대하는 분들께서는 저희들의 이 뜻이 안으로는 자신을 위하고 크게는 나라와 인류를 위하는 일임을 생각하시어, 흔쾌히 동참 동행해 주시기를 간절히 바랍니다.

감사합니다.

2003년 5월 1일

공동대표 : 조홍식 이시우 황명숙

지도위원

觀照性國, 那迦性陀, 佛迎慈光, 松菴至元, 彌山賢光, 修弗法盡, 覺默, 一眞, 本覺
방상복(신부) 서명원(신부) 양운기(수사)

강대철(조각가) 고성혜(자녀안심운동) 김광삼(현대불교신문발행인) 김광식(부천
대교수) 김규칠(언론인) 김기철(도예가) 김석환(하나전기대표) 김성배(미,연방정
부공무원) 김세용(도예가) 김영진(변호사) 김영태(동국대명예교수) 김외숙(방통
대교수) 김응화(한양대교수) 김재영(동방대교수) 김종서(서울대명예교수) 김호석
(화가) 김호성(동국대교수) 민희식(한양대명예교수) 박광서(서강대교수) 박범훈
(작곡가) 박성근(낙농업) 박성배(미, 뉴욕주립대교수) 박세일(서울대교수) 박영
재(서강대교수) 박재동(애니메이션감독) 밝훈(前중앙대연구교수) 배광식(서울대
교수) 서분례(서일농원대표) 서혜경(전주대교수) 성재모(강원대교수) 소광섭(서
울대교수) 손진책(연출가) 송영식(변호사) 신규탁(연세대교수) 신희섭(KIST학습
기억현상연구단장) 안상수(홍익대교수) 안숙선(판소리명창) 안장헌(사진작가) 오
채현(조각가) 우희종(서울대교수) 윤용숙(前여성문제연구회장) 이각범(한국정보
통신대교수) 이규경(화가) 이기영(서울대교수) 이봉순(서울불교대학원대학교수)
이상원(실크로드여행사대표) 이순국(신호회장) 이시우(前서울대교수) 이윤호(동
국대교수) 이인자(경기대교수) 이일훈(건축가) 이재운(소설가) 이중표(전남대교
수) 이철교(前동국대출판부장) 이택주(한택식물원장) 이호신(화가) 임현담(히말
라야순례자) 전재근(前서울대교수) 정계섭(덕성여대교수) 정웅표(서예가) 조홍식
(성균관대명예교수) 조희금(대구대교수) 최원수(대불대교수) 최종욱(前고려대교
수) 홍사성(언론인) 황보상(의사) 황우석(서울대교수) ―가나다순―

〈종이거울자주보기〉 운동 본부

(전화) 031-676-8700 / (전송) 031-676-8704 / (E-mail) cigw0923@hanmail.net

〈종이거울 자주보기〉 운동 회원이 되려면

① 먼저 〈종이거울 자주보기〉 운동 가입신청서를 제출합니다.
② 매월 회비 10,000원을 냅니다.(1년, 또는 몇 달 분을 한꺼번에 내셔도 됩니다.)
　국민은행 245-01-0039-101(예금주 ; 김인현)
③ 때때로 특별회비를 냅니다. 자신이나 집안의 경사 및 기념일을 맞아 희사금을
　내시면, 그 돈으로 책을 구하기 어려운 특별한 분들에게 책을 증정하여
　〈종이거울 자주보기〉 운동을 폭넓게 펼쳐갑니다.

〈종이거울 자주보기〉 운동 회원이 되면

① 회원은 매월 책 한 권 이상 읽습니다.
② 매월 책값(회비)에 관계없이 좋은 책, 한 권씩을 댁으로 보냅니다.
　(회원은 그 달에 읽을 책을 집에서 받게 됩니다.)
③ 저자의 출판기념 강연회와 사인회에 초대합니다.
④ 지인이나 친지, 또는 특정한 곳에 동종의 책을 10권 이상 구입하여 보낼 경우
　특전을 받습니다.(평소 선물할 일이 있으면 가급적 책으로 하고, 이웃이나 친지들에게도
　책 선물을 적극 권합니다.)
⑤ '도서출판 종이거울' 및 유관기관이 주최 · 주관하는 문화행사에 초대합니다.
⑥ 책을 구하기 어려운 곳에 자주, 기쁜 마음으로 책을 증정합니다.
⑦ 〈종이거울 자주보기〉 운동의 홍보위원을 자담합니다.
⑧ 집의 벽 한 면은 책으로 장엄합니다.